下 海 潮

世纪沉浮

温宏轩 / 著

九州出版社
JIUZHOUPRESS

图书在版编目（CIP）数据

世纪沉浮：下海潮 / 温宏轩著. —北京：九州出版社，2021.6

ISBN 978-7-5225-0269-4

Ⅰ.①世… Ⅱ.①温… Ⅲ.①长篇小说－中国－当代 Ⅳ.①I247.5

中国版本图书馆CIP数据核字（2021）第134436号

世纪沉浮：下海潮

作　　者	温宏轩　著
责任编辑	李创娇
出版发行	九州出版社
地　　址	北京市西城区阜外大街甲35号（100037）
发行电话	（010）68992190/3/5/6
网　　址	www.jiuzhoupress.com
印　　刷	天津中印联印务有限公司
开　　本	710毫米×1000毫米　16开
印　　张	17
字　　数	248千字
版　　次	2021年7月第1版
印　　次	2021年7月第1次印刷
书　　号	ISBN 978-7-5225-0269-4
定　　价	59.00元

谨以此书献给在 20 世纪 90 年代的改革开放浪潮中，艰难进取并独立思考的人们。

Contents

目录

世纪沉浮

下海潮

第一章　岭南印象

　　翁伟昂轻轻踩着刹车，直到距离前面林肯轿车半米远的地方，才把他的 Jeep 切诺基越野车稳稳停往。刚才他已经踩下离合器，把手动挡推到了空挡的档位上，借着车的惯性溜到了前面林肯轿车的后面。现在的油价可不便宜，这台越野车又是个喝油的小老虎。

　　省的就是赚的，这是任何民营企业家都明白的道理。尽管早就推到了空档的档位上，可翁伟昂还是习惯地晃了几下手动挡，然后才拉起手刹，移开踩着刹车的右脚，放松了一下身心，望着车窗外的南方特区发了一会呆。

　　夜色已经笼罩了大地。虽然 20 世纪末的中国刚刚进入汽车社会，可在布吉镇这边，每到上下班的时候，关口附近的交通堵塞就已经很严重了。此时布吉镇周边一条条的大街小巷都变成了车灯的江河，一望无际的汽车和摩托车将各个大小路口堵得水泄不通。

　　尽管特区政府发布了在市区内禁止机动车鸣笛的法规，可每到这时就法不责众了。那个年代莫名其妙就着急上火的新老司机们，总是用汽车刺耳的喇叭声宣泄着心中的焦躁、厌烦和不知道哪来的怒火。时间久了，无数必须在布吉镇这边日日往返的特区人就多了一句口头禅："布吉，不急，急了也没用！"

　　在短短二十年的时间里，这片在昔日的荒郊野岭上建立起来的经济特区，就已经发展成一座大都市。虽然关口还在那里，但也仅仅是形式而已了。

　　布吉镇位于深圳市中部。这个自古以来一直默默无闻的小镇，随着改革开放和特区的建立，昔日的穷乡僻壤渐渐地乌鸦变凤凰，丑小鸭都快变成白天鹅了。

　　布吉镇紧邻关口，地理位置就此变得十分优越起来。由于南邻经济特区腹心地带的罗湖区，所以这里人多车多小贩多，特别是到了晚上更是热闹，无数在关内写字楼上班的特区白领们，晚上就必须回到这里，生活在这片土地上，而翁伟昂就是其中之一。

十年如烟，恍惚之间时光已经飞驰到了1999年末，这已经是翁伟昂来到特区的第十个年头了。他斜睨着布吉街道两旁熙熙攘攘的夜市，脑海里飘浮过这十年间的如烟往事，他连忙将思绪集中到了刚刚结束的董事会会议上。

又是一个周末，时光就这样在不知不觉中悄然而逝，转眼之间20世纪就要结束，21世纪就要来到了。作为即将跨世纪的一代人，翁伟昂见证了中国在20世纪末由封闭走向开放的历史进程，并在这世纪沉浮中亲身经历和感受了这十年间，经济的快速发展给中国社会带来的巨大变化。

当翁伟昂挥泪告别了他的小城故事和那难忘的20世纪80年代，在这南方特区开启了新的人生旅途后，他的个人命运也在20世纪最后的这十年里起起落落，这让他品味了创业的种种艰辛和追求美好生活的甜酸苦辣。

红宣科技有限责任公司改组为拟上市股份制公司的序幕终于拉开，但是距离IPO上市成功还有一段漫长的道路要走，一切都还处于风雨飘摇之中。

作为红宣科技有限责任公司的创始人和大股东，翁伟昂意识到自己在这个周末，必须放弃在这夜色温柔中去寻一方乐土的欲望。他警告自己必须回到孤独中去独立思考，为公司、为员工、为股东，当然更是为自己规划好未来的发展方向和道路。

市场经济不相信眼泪，而民营企业又是市场孤儿，所以要创业就必须愿赌服输。愿赌就必须精心谋划，或者说是算计，而且必须赶在服输之前尽力而为，否则也就只能服输了。

这就是翁伟昂在这十年的下海潮中，时时刻刻都要面对的现实生活。他在这下海潮中的生活既充满着梦想又如履薄冰，既享受着财富的荣耀又忧心忡忡着未来，既渴望着那夜色温柔又不得不压抑身心的欲望，独自去面对和承受这变幻莫测的市场风险和个人命运。

翁伟昂深深地吸了口气，然后慢慢地吐了出来，刚觉得身心轻松了一点，就被车后疯狂按响的愤怒的喇叭声惊醒，这才发觉前面的林肯轿车已经驶出了老远。他连忙踩下离合器、推上一挡、按下手刹、轻踩油门，一个熟练的半联动开动了越野车，然后迅速地换过了二三挡，踩着油门向前冲去。

望香明居是两年前开盘的一个大型楼盘，由于地处关外，所以第一期开盘时场面很是冷清。那时东南亚金融危机刚过去不久，国内的房地产市场也很低迷，再加上那时候私家车还没有大规模进入家庭，没有多少人愿意往这么远的地方跑，所以刚开盘时的房价每平方米还不到五千元。但是翁伟昂那时已经嗅到了这个楼盘巨大的升值空间，所以他硬着头皮凑够了一百万现金，全款买下了望香明居第一期的最大户型——一套两百平方米的顶层复式豪宅。

这在20世纪末的中国也算是个天价了，不要说是平民百姓，就是对于那个年代的中产阶级来说也是可望而不可即的。作为一个重返单身生活，并且命中注定似乎更需要孤独的人来说，为什么还要花费这样一笔巨款，买这么大的一套住宅呢？

这是因为在翁伟昂的心底里，一直深埋着那几段恋情给他的内心世界留下的刻骨铭心的爱恨情愁。虽然那几段情缘曾经让他伤心欲绝，但是在缅怀之余，他又始终对未来生活充满着美好的渴望。

翁伟昂将车开到望香明居小区里，找了块空地停下了车。望香明居的第一期虽然交房了，但是小区里的配套环境和地下车库还没有搞好，再加上各家各户都在陆陆续续地装修，所以小区里还乱得像是工地一样。

翁伟昂的这套顶层复式豪宅也才装修好不久，因为装修的气味还很重，所以他很少回来住，还是像以前那样住在公司里。但是这个周末，他确实需要回到这个清净、孤寂的家里，一个人静下心来，在这世纪之交的关键时期，总结一下过去，规划一番未来。

电梯的四壁包着保护板，上面贴着各家装修公司和送沙子水泥的联系电话、传呼机号。翁伟昂乘电梯到了顶层，打开家门反身将门扣上。房间里潮湿而又闷热，他赶快打开了空调，又将客厅里的灯全部打开，再没有什么能比在自己光明的豪宅里，更能使人充满美妙的幻想了。此时一罐冰凉的啤酒就像琼浆玉液，令他紧张了一个星期的身心终于可以彻底放松下来了。

翁伟昂半躺半坐在欧式风格的布艺沙发里，让那淡淡的酒精和啤酒花香在自己的身心里发散。这感觉是如此美妙，但他又不得不警告自己别在这美妙的感觉中陷得太深。他知道在这美妙的幻觉之后，他的心底又会涌起那痛彻心扉的感觉，那痛苦会使自己的身心肝胆欲裂，使自己再次陷入那无助的绝望之中。

但他决不能允许自己垮掉，在这个周末，他需要的是清醒而又理智的心态，他必须用自己的大脑在这市场和资本的迷雾中为自己，更为自己一手创办，并即将重组更名为红宣高科股份有限公司的新公司，确定今后的发展方向、战略目标和业务重心。这样一想翁伟昂就站起身来，在宽敞的客厅里踱来踱去，强迫自己的思维向着预定的方向驰去。

"在理想与现实之间，到底什么更为重要呢？"他又在心中向自己提出了这个问题。

现在翁伟昂必须对这家自己一手创办的公司进行重组了，这是一个既令他兴奋，又令他痛苦的工作。重组后的股份公司与他独立经营的私营公司相比，最主要的区别就在于资本的构成。如果说股份制重组对他有什么好处的话，那当然是可以集聚大笔资金，迅速消减债务，可随之而来的最现实的问题，则是公司领导权的显著变化。

以往那种一锤定音的工作方式将不复存在，代之的又是无穷无尽的会议和反反复复的协商协调。那么这个公司的前进方向，也就不再是以他个人的理想和意志来决定的了，因此他现在需要思考的一个主要问题，就是重组后的红宣高科的发展和经营方向。

"是向着以营利为唯一目标，以经营型为主的方向发展呢？还是继续沿着以高新技术为发展方向，以软件开发为主的理想前进呢？"翁伟昂不禁扪心自问。

"如果向以营利为唯一发展方向的道路前进，那么公司的经营方向将不可避免地进行重大调整，向着以经营房地产、对外贸易等收益高、见效快的方向发展，那么我当初创办这家公司的理想将不复存在。如果继续沿着以高新技术产业为主业，软件开发型的方向发展，那么公司的经营难度和风险系数就将会明显增大。高新技术产业在为股东带来高收益、高附加值的同时，也必然会带来高投入、高风险、盈利周期相对较长的困难。"翁伟昂苦苦思索着这一系列问题，一幕幕往事又浮现在了眼前。

　　"十年如烟！还能有什么比理想和信仰更值得拥有呢？"他不禁在心中这样感叹道。

　　从伤心欲绝、辞职下海、创业投资、爆仓破产、向死而生，再到最终柳暗花明。在这十年间翁伟昂经历了太多的痛不欲生，但他都挺过来了。在这个艰难而又孤独的创业过程中，能够支撑着他一路走过来的，也就只有理想和信仰了。幸运的是他发现并且抓住了20世纪这最后十年里的机遇，终于成就了自己的梦想。

　　在20世纪90年代，世界经历了两个剧变。第一个剧变是政治层面的苏联解体和东欧剧变，使持续了近半个世纪的两极世界格局土崩瓦解。以美国为首的西方世界，最终赢得了冷战的完全胜利。随后世界形成了以美国一个超级大国为主，多个地区强国群雄逐鹿的"一超多强"的局面，世界格局向着多极化趋势发展。

　　第二个剧变发生在经济层面，那就是伴随着计算机和网络通信技术的迅猛发展，人类在20世纪90年代飞速进化到了信息时代，也就是知识经济时代。

　　随着互联网在世界范围内的快速普及，人类的物质和精神生活都获得了极大的丰富，人类的生活方式也被不可避免地改变了。这一切都是建立在人类的知识爆炸和高科技文明之上的，而知识爆炸和高科技的进步，又必然要求对知识产权进行有效的保护。

　　1992年7月30日，中国正式加入了"世界版权公约"，这意味着中国已经正式加入了人类知识经济的时代浪潮中。翁伟昂正是抓住了中国刚刚进入信息时代、知识经济时代的商机，创立了红宣科技有限责任公司，最终实现了他的创业梦想。但在创业前后的那几年里，他的个人生活完全可以用不堪回首来形容。

1990年的春天，当翁伟昂告别了他的小城，只身来到南方特区工作时，除了拥有在南国证券公司的工作外就一无所有了。他在南方特区既没有户口，也没有住房。单位不负责解决这些问题，这是当初调动工作时就已经明确的，而且在南方特区这里也是惯例。

全国各地想到南方特区工作的人太多了，但是特区资源毕竟是有限的。户口其实不用着急，那个时候全国各地到南方特区来的人，也都是持相关证件就可以入关的，但是没有住房就是一个大问题了。

到了南方特区翁伟昂才知道，要租到一套说得过去的出租房是多么的难、多么的昂贵。而要买房子更不可能，一方面那时候商品房还没有大量开发，另一方面本就稀缺的房子对于他当年的积蓄和收入来说是毫无疑问的天价。

可是长期住旅馆更不可能，所以他只能在关外布吉镇这边租了一间村民们的自建房。好在他那证券公司副总级别的工资在当时还算高，除了支付房租和日常的开销外，还能存下一笔存款。他将每月的开销都压缩到了最低，结余的钱都存在了零存整取的银行存折里。

那时候翁伟昂在每天乘坐中巴车去福田区上下班的路途中，望着一片片正在新建的高楼大厦，就梦想着有一天能存够钱买下一套小房子，只需要简单装修一下，但是每个房间一定要装好空调和纱窗。

南方潮湿闷热、蚊叮虫咬，虽然卫芸的祖籍在闽南，但她生长在北方，已经是个地地道道的北方人了。所以他一定要给卫芸重建一个舒适的家，他会不顾一切地回到那座小城，他会给卫芸跪下，请求卫芸的原谅，与卫芸复婚，将卫芸带到南方特区的这个新家，与卫芸在南方特区开始新的生活。

翁伟昂每个月都会给卫芸写信，虽然他一直没有收到卫芸的回信，但是他一直这样固执地坚持着给卫芸写信，这已经成了他在那段时间的精神寄托。有一天他竟然收到了卫芸的回信，他其实害怕打开那封信，但他终于还是打开了，不得不读了下去。

"伟昂：在你收到这封信时，我已经结婚了。我爱你，真的爱你。不用说，我们也都清楚这一点。但是你不属于这座小城，而我属于这里。我们有着各自的理想、事业和生活，很遗憾我们不是同路人。我们不能再这样饱受痛苦地互相折磨了，这样将毁了你和我，而解决这一问题的唯一办法是我再婚。不管我是多么不愿意，可这就是目前唯一可行的办法。

　　"也只有这样，你才可以在那个遥远的地方开始真正的新生活，去开辟一个属于你的新天地。之所以会有这样的结局，错既不在你，也不在我。也许是我们今生无缘，也许是命运对我们不公平，也许这只不过是生活和我们开了一个玩笑而已。总之，就让这一切都彻底结束吧。

　　"伟昂，此生我不能与你为伴了。你要照顾好你自己，从此以后你一定要将我忘记。现在你已经彻底自由了，像一个战士那样地去战斗吧！我知道你一定不是一个普通的人，我衷心地祝愿你能获得成功和幸福。

　　"现在，我已经是唐南的妻子了。这一切都是命运的安排，是天意。我真的好嫉妒你，也嫉妒江春敏，嫉妒你们有勇气去闯荡天涯，而我却不可以。

　　"伟昂，不要再给我写信了。也请你不要怨恨唐南，在我最痛苦的时候，是他帮我渡过了难关。

　　"伟昂，我再次衷心地祝愿你能闯出一片属于自己的天地。你有理想、有思想、有能力，一定能行。希望你一定要好好地生活，照顾好自己。那样我在这遥远的地方，也就能够放心了。别了，伟昂，我永远地祝福你。"

　　在读着卫芸的这封"诀别信"时，翁伟昂的视线模糊了，他呆若木鸡、五内俱焚。他不敢想象这一切对他来说意味着什么，其实他早有预感，但他还是觉得自己就要垮了。

　　多少次，翁伟昂在深夜里顶着台风天气的疾风暴雨、电闪雷鸣，在空荡的街道中游荡，任那凄风苦雨将自己的全身淋透。这时一个声音在他的耳边反复回响，那是卫芸的声音：

　　"现在你已经彻底自由了，像一个战士那样地去战斗吧！"

在瓢泼而下的冰冷的雨水中，翁伟昂渐渐地清醒，他用身体的痛苦战胜了心灵的煎熬。他知道自己确实自由了，他不必再背负灵魂的愧疚，因为他已经完完全全地失去了卫芸和江春敏。虽然他不知道江春敏的消息，但是直觉告诉他，江春敏也不再属于自己了。现在他又彻底地孑然一身了，既然断肠人在天涯，那他就只能豁出去了。翁伟昂就这样辞职下海，加入到了下海潮的创业大军里。

第二天清晨，翁伟昂在朦胧中听到了手机的音乐铃声，他在床上晕晕乎乎地找到了他的直板西门子手机。可他刚准备按下接听键时，那手机的音乐铃音又不响了。他没好气地看了看来电显示，见是主管行政的副总经理李钰打过来的，知道肯定是关于珠海软件中心挂牌典礼的事，就给李钰回拨了过去。

"都准备好了吗？"翁伟昂开门见山地问道。

"差不多了翁董。领导嘉宾和媒体记者都已经通知到了，明天我带行政办公室的人坐商务车去珠海软件中心，协助文总布置会场，您和我们一起去吗？"李钰用带着点南方口音的普通话问道。

"我自己开车去吧，这两天我休息一下，就不去公司了。星期一我会准时赶到软件中心的。如果没有什么急事，这两天就不要给我打电话了。"

"好的，翁董，星期一见。"

翁伟昂挂了电话，打算继续睡个懒觉。可是睡了不久，楼里的电锤和电锯声就开始此起彼伏了。这些装修工人们只要有活干就没有休息日，到点就开工，根本不会考虑星期六早晨想睡个懒觉的上班族们的心情。没办法，这也是人家的工作啊！

看起来这个懒觉是睡不成了，而要想在家里安安静静地思考问题也不可能。好不容易自己给自己放了个假，星期一一大早又要赶到珠海软件中心，那么这个双休日，何不来一次说走就走的自驾游呢？

这个念头在翁伟昂的心中一闪而过之后，他就在床上躺不住了。天马行空、独来独往，这就是单身生活的好处之一，也是私企老板的权利和自由，同时也是这十年创业生涯带给他的不算太多的快乐之一。

在 20 世纪的这最后十年里，中国加快了追赶世界的脚步。随着经济的发展和繁荣，人民生活有了很大的改善，其中的变化之一就是人们的休闲度假时间渐渐多了起来。

在 1994 年以前，中国劳动者每天法定工作时间是 8 个小时，每个星期要工作 6 天，只有一天休息，被称为 48 小时工作制。那个时候的上班族们，只能把大量家务活和走亲访友的活动都放在星期天干，所以那时候流行着的口头禅是"战斗在星期天，疲劳在星期一"。

从 1994 年 3 月 1 日起，中国开始实行劳动者每天工作 8 小时，平均每周工作 44 小时的工时制度，即"1+2"休假制度，这样就有了大、小礼拜之分。每逢大礼拜，就可以休息两天，而在小礼拜还是只能休息一天。这样在 1994 年 3 月 5 日的星期六，中国人民终于享受到了历史上的第一个双休日。这虽然使人民群众感受到了一个小小的"解放"，但是又使人们很不习惯，还闹出了不少笑话和误会。

当时有一家报纸报道说轮到双休日时，全市的几十个单位都有一些勤劳惯了的干部群众，忘了"今天我休息"，照常一大早赶到单位上班。《今天我休息》是曾经在新中国红极一时的一部电影。主演仲星火在影片中塑造了一位热心助人的民警马天民的形象。

翁伟昂记得剧情大意是派出所的所长爱人，给这位大龄警察介绍的对象是邮政局的邮递员刘苹，并让马天民星期天去相亲。可是这位热心的警察在去相亲的路上忙坏了，先是帮助一位老农民救了掉在河里的小猪，接着又送一个得了急病的小孩去医院，因而一再耽误了相亲的时间。

那个年代既没有手机，平常人家里也不可能有电话，马天民到了刘苹家时天色已晚，刘苹以为他没有诚意，看样子这亲事是谈不成了。无巧不成书，他在路上救起的那个老农民正巧是刘苹的父亲，刘苹知道了马天民失约的原因后，对这位大龄警察顿生好感。

这部正能量的电影，极大地激发了当时人民群众的工作热情。所以不要说在工作日，就是在星期天积极分子们也加班加点、任劳任怨。现在突然冒出来了个大礼拜，年轻人们当然是兴高采烈，可是忙惯了的群众还真的有点不适应。

有些人在每隔一个星期的双休日里并没有觉得轻松，倒是觉得很没意思。待在狭小拥挤的家里不知道该做些什么好，生物钟都有点错乱了。幸好在1995年3月25日，国务院决定自当年的5月1日起实行双休日制度。这样一来星期五成了新的周末，最大的赢家是各地电视台。各大电视台纷纷增加节目编排，每逢周末都安排许多综艺娱乐、文艺晚会之类的电视节目，结果是广大人民群众越来越喜欢宅在家里看电视，电影反倒越来越没人去看了。

双休日使中国人民自由支配的闲暇时间增多了，同时也促进了第三产业的蓬勃发展。1997年亚洲金融危机后，扩大内需成为国策之一。为了把总喜欢宅在家里看免费电视的人们从家里引出来花钱消费，商家们搞出了花样繁多的双休日优惠促销活动。可是勤俭惯了的中国人民还是舍不得出门花钱，这样一来社会消费不足，银行储蓄的热度倒是节节高。任凭商家和经济学家们绞尽脑汁，消费升级总是千呼万唤不出来。

关键时候还得看政府的，政府也不负众望放出了大招。1999年国务院决定将春节、"五一""十一"的休息时间与前后双休日拼接，推出了"黄金周"概念。这样一来中国人民终于在家里宅不住了，直接拉动了中国的消费升级。

翁伟昂的红宣科技有限公司，也是中国消费升级的受益者。随着电脑迅速进入家庭，中国的互联网时代已经到来。公司的生意越来越好，翁伟昂也越来越忙，所以一直以来双休日和黄金周的概念，对于他这个工作狂、单身人士来说都是别人家的事。虽然那时候还没有"996"之类新潮加班概念，但是他们这些第一代互联网人，早就将这些21世纪的加班概念落实到了下海潮中。

对于翁伟昂来说，一方面公司有很多金融机构客户，这些金融机构客户的机房建设、维护，设备调试、升级等工作，都是安排在节假日里进行的；另一方面忙碌的工作，正好可以帮助他愈合心灵中的那些伤痕。

可是现在翁伟昂越来越感觉到，也许他应该告别十年来这有意无意的忙碌了。一来公司的规模和未来的发展目标，客观上要求他脱离具体事务，将更多的时间和精力集中到公司的发展战略问题上来；二来他内心中的疑惑和精神的需要，又使他渴望有更多的时间进行独立思考。

比如现在他就需要这个双休日，通过一段时间的独立思考，来给自己的精神和灵魂进行一次洗礼。这样打定主意后他起了床，走进豪华的浴室里冲了个澡。在舒适的热水的淋浴下，他的脑海里又浮现出了他刚到特区时租住的那间小屋。

那间简陋的小屋里只能放下一张单人床和一个小书桌，既没有卫生间也没有厨房，更别说浴室了。院子里的厕所是公用的，淋浴间也是公用的，而且只有凉水。他这个北方人只能入乡随俗，夏天他得咬着牙、打着哆嗦冲进凉水里冲凉，冬天就只能每个星期去大众浴室了。生活的简陋和不习惯只是小事，感情的创伤和对未来的迷茫才是让他真正感到痛苦的。

十年的时光一晃而过，如今物质的欠缺对他来说早已经不是问题了，可是精神的痛苦和灵魂的空寂，却是他仍然面对着的现实。一想到这里，泪水不知不觉中和冲淋而下的热水，混合在一起洗涤着他的身心，让他意识到他仍然要在孤独中去追寻自己的梦想。

冲完澡后，翁伟昂在双肩包里塞了几件换洗的内衣后就打算出门。可是一想起星期一在珠海软件中心的挂牌典礼，又觉得不能这么随意。于是他拿来了旅行箱，找出了西服和领带，装进了旅行箱里。

这套西服和领带，还是他在小城与卫芸结婚时，在结婚典礼上穿着的那一套。在这十年里，每逢参加有纪念意义的活动，翁伟昂都会穿上这套已经有点陈旧的西服，系上这条已经有点过时了的领带。每当穿上这套西服，系上这条领带时，他都似乎又听到了卫芸的声音——"你自由了"。

翁伟昂背上双肩包，拉着旅行箱下楼来到了车里。十年来他的身材没有什么变化，但是岁月的磨砺还是在他的脸上留下了痕迹。半长的偏分发型被短短的毛寸发型取代，一个深深的"川"字，刻在了他的眉宇之间。

翁伟昂打算今天开车去广州，明天下午再赶到珠海。因为与年轻、充满活力，而又躁动不安的特区相比，有着两千年历史的广州则是一派沉稳、厚重、处变不惊的景象。这倒不是已经年近四十的翁伟昂更喜欢安逸，而是因为他觉得广州深厚的历史底蕴，更适合他现在想重塑自己世界观的心愿。

在街边的茶楼"叹早茶"，又给车加满了汽油后，翁伟昂就开着他的切诺基越野车向着广州迤逦而去。由于不用赶时间，所以他一边放松心情不紧不慢地驾驶着汽车，一边不时看着沿途的岭南风光想起了心事来。

十年如烟。转眼之间翁伟昂就在这岭南地区度过了他人生中的又一个十年。在这十年间，他经历了这么多的人生变故，从一个三十而立的年轻人，成为一个即将四十不惑的中年人。从一个体制里的青年领导干部，成为一个创业者、小老板、民营企业家。

如今他这个地地道道的北方人，虽然不是为了"日啖荔枝三百颗"，但已经"不辞长作岭南人"了。在这岭南地区，没有了春夏秋冬四季分明的四季感，也就没有了秋天的凄凉、冬季的肃杀，所带来的睹物伤情、悲天悯人的感觉。这对于治愈他的心灵创伤的确是一服良药，渐渐地他适应了岭南地区终年无雪、潮湿闷热、蚊叮虫咬的气候环境，更适应了这里的夜色温柔、灯红酒绿。

当然了，翁伟昂仍然听不懂这里复杂的各地方言，那几种广东方言对于他来说比英语还要复杂，基本上和听外语差不多。通过这十年来在岭南地区的生活、工作和创业，翁伟昂对岭南地区的印象由浅入深、由模糊到清晰，他渐渐认识到正是有着岭南地区这些南来北往，操着南腔北调的人们，才保留下来了古代中国的语言和文化，并且开辟和推动了中国的近代化和现代化历史进程。

在博览群书的过程中翁伟昂认识到，岭南地区不但延续了古代中国中原地区的血脉和文化，而且在人类进化到了工业资本时代，大清帝国昏昏欲睡、摇摇欲坠之时，正是在这里出现了一批批因为下南洋出国谋生，见识了海外世界后，得时代风气之先的归国华侨。

在这一批批归国华侨地推动下，岭南地区风起云涌，使这里成为中国近代革命的摇篮和发源地。在这即将过去的 20 世纪里，岭南地区深深地影响和推动了古老、庞大，而又落后、故步自封的旧中国，向着现代化的方向前进。而在这一批批归国华侨中涌现出的杰出人物里，就有着中国近代民主革命先行者孙中山先生。

望着时晴时阴，时雾时雨的山峦田野，在翁伟昂的脑海里回忆与幻梦、历史与现实交织在一起。他的眼前有时会闪过江春敏、卫芸的身影，有时又仿佛看到范婵正坐在他身边的副驾驶座位上与他一路同行。

不知不觉中泪水已经模糊了他的双眼，这使他在一个岔路口调转车头，放弃了去广州的打算，朝着珠海的方向驶去。他并不是想提前去珠海软件中心，而是在这世纪之末，他想让自己对历史和现实的思考更为清晰完整一些，所以他想去孙中山先生的故居看一看。

孙中山先生的故乡中山市和珠海相邻，与珠江口东岸的深圳、香港隔海相望。现在开车从珠江口东岸去西岸有了条捷径，那就是走虎门大桥。这座跨越了珠江干流狮子洋出海口航道的虎门大桥，东起虎门威远，西至广州南沙，沟通了珠江口的东西两翼，于 1997 年香港回归之日通车。虎门大桥的建成通车，使得驾车从粤东到粤西地区无须绕道，行车里程缩短了一百多公里。

驾车行驶在虎门大桥上，翁伟昂心潮澎湃、浮想联翩，心胸也开阔了起来。不远处的威远炮台与虎门大桥遥遥相望，所以这里又曾经是鸦片战争的战场，而中国的近代史正是从这里开始的。在清朝道光年间，钦差大臣林则徐就是在这里，率领岭南军民销毁了收缴的英国鸦片。前来兴师问罪的大英帝国舰队也是在这里，向大清帝国的守军开了第一炮。清军守将关天培与将士们虽然同仇敌忾、浴血抵抗，但是面对大英帝国工业化武装出来的坚船利炮，终究还是实力不济、为国捐躯。

160 年弹指一挥间，今天虽然硝烟不再，早已海阔天晴、大桥飞架，但是现代化的梦想还是可望而不可即。他们这一代人是抱着在 20 世纪末实现四个现代化的宏伟目标，走出校门、走向社会的。但是当他们跨入了 1999 年，真的到了 20 世纪末时，他们终于不得不承认，他们当初的想法太幼稚，太简单，也太天真了。

疾驰而过虎门大桥，翁伟昂驾车向着中山市驶去。中山市虽与珠海相邻，然而翁伟昂每次都是匆匆路过，以至于生活在岭南地区快十年了，竟然还没有参观过孙中山先生的故居，因而他决定今天就了却这个心愿。

翁伟昂驾车循着路标的指引向着孙中山先生故居驶去。中山市是著名的侨乡，在两次鸦片战争后，闭关锁国的大清帝国的国门，终于被西方人的坚船利炮打开。这倒使得岭南沿海地区得时代风气之先，许多岭南人纷纷闯南洋，到菲律宾、印尼、马来西亚、檀香山等地谋生。

孙中山先生的家乡翠亨村，正好位于岭南沿海地区，而他的哥哥孙眉就是闯南洋的华侨中的成功人士之一。正所谓近水楼台先得月，这样一个三面环山、一面临海的翠亨村，本是个闭塞、贫瘠的沿海山村，却反倒有了闯南洋的便利条件。这个特殊的地理环境和历史条件，给哥哥孙眉在檀香山创业成功提供了机遇，也为当时正处幼年的弟弟孙中山，此后出洋留学创造了条件。

岭南地区温热多雨，香山县境内又多山峦。这里树木茂密、环境清幽、流水潺潺，而在这群山之中最有名的当属零丁山了。此山之所以出名，当然是因为南宋末年抗元名将、民族英雄文天祥之故。文天祥在1278年抗元战争失败路过零丁洋时，因这里的地名而感慨自己的报国之志难以实现，在忧愤中留下了那一首千古绝唱《过零丁洋》诗：

> 辛苦遭逢起一经，干戈寥落四周星。
>
> 山河破碎风飘絮，身世浮沉雨打萍。
>
> 惶恐滩头说惶恐，零丁洋里叹零丁。
>
> 人生自古谁无死，留取丹心照汗青。

然而第二年，也就是1279年发生的崖山海战，更是令翁伟昂感慨万千。正是在那场决战中元朝军队以少胜多，南宋军队全军覆灭，大宋皇朝从此灰飞烟灭。南宋灭国时，与文天祥、张世杰并称"宋末三杰"的民族英雄陆秀夫，背着年仅

8岁的南宋少帝赵昺，就是在这岭南沿海投海自尽的。众多南宋忠臣、家眷、士兵追随其后，十万军民跳海殉国。

自那以后，岭南地区就再也无法偏安了，而在此前千年的时间里，岭南地区曾经是古代中原人民逃避战火的栖身之地。翁伟昂从历史书中了解到，两广地区人民的祖先大多来自北方。广东和广西地区在秦朝统一中国之前，并不属于中原政权统治，而是被称为"百越"。在汉族人民长达两千年的迁入过程中，广东地区渐渐形成了三大群体。其中占大多数的是广府人，分布在珠三角的粤东、粤西地区；潮汕人分布于粤东南的潮汕平原；客家人则分布于粤东的梅州、惠州一带。这样就形成了广东地区的三大方言，即粤语（广府话）、潮汕语和客家话。

这三大群体，其实都是不同时期、不同地区的汉族先民，南迁入粤定居后的后代。到了南宋末期，北方蒙古帝国的入侵又引起了中原长时间的战乱，再次引发了中原汉族人民的第二次大规模南迁广东。这一次的汉族人民南迁，一直持续到清朝初年才基本结束。由于当时广东的平原地区已经被之前南迁的广府人和潮汕人占据，所以这次南迁的汉族人民只能迁到粤东北与江西、福建交界的梅山山区，因此被称为"客家人"，即客居他乡的人，他们所说的南宋中原汉语就被称为"客家话"了。后来部分客家人迁徙到了台湾，又有部分客家人在清政府的安排下迁徙到了广府人居住的地方，不料这一安排却引发了"土客之争"。

在清朝初年，客家人大量居住在粤东北的山区，而广府人居住在珠三角及粤西平原区，那里物产丰富并且人口并不稠密。于是在清政府的安排下，部分客家人由梅县、惠州一带迁往了珠三角东岸的增城、宝安县，以及粤西的肇庆、五邑地区。可是迁往粤西地区的客家人和原居当地的广府人爆发了长时间的暴力冲突。据肇庆、五邑等地的地方志记载，清朝中后期发生了多次广府人与客家人之间的大规模械斗，最后都是清政府从广州派军队过去镇压才能平息。

"土客之争"持续了几十年，最终以客家人有些迁回梅县、惠州，有些继续向西迁徙到两广交界处，余下的以通婚等形式融入当地广府人族群而告终。虽然"土客之争"以广府人的胜利结束，但持续几十年的械斗严重破坏了当地的经济发展，使得许多广府和客家年轻人对留在当地发展感到绝望。

这样到了清朝后期，大量的广府和客家青年宁愿通过"卖猪仔"的方式，去美国、加拿大做苦力修铁路，也不愿留在广府地区发展，这就开启了清末广东人大规模移民海外的浪潮。大量海外华侨的形成，使得广东人的视野、思想逐步国际化、现代化了。这就为此后孙中山革命思想的诞生，以及辛亥革命的爆发创造了条件。

翁伟昂驾车一路探访到了孙中山先生故居时，已经到了中午。他将车停好，先在路边找了一家客家饭馆吃午饭。由于深圳特区是在宝安县的地域内建立的，而宝安县自古以来就是客家人聚居的地区，所以客家人的饮食文化对特区有着明显的影响。或许是因为客家人是最后迁入岭南地区的缘故，客家菜保留了更多中原地区的风味，所以更适合翁伟昂的北方口味。他点了客家菜中传统的盐焗鸡、酿豆腐，一边独自吃饭，一边思索着到底是什么原因，促使孙中山先生走上了革命的道路。

"天下为公"是孙中山先生的座右铭。在孙中山先生传世的题词中，最多的就是"天下为公"这四个字。孙中山先生一生为之奋斗的社会理想，也确实可以用这四个字来概括。其实这四个字并不是孙中山先生的首创，而是孙中山先生对中华先贤思想的继承和复兴。"天下为公"的原意是说天下是公众的，天子之位，传贤而不传子，这成了中华先贤们对美好社会的政治理想。但是这个美好的政治理想，却被"普天之下莫非王土，率土之滨莫非王臣"的君主思想偷换了概念。

"大道之行也，天下为公。"其实是中国古代的民主思想，而"普天之下莫非王土，率土之滨莫非王臣"则是典型的君主思想。民主思想强调的是主权在民，而君主思想自然强调的是主权在君了。翁伟昂吃完午饭后，就若有所思地随着参观的人流走进了孙中山先生的故居。

与来自全国和世界各地到此一游的中外游客不同的是，已经失去了"家"的翁伟昂，在独立思考和疑惑之间，正在寻找着自己灵魂的家园。所以在这十年里，只要能够抽出时间，他就独自一人在这岭南的山岭、溪谷、海岸、古迹间行走。

每次行走，他都在大自然的景物和沿途的历史遗迹、典故中，感受着这世事的变迁。通过独立思考去解答自己心底里的一个个疑惑，去探寻这个世界的来龙去脉。如果说他有什么与众不同的话，那就是他并不是只把深圳当作赚钱的生意场，当作车水马龙的水泥森林，当作灯红酒绿的大都市，所以他总是一有机会就行走在这岭南的山水古迹间，不想让资本和大都市的铜臭过早地侵蚀他的灵魂。

　　他曾独自驾车在海边等待一个晚上，注视着火红的朝阳一点一点地从大海中跃升而出，以此来感受太阳系的运动；他曾在晴朗的山顶上仰望着漫天的星星，用他有限的天文学知识去辨认星座，以此来感受宇宙的无限。可是最让他百思不得其解的还是人类社会自身，还有他心底里那似乎永远都说不清楚的感情和梦想。

　　翁伟昂通过参观孙中山先生的故居和听导游的讲解，以前对孙中山先生零零散散的了解，渐渐变得清晰、生动了起来，也明白了孙中山先生最终走上革命道路的原因。西风渐进，这其实就是答案。那个时代选择了孙中山，孙中山也顺应了那个时代的选择，而这在当年是非常艰难和危险的。

　　这一天临时起意的旅行使他的心境开朗了一些，也让他的岭南印象更清晰了。正是十年来这一次次精神和灵魂的洗礼，使他无论是对中国和世界的近代史，还是对岭南地区近代以来一次次引领中国进步的贡献，都有了更深的理解。

　　"现实，不过是历史的一次次轮回而已！深圳的成功和它带给中国的变化，不也是这样吗？"他不禁在心里感叹道。

　　在他的心底里充满着对这座城市的热爱，正是这座新兴城市改变了上千万像他一样的人的命运。因为在当年的中国，只有深圳是唯一一个没有户口、档案、粮油关系，就可以得到一份工作的城市。他们爱这座城市澎湃的民间活力，爱它源于市场经济变幻莫测的生存机遇，爱它地处亚热带四季常青的大自然，爱它在色彩缤纷急速发展的当代中国所处的引领位置，就这样将这他乡做故乡了。

　　在人类的历史中，的确还没有一个城市可以在如此短的时间里，完成从沧海桑田到世界大都市的急速变迁。在这短短的二十年里，默默无闻的宝安县变身为了闻名世界的深圳市。幸运的是翁伟昂赶上了这座大都市发展最快的这十年，所以他在感伤那爱恨情愁的同时，又感谢命运引领他来到了这座依山傍海的城市创业。

　　亚热带温暖季风带来的雨水滋润着深圳万物生长，而深圳蓬勃发展的市场经济也使他的生命有了新的意义。他虽然感伤，甚至怨恨自己在这里遭受到的坎坷，但在内心深处他仍然感谢这座城市，给了他解答自己心底里那许许多多疑惑的机会。

第二章　四十而惑

当李钰走上典礼台时，翁伟昂望着她穿着短裙和高跟鞋的身影，竟然有点想入非非、神不守舍起来。"女人啊！果然是三分长相七分打扮。"他在心里嘀咕道。

"尊敬的各位领导、各位来宾，电子科技行业的朋友们：大家上午好！

"在这风景秀丽、气候宜人的南海之滨，在这即将跨入 21 世纪，迎来千禧年的特殊时刻，我们红宣科技有限责任公司珠海软件开发中心，正式挂牌成立了！

"此时，我们感受到了在百忙之中抽出时间的各位领导和远道而来的合作伙伴们，对红宣科技有限责任公司的一片盛情。为此，我代表红宣科技有限责任公司及全体员工，向莅临今天挂牌典礼的各位领导、各位专家、电子科技行业的朋友们，表示热烈的欢迎和衷心的感谢！现在有请红宣科技有限责任公司董事长翁伟昂先生致辞。"

当翁伟昂在恍惚中听到了李钰请自己致辞时，猛地从那想入非非、神不守舍中清醒了过来。他本能地站起身来，向典礼台走去。他已经多年没当体制里的领导了，竟然有点紧张起来。但是他毕竟是曾经在体制里当过领导的人，所以当他站在典礼台前时，仿佛在这一瞬间，他又回到了十年前。

"各位领导，各位来宾，在各级政府的领导和关心下，在各位合作伙伴的大力支持下，在各位专家的悉心指导下，在各位同事的紧密配合下，我们红宣科技有限责任公司珠海软件开发中心，终于正式挂牌成立了。这在红宣科技有限责任公司即将重组为红宣高科股份公司，并开启 IPO 进程的特殊阶段，有着重要的意义。在此我真诚地感谢相关政府部门、证监会、证交所、保荐人和各位股东对我公司的重视和信任！真诚地感谢我公司聘请的会计师事务所、律师事务所，对我公司重组和上市工作的支持和配合！

"感谢你们给了我们公司和我本人这样一个机会，我们将秉持博采众长、合作共赢的理念，力争为我国电子科技事业的发展做出贡献。相信有各位领导和专家的悉心点拨，以及广大同仁的热情参与和鼎力支持，我们一定会实现预期目标，一定会取得IPO上市工作的圆满成功！

"最后，祝各位领导、专家和同仁们身体健康，工作顺利，心情愉快，万事如意，谢谢大家！"

翁伟昂在掌声中结束了他的致辞，当他环顾会场时，他的目光仿佛在人群中找寻着什么。"她们会知道这一切吗？"一个声音在他心底里这样问道。

在这一瞬间，他又想起了江春敏、卫芸，还有天堂里的范婵。志得意满和往事不堪回首，这两种强烈的感觉在翁伟昂的心头冲撞。同时还有让他深感剪不断、理还乱的自己的世界观，以及他心底里那疑惑的迷茫所带来的烦恼。

孔子说"三十而立、四十而不惑"，但是这句圣人言对他来说，抑或是对他们那一代人来说却完全不成立。在他三十而立的那一年，他放弃了他曾经拥有的一切，冲出了那个小城。十年后，到了他本应四十而不惑的这一年，他的心中却充满了疑惑。

四十而惑，这正是此时的翁伟昂所面临的最大问题。所以他没有兴致继续应酬，也没有心情参加午宴，就对文幻和李钰说他要去广州办一件重要的事，请他们两人主持中午的宴会。典礼一结束，他就脱去西服，解下领带，驾车向着广州方向扬长而去了。

在这十年间，说起这类"真实的谎言"来，翁伟昂已经面不改色心不跳了，更何况他真的觉得到了必须重塑自己的世界观，自己给自己解答内心中那无数个疑惑的时候了。他觉得他现在的世界观，似乎越来越多地受到了进化论的影响，就像人类历史经历了一个从原始到现代，从愚昧到科学，从野蛮到文明的进化和博弈的过程那样，显然他要梳理清楚他现在的世界观，的确将是一个复杂的心路过程。

在 1993 年的春天，也就是翁伟昂来到特区的第三年，红宣科技有限责任公司成立了。对于他来说，那是既豪迈，又凄楚的一个时刻。当他离开西江市时，他本打算到特区这里用三年的时间闯出名堂来，然后就回到那座小城去看望卫芸。如果卫芸还没有结婚，他就要把卫芸带到特区来；如果卫芸已经结婚了，那他就要去寻找江春敏。

可是三年过去，卫芸已经结婚，而他却不能去寻找江春敏了。因为他意识到他仍然一无所有，他必须用手头的这一点点资本，给自己闯出一片天地来。好在他已经看到了将这个梦想变为现实的可能性，这是由于就在一年前的 1992 年，南方谈话开启了中国 20 世纪末的第二次思想解放进程。

乘着这股春风，他用积攒下来的那笔本打算和卫芸重建个新家的钱，在电子一条街附近买下了一套破旧、狭小的一楼住房。这套一楼住房位于临街的拐角处，整天吵吵闹闹，但正是他所需要的。因为他已经观察到电子一条街这里的生意越来越红火，而"电脑"这个新鲜玩意已经开始在中国普及，快速进入了寻常百姓家。

在南国证券公司工作时，翁伟昂就已经敏锐地注意到了这一发展趋势。而且他认识到中国大陆重启的股票证券市场，实际上已经跨越了实物股票和手工交易阶段，直接进入了虚拟电子交易阶段。国有四大银行、各金融机构和政府部门等机关企业，也都开始了电子信息化建设，而在电子游戏的诱惑下，很多游戏发烧友也开始玩起了电脑游戏，这样一来电脑进入中国家庭也就指日可待了。在市场分析和直觉地驱使下，翁伟昂的创业之路就从陌生的电子计算机行业开始了。

就这样，过去的那个翁伟昂真的不存在了。告别了他的初恋情人，告别了他的前妻，也告别了他已经工作了十年的体制。他不再是国有银行的基层副行长，不再是小城政府的副市长，不再是证券公司的副总经理，不再是领导干部，甚至也不再是有着说得过去的身份的人了。

"我是谁？我的社会地位呢？我的归宿在哪里？"在无数个夜深人静、孤苦难眠的深夜里，翁伟昂痛苦而又茫然地问着自己。

当翁伟昂告别了过去的那一切后，他才真真切切地感受到，从此以后他的人生目标似乎只剩下了一个，那就是"赚钱"。也就是赚取他在大学金融专业里学习过的，那个学名叫作"货币"的东西。对于那时的他来说，这已经不再是一个单纯的理论问题了，而首先是个生存问题。

　　他已经没有了旱涝保收的工资收入，也没有了各种福利待遇，在那个还没有建立完善社保制度的年代，对于一个没有"单位"的成年人来说，就连生病住院和退休都成了问题。所以他只能依靠他手头仅有的这一点点资本，去生存和打拼了。

　　当翁伟昂倾其所有，买下了那套一楼的破旧小房子后，他就将临街的那一面窗子改成了门，这样一来这套破旧小房子，摇身一变就变为了临街商铺。开门临街的那间大一点的房间摆上了一排售货柜台，里面的小房间作为他的卧室。就这样，翁伟昂的下海潮就在这套住改商的破旧小房子里开始了。将住宅改为商铺当然是违规的，可他碰上了一个正在腾飞的、不可思议的时代。

　　这是中国改革开放历史进程中的一个新的转折点，也是翁伟昂新的梦想的起点。他清楚地记得，中国 20 世纪后期的第一次思想解放进程，是围绕着真理标准的大讨论展开的。那第一次思想解放进程，使中国在指导思想上摆脱了束缚，此后中国的经济建设开始提速。

　　1979 年 7 月，中央和国务院批准在深圳、珠海、汕头、厦门四个南方沿海城市划出部分土地试办经济特区，这标志着中国的改革开放迈出了历史性的一步。这个具有突破性的重大决策，如果是在没有完成第一次思想解放进程的时期是不可想象的。然而改革开放的艰巨历史任务，显然不可能是一锤子买卖就能搞定的。

　　虽然在第一次思想解放进程之后，中国的发展已经开始向经济建设转移，但是伴随着经济领域改革必然会出现的各种纷繁复杂的社会现象，仍然有很多人用单一意识形态的头脑去思考和评判。所以每到宏观经济出现周期性地波动时，便会立即引发争论和思潮。这些争论和思潮其实是正常的，也是必然的，因为历史就是在否定之否定的永续循环中不断演绎进化，人类也是在历史实践中不断地认识自然规律和社会规律的。

翁伟昂意识到，从中国的发展进程和当时的意识形态环境来看，在改革开放的历史进程中，出现姓社姓资的争论也是必然的，是他们那一代人的头脑和灵魂必须跨越的一道坎。好在1992年的南方谈话使中国跨越了这道坎，并且开启了第二次思想解放进程。翁伟昂正是幸运地在这第二次思想解放的历史背景下，在下海潮中开始了他新的人生，而中国也终于抓住了一次历史机遇。

20世纪90年代的世界，新的一轮科技革命正在酝酿。在大洋彼岸，伯纳斯·李打电话给同事，请同事帮忙将一些图片扫描，并上传到他刚发明的万维网上，从此以后人类进化到了互联网时代。而那时候的翁伟昂，完全是以一个门外汉的身份，一头闯进了这个既陌生又飞速发展着的新兴行业里。

那个时候赛格电子市场已经开业五年了，可翁伟昂对计算机的了解和操作水平，仅仅限于用证券公司的电脑办公，偶尔笨手笨脚地打打字。对于电脑的原理、结构，以及相关的软硬件知识，他这个学金融专业的文科生基本上是一窍不通。

在他上大学的时候，计算机课程和他们这些文科生一点关系都没有，但是俗话说得好，瘦死的骆驼比马大。翁伟昂强大的自学能力立即派上了用场，所以在很短的时间里，他这个已经年过三十的文科生，就进化成了理工男。

其实对于应用层面的计算机技术而言，数理化知识基本用不上。那个时代的计算机硬件，已经进化到了大规模集成电路和模块化设计阶段，软件也大部分使用高级程序语言开发，汇编语言已经很少使用了。

创业艰难百战多。所有的创业故事都伴随着压力、挫折、失败、绝望、无助、孤独和难言的寂寞。但是翁伟昂知道，所谓下海创业就是被抛到市场经济的大海里，只要能够看到一点希望，他就必须全力以赴地拼着命游过去，否则就只能销声匿迹了。

虽然在体制里工作了十年，而且当了多年的领导，自以为见多识广，但当翁伟昂真正地下海经商后，他才知道市场和体制完全是两码事。他必须从头学起，亲力亲为，当小老板和在体制里当领导完全是两回事。更何况他没有任何做生意的实践经验，他必须从最基础的进货和销售学起。

翁伟昂就这样在违规住改商的简陋小店里，将他新的事业一步步地做了起来。相比较那些租着柜台，住着出租房的小商小贩们来说，他已经算是条件优越的了。当然了，这要看和谁比，怎么比了。与那些小商小贩们相比，他不用付昂贵的租金，仅仅这一点，他卖的电脑配件就可以比那些小商小贩们便宜许多。

虽然他的小店位置比较偏，但是由于南方特区这里的客户来自全国各地，那年头又没有手机导航，所以很多外地客户晕头转向、误打误撞地就到了他的小店里，再加上他这里的货卖得比较便宜，特别是如果碰上的是北方客户，他标准的普通话和一脸正气，更使他做起生意来游刃有余。

在不知不觉中，翁伟昂的电脑配件生意就这样做了起来。那个时候的电脑还属于高大上的高档商品，无论是电脑整机还是电脑配件的价格，相对于普通中国民众的收入水平来说都很昂贵，所以那个时候的电脑顾客们的层次也相对较高，玩电脑和做与电脑相关工作的人都属于高端人士。

生意忙了之后，翁伟昂开始雇用员工。在试过了几个雇员之后，他发现一位名叫文幻的青年诚实可靠，慢慢地他就将日常的业务都交给文幻管理了。因为他的人生目标，肯定不是守着这个小店过日子，他渴望的是在这个新兴行业里做大做强。

在一个炎炎夏日里，翁伟昂坐着火车硬座悄然来到了北京。他没有与王真联系，也没有和其他大学同学联系，他觉得现在还不是时候，自己也没有那种自信和荣耀的感觉。

翁伟昂那次到北京是为了考察市场。电脑行业的发展还是京城最快，因为那里有大量的高校和科研机构，高科技公司也是最多的。瑞星、四通、联想，这一个个如雷贯耳、耳熟能详的当年电脑行业的领军公司，让他羡慕，又让他彷徨。与这些当时国内顶尖的高科技公司相比，他那小老板的感觉立即消失了，他觉得自己差得太远了。

在那段时间里，翁伟昂在中关村的各处电脑市场考察，或者说是游荡。他心里的感觉十分糟糕，他知道他的现实和理想相差太远了。就算他再努力，他也不可能以一己之力将他的小店做成一家像样的高科技公司。最关键的是他没有资本扩大再生产，又谈何做大做强呢？

想起来真是滑稽，十几年前他就是在北京这里，在大学学府里一边学习着《资本论》，一边痛批着资本。可如今他最需要、最渴望的，恰恰就是资本。

什么是资本？现实生活告诉翁伟昂，资本就是钱，钱就是资本，也就是那个学名叫作货币的家伙。可是钱又从哪里来呢？

当然可以去挣钱，但是翁伟昂的金融知识和短暂的经商经历都告诉他，通过挣钱的方式去进行原始积累、扩大再生产是很难的。一方面市场机会稍纵即逝，另一方面90年代那令人恐惧的通货膨胀率，在不知不觉中就会将那些辛辛苦苦积攒下来的原始积累化为无形。

曾经身为主管信贷的基层银行副行长、证券公司副总经理的阅历都告诉翁伟昂，要想快速地获得资本，对他来说只有两个途径，一个是通过银行贷款融资，另一个就是从高风险的股票期货投资里去博取利润了。

坐在返回南方特区的火车硬座上，翁伟昂详细规划着他的未来之路。他又要和自己的老本行打交道了，只不过这时候他的身份位置已经完全颠倒了过来。他这个曾经主管信贷的基层银行副行长，如今变为了战战兢兢、忐忑忑忑到银行申请贷款的小微公司法人。而曾经身为证券公司副总经理的他，也即将杀入股票和期货市场，成为还处于草莽阶段的中国股票期货市场里，一个追涨杀跌、高抛低吸的小散户、小投机者了。这个既滑稽又悲壮，又有几分纸醉金迷的未来，令翁伟昂浮想联翩、感慨万千。

从北京考察回来以后，翁伟昂更忙了。他到各家银行去了解小微企业贷款的条件，到证券期货公司去开户。然后将他的数字传呼机换成了可以费力地看股票信息的中文传呼机。最后又咬了咬牙，一狠心一跺脚，花了一万多元买了一部俗称"大哥大"的手机。但是他买的不是那种方头方脑、砖头般的蜂窝模拟信号手机，而是当时最新型的全球通数字信号手机。

其实他买的摩托罗拉翻盖手机只花了五千多块钱，可是当时 139 号段手机号的选号和入网费还得再花上五千多块钱，这样一加下来就得花费一万多块钱了。要知道那时候很多高大上的政府公务员和国企小白领们，每个月的工资加奖金，很少有能超过一千元的。而且那时候的手机真的是"大哥大"，不但打出要收费，接听电话也得收费，俗称"双向收费"。只要手机一响一接听，每分钟就得四毛钱，所以那时候有"大哥大"的人腰间都别着"双枪"。左边是传呼机，右边是手机。要是谁不小心拨错了这些人的手机，肯定会被他们痛骂一顿。

一向文质彬彬的翁伟昂，就是在那时候学会骂人的。当确认对方拨错了电话后，他总是将对方连奚落带骂，然后赶在一分钟之内翻盖挂断手机，免得再扣四毛钱接听费。

翁伟昂之所以花这么大价钱买了全球通手机，主要是为了炒股。因为那时候每个证券营业部里都是人山人海，如果在柜台上填单子买卖股票，不但挤得满身臭汗，还得忍受交易柜员的冷脸白眼。

那时候各家证券营业部的交易柜员们的服务态度，比当年国有银行柜员们的服务态度还要生猛。而且就算千辛万苦地挂上了单子，也很可能追不上暴涨暴跌的股票行情。望着大屏幕上滚动的时红时绿的一排排股价，那个捶胸顿足的感觉，很是令老股民们死去活来。

再说翁伟昂还得跑他的电脑生意，既没有那么多的时间泡在证券营业部里下单子，也不可能一直待在店里用电话委托交易，所以面对激情澎湃的股票行情，为了进行追涨杀跌的股票交易，他只能狠心跺脚地买全球通手机了。这样无论走到哪里，都可以通过电话委托买卖股票。

本来翁伟昂打算买一部便宜点的模拟信号手机，可是看着那些拿着砖头般的模拟信号手机，一边窜来窜去满大街找信号，一边对着模拟信号手机气急败坏、大吼大叫的人，他就狠下心来买了一部全球通数字信号手机。

股票挣钱了，银行贷款批下来了，电脑生意也越来越好，下一步就该买车了。虽然对越野车情有独钟，但是一方面越野车的价格太贵，另一方面又要进货送货，所以翁伟昂买的第一辆私家车是天津大发。虽然那只是一辆微型面包车，但是要知道那个年代的中国人很少有私家车，就算是在京城里满大街跑着的出租车，也是这种俗称"面的"的微型面包车。

翁伟昂就这样成了90年代初有房、有车、有"大哥大"的成功人士。一时间他志得意满，觉得自己似乎无所不能，仿佛他的世界里遍地黄金，在他的前方有一座座金山银山在等着他。但是市场经济和资本的进化与博弈，就是专门修理他这种不知天高地厚者的。所以当翁伟昂趾高气扬地进入期货市场时，他受教训的时候到了。

那个时候的中国股市只能买涨，不能买跌，也就是只能做多，不能做空。这对于学了点技术分析，又自视为金融专业科班出身的翁伟昂来说，觉得有点不过瘾。所以进入既可以做多，又可以做空，而且自带十倍杠杆的期货交易市场，对于他来说就成了一件自然而然的事情了，但这使他又经历了一次人生的沉浮。

就这样翁伟昂通过亲身的创业实践和市场竞争的洗礼，既体验到了财富的美妙，也感悟到了市场经济的玄机和风险。这让他觉得"物竞天择，适者生存"是进化论对现实世界的真实表述。确实大到星球、星云，小到分子、原子，再到动物界、植物界，以及人类社会自身莫不如此。在宇宙中体积较大的星体会吞噬掉周围的天体，或是用引力俘获较小的天体，使其围绕着自己旋转。在人自然中动物们依赖食物链生存和繁衍，因而必须为了生存繁衍而竞争残杀，这就是丛林法则，所以他觉得此时的自己已经是个进化论的信仰者了。

当他开始尝试用进化论的观点去重塑自己的世界观时，他仿佛渐渐洞悉了人类社会的发展脉络，思维也渐渐活跃了起来。他觉得很显然当原始人学会了使用工具和生产劳动，走上了文明的进化道路之后，这条文明之路其实充满着血腥、暴力、斗争和博弈。而当人类最终进化到了大自然的食物链顶端，并且掌握了通过生产劳动和发明创造改造自然的能力后，人类与动物界以及自然环境的竞争已经不再是大问题了，于是人类社会内部的竞争就成了人类社会进化的主题。

在这十年的孤苦生活中翁伟昂读书无数，正是有浩瀚的书海相伴，他才挺过了这么多的凄风苦雨。他觉得对人类历史而言，战争曾经是人类社会进化的主要形式，所以一部人类历史几乎就是一部战争史。人类战争是在原始社会后期出现的，当人类自相残杀的方式进化为战争行为以后首先在氏族部落之间进行，随着战争规模的扩大又逐步发展为部落联盟之间的战争，并最终为国家的建立奠定了基础。

战争虽然是残酷的，但在人类历史上却扮演着推动人类社会进化的角色。战争促使了国家的出现，所以从国家这一人类上层建筑的主要形式出现的第一天起，国家就具有了战争职能。人类国家间战争最初是为了赤裸裸地抢劫而进行的，目的是为了争夺赖以生存的土地、河流、山林、食物等天然资源，或者是为了抢夺妇女和奴隶。后来随着人类农牧业生产的发展以及社会分工的出现，商品交换和货币也相继出现，并转化为最初的农牧业资本。

这时国家间的战争也不再那么赤裸裸了，渐渐地多了一些技术含量，对资本和工业资源及市场的争夺，渐渐成为国家间战争的主要目标。战争的经济目的从人类的原始社会时期就一直存在着，随着国家规模的扩大，这种经济目的的考量，越来越成为人类战争行为的决定性因素。

虽然东方文明曾经领先于西方，但是西方世界在宗教改革和文艺复兴浪潮的推动下，迅速进化到工业化时代。当人类开启了工业化时代以后，西方列强发动殖民战争的目的，已经进化到通过扩张势力范围抢夺工业原材料资源，并通过占领市场倾销工业产品这一新的阶段了，随之而来的则是工业条件下越来越惨烈的热兵器战争。所幸的是当人类间的战争行为越来越残酷时，伴随着工业化和市场化的进程，资本的进化和博弈开始登上了人类历史的舞台，这终于使人类文明的进程迎来了和平的曙光。

在资本驱动下高速转动的大机器生产，其生产效率远远超越了中国庞大而落后的封建手工业生产。当西方世界的工业商品被源源不断地从一座座工厂里生产出来之后，必然需要寻找越来越庞大的海外市场。就这样在战争和资本的循环冲击下，全球化运动将世界各国的距离越拉越近，世界版图也被不断地改写。

在解构自己旧的世界观，并为自己重建新的世界观的过程中，翁伟昂越来越清晰地意识到，西方世界的那些曾经的蕞尔小国们，确实是在货币转化为资本这一核心环节上超越了中国，因为他们在国家和个人间创立了一种新的货币转化为资本的进化形式——现代企业制度。

企业家也好，资本家也罢，经营企业都是以营利为经营目的。现代企业的出现是人类商品文明资本化的必然结果，因为现代企业的出现填补了国家和个人之间的空白。国家作为人类社会的上层建筑，虽然需要根据经济基础的变化而变化，但这个变化是长期的、渐进的，不可能跟着市场变来变去。而个人是人类经济活动的最小单位，个人一方面力量渺小，另一方面人数众多、需求各异，这就客观上需要在国家和个人之间形成企业组织，为国家和个人创造财富，满足人类生存、繁衍和文明进化的需要。

西方世界的崛起，正是由于其国家资本和私人资本，在货币转化为资本这一关键环节上找到了完美的进化方式，从而征服了世界。这个完美的货币转化为资本的进化方式，就是近代西方社会出现的契约化、法治化的现代企业制度。

每想到我中华地大物博、人口世界第一、历史悠久灿烂，脑海里就漂浮着如痴如幻的梦想，心胸里就激荡着赶英超美的豪情。可是如今当翁伟昂驾驶着他的切诺基吉普车驶入了广州郊区时，他在迷思中却觉得中国的近代史就像是万花筒，那里面什么都有，而且只要你转那么一转，它就会给你变出个新的花样来。仿佛中国近代史会变魔术一样，它可以把幻象变为现实，又可以把现实变为幻象，真可谓是"玄之又玄，众妙之门"，而他这次到广州来，就是为了寻找那扇"众妙之门"的。与新兴的，只有区区20年城市历史的鹏城不同，羊城可是一座有着两千多年历史的古城，而这座城市在中国近代史中的地位更是首屈一指的。

翁伟昂就这样断断续续地梳理着他头脑中的思绪，不知不觉中已经驾车驶入了广州天河区。他沿着黄埔大道行驶到了码头，一边等待着渡轮，一边感怀着这世纪沉浮中那么多的历史事件和历史人物。他希望以此来展望即将到来的21世纪的中国和世界的发展趋势，毕竟他们这一代人是跨世纪、跨千年的一代人，又处于这样一个历史转折关头。直觉告诉他，他和他们这一代人所面对的这个历史转折并不是孤立的，而是与人类的历史、现实和未来紧密联系着的。

　　往返珠江两岸的渡轮抵达后，翁伟昂发动汽车驶上了渡轮。他熄了火，渡轮向着对岸缓缓驶去。他望着珠江两岸正在建设中的高楼大厦和一片片低矮陈旧的棚户区，沧海桑田的感叹在他的心中油然而生。他希望在这样追思中国近代史的过程中，去给他的四十而惑找寻答案。

第三章　泡沫人

在这个独自游览、独立思考的过程中，翁伟昂觉得在他重塑自己的世界观时，达尔文的进化论和弗洛伊德的精神分析学，已经渐渐成为他重新看待和分析这个现实世界的两个思考工具，这使他四十而惑的心渐渐平静了下来。

对于正在下海潮中搏击的翁伟昂来说，眼前还有太多的具体事务需要他去处理，还有太多的困难需要他去面对和克服，所以他不能在广州久留。他在广州住了一晚，在享用了丰盛的自助餐后舒舒服服地洗了个澡，然后美美地睡了一觉，第二天上午他就赶回了特区。

为了明天的辉煌，十年来他就是这样一路奔忙。他又要投入到艰辛的下海潮中了，虽然他的心里还有太多的疑惑，但也只能留待未来去解答了。

在经过了一番精神的自我洗礼后，翁伟昂又全身心地投入到了"白加黑、五加二"的工作状态中。只要一睁开眼睛，无穷无尽的各类公司事务就堆在了他的面前。到了晚上，办公桌对面的长沙发就是他的单人床。就是在睡觉时，那些公司事务也不肯离开他的大脑。在睡梦中，他经常会突然想起某件事情，或者是冒出某个想法，于是翻身起来就又投入到了工作之中。

上次董事会结束后，翁伟昂对公司的高管分工进行了调整。总经理文幻不再分管技术工作，以便他全力以赴地抓好销售和售后服务工作。分管行政工作的副总经理李钰，兼管公司的人力资源、宣传客服等内务工作。三位副总经理分管主机产品部、通信产品部和软件开发中心。这三位副总经理都是翁伟昂在近一年的时间里，从电子行业用高薪挖过来的高学历科技人才。其中分管主机产品部的林森副总经理是一位海归博士，分管通信产品部的潭远副总经理来自台湾，分管软件开发中心的曹力副总经理则是大陆土生土长的本土派。

身为公司创始人、大股东和董事长的翁伟昂，除了要全盘掌控公司外，还分管了公司的财务部，以及公司的融资和 IPO 上市工作。在 20 世纪的这最后一年里，红宣高科股份公司迎来了大发展的一年，公司的各项业务异常繁忙。那一年之所以那么忙碌，一方面是因为红宣高科的公司规模越来越大，产品线越来越长；另一方面则是由于他们所服务的大型金融机构的高层领导们，开始高度关注起了计算机系统的"千年虫"问题。

显然这是一个人类从来没有遇到过的社会问题，社会各界终于认识到跨越公元 2000 年的历史时刻已经进入了倒计时阶段，而且这不仅仅是跨越世纪，也是跨越千年。对于已经越来越依赖计算机系统的现代人类社会来说，这绝不仅仅是个特殊的时间问题，而是一个复杂而又庞大的技术问题。这个人类还从来没有遇到过的技术问题，对于高度依赖计算机系统的金融行业来说就更是敏感了。

在上一个千年时，人类还生活在中世纪的黑暗之中，根本不知道电为何物，更别说计算机了。到了 19 世纪，人类虽然掌握了电子理论和发电技术，但是在跨入 20 世纪时，还不知道电子计算机为何方神圣。可是到了 20 世纪中后期，电子计算机的发明和广泛应用，在短短几十年间就使人类社会再也无法离开这个神奇的玩意了。

当年的各类媒体将这个技术问题炒作成了"2000 年病毒""千年虫"等颇为惊悚的新闻热点。其实从技术角度上讲，这个问题只是指在包括计算机系统、自动控制芯片等使用了计算机程序的智能系统中，由于其中的年份代码只使用了两位十进制数来表示，因此当计算机系统进行到跨世纪的日期处理运算时，就会出现错误的运算结果，进而引发各种各样的系统功能紊乱，甚至于整个系统的崩溃。

所以从本质上来说，这个"千年虫"就是一个计算机程序在运算处理日期上的错误，并非计算机病毒。而真正的计算机病毒，则是指计算机系统的破坏者们，在正常运行的计算机程序中，偷偷插入了破坏计算机功能运行和数据安全的代码，以破坏计算机系统的正常工作为目的。

这些编写计算机病毒代码的破坏者们很快就有了新的头衔，在人类社会中被称为"黑客"。这些黑客们都是些隐匿在计算机世界的阴暗角落里，心怀鬼胎、居心叵测的软件高手。他们在编写破坏性的程序代码时，通常会加入能够自我复制的一组计算机指令。这些破坏性的程序代码看起来就像生物病毒一样，具有自我繁殖、广泛传染以及激活再生等生物病毒的特征。

显然计算机系统的 2000 年问题并不是计算机病毒，而是系统自身的问题。但是由于人类已经进化到了环环相扣的网络时代，假如在这个环环相扣的网络世界里的多处节点上，同时出现了大规模的故障，那么就有可能引发网络世界的瘫痪。由于那时计算机网络的使用，已经逐渐嵌入到人类社会的日常生活之中，那么就将会引发社会混乱，这在敏感的金融行业中就更危险了。

金融行业是人类最先使用和普及计算机应用的行业。在一些老旧的计算机系统中，程序员们在程序开发时，经常使用数字串 99，或 99/99 等来表示文件的结束、永久性过期、删除等一些特殊意义的自动操作指令。这样当 1999 年 9 月 9 日等特殊日期来临，计算机系统在处理到内容中含有日期信息的文件时，就会遇到含有 99 或 99/99 数字串的文件，并将这些计算机文件误认为已经过期，从而引发将这些文件删除的错误操作。这样必然会导致计算机系统的混乱，甚至系统崩溃等故障现象。

这个"千年虫"问题的根源早就已经埋下了。因为当年计算机存储器成本高昂，如果用四位数字表示年份，就要多占用存储器空间，从而使成本大大增加。所以为了节省有限而又昂贵的存储空间，计算机系统的编程人员通常采用两位数字表示年份。

随着计算机技术的迅猛发展，虽然后来存储器的价格逐渐降低了，但是在计算机系统中使用两位数字来表示年份的做法，却由于思维上的惯性和习惯而被沿袭了下来。这样年复一年，直到新世纪和新千年即将来临之际，计算机专家们才突然意识到，用两位数字表示年份将无法正确识别公元 2000 年及其以后的年份。到了 1997 年，计算机行业终于拉响了"千年虫"警钟，并且很快引起了人类社会的全球关注。

就这样，为这一新兴行业服务的"翁伟昂们"赚大钱的时机，又一次来到了。要解决这个"千年虫"问题有两个办法，一个办法是对所有的旧系统进行全面的测试排查，找出问题来逐个解决；另一个办法则是直接淘汰旧系统，升级新系统。因为新系统全部使用四位数字表示年份，这样跨越千年就不会有问题了。至于说跨越公元 10000 年的五位数"万年虫"问题，就留给 8000 年后的人类社会去解决吧！

对于"有钱任性"的各大银行来说，淘汰旧系统，升级新系统是理所当然的选择。一方面那时候正处于金融电子化、网络化的"大跃进"时期，另一方面也确实可以彻底消除"千年虫"的风险。而全面升级新系统，就要同步对各类计算机设备进行全面的升级更换，这对于普通企业来说是个沉重的财务负担，但是对于财大气粗的各大银行来说就不在话下了。

身为曾经的银行高管，翁伟昂对银行界有着本能的高度关注。他敏锐地发现了这个挣大钱的天赐良机，所以紧紧地抓住银行客户不放，终于实现了将他的公司快速做大做强的目标，而他在金融界的人脉关系，更使他如虎添翼。

虽然翁伟昂似乎是阴差阳错，但又似乎是命中注定地离开了银行系统，最后也离开了体制。可他的大学同学圈子，都还留在了体制里。20 世纪 80 年代初的全日制本科毕业生都是天之骄子，所以对于他们这帮大学同学来说，包分配、进体制、入党提干是标准动作。如今人到中年，一个个都陆续走上了领导岗位。

作为京城大学金融专业的本科毕业班，翁伟昂的大学同学们大部分都分配在以各大银行为核心的金融系统里工作。少数在政府部门工作的同学更是位高权重，而王真就是其中的翘楚。王真现在已经是副局长了，那可是国家部委里的副局长。

这个有形无形的老同学关系网，使曾经对关系学嗤之以鼻的翁伟昂如鱼得水，拿下各大银行的电子设备合同也就不在话下了。所以红宣高科的销售额成倍地增长，但是销售额成倍增长是一回事，利润是否也会成倍增长就是另一回事了。

并不是说各大银行的电子设备合同利润低，而是因为对于他的公司来说，在影响利润的多种因素中，融资成本高昂和回款周期太长，一直是深深困扰着他的两大问题。

他们这类民营公司，都是做小本生意起家的，本身就没有什么原始资本积累，所以只能通过向银行申请流动资金贷款来拓展业务、抢合同。但是抢到合同，并不等于直接拿到了收入和利润，而是会形成越来越大的应收货款。这样就必然陷入到了公司的销售额越来越大，可是需要向银行申请的流动资金贷款额也越来越大的债务资本循环之中。如此一来，公司的利润在很大程度上，就取决于公司的融资成本和回款速度了。

来自银行的合同是可靠的，不会打水漂。但是人家给你什么时候结账付款，就实在是说不准了。那时候各家银行的计算机设备需求很大，可是又没有专项资金。但那是个摸着石头过河的年代，何况是神通广大，管着钱袋子的银行呢。

那时很多银行都有五花八门的自办公司，其中就有计算机租赁公司。所以在表面上看，翁伟昂的公司是在和这些银行的计算机租赁公司做生意。但是这些租赁公司其实也没有资本金，他们通常要求翁伟昂的公司先提供设备，同时向自己的银行申请贷款。等贷款批下来后，再向翁伟昂的公司支付设备款。

然后这些银行的租赁公司，再将购买的计算机设备租赁回自己的银行。银行再以租赁费用的形式，向自己的计算机设备租赁公司支付设备款，以此来解决没有专项资金的问题。所以等到银行的计算机租赁公司给翁伟昂的公司结款时，这个周期就很长了。通常来说在那个年代欠钱的都是大爷，你不赔着笑脸，给点回扣，好吃、好喝、好玩地招待一番，这些货款什么时候能要回来，就只有天知道了。

显然这是一个复杂的债务资本的循环。由于大部分企业都没有自有资本，所以大家都只能通过银行贷款来筹集资本。可是这些资本本身都是债务，于是全社会就被这无处不在的债务资本捆绑在了一起。作为一位接受了以批判资本、消灭资本为核心教育理念的金融专业本科毕业生，翁伟昂因而时常感到深深的困惑。

他的亲身经历和观察都告诉他，随着市场经济改革的不断深入，资本正快速而全面地渗透到中国社会生活的各个领域，并且在经济生活中广泛运用，其数量和金额都呈现出了几何级数的增长。以资本驱动的市场经济正以高效率的生产力优势，迅速成为配置社会经济资源的主体。

翁伟昂深深地感到，中国改革开放这 20 年来的历史实践已经证明，实现以资本驱动的市场经济，不但可以高效地配置经济资源，提高人民的生活水平，而且也有利于实现国家复兴和实现现代化的目标，有利于充分发掘各类经济资源的战略价值。同时翁伟昂又深切地感觉到，由于受到多种复杂因素的影响，他们这一代人对资本的研究和批判都太片面了。

很显然，如何对资本进行管理和保护并促使其不断增值，是关系到国民经济、社会发展的战略性问题。面对新的时代、新的世纪、新的千年，如何为资本建立新的基础理论，将是一个无法回避的理论课题，也是他们这一代人应该承担的历史责任。

所以翁伟昂觉得，如果未来有一天他能够从这无边无际的公司事务中超脱出来，他一定要去探寻资本在人类进化的历史进程中，所涉及的社会背景、基础理论和历史条件的新知识，为自己解开心中的疑惑。他在独立思考的过程中意识到，进化的过程必然是一个漫长而又激烈的博弈过程，资本的进化也必然与激烈的资本博弈如影相随。

进化必然带来博弈，而博弈又促进了进化，并且决定着进化的方向。然而这个过程对于人类来说显然并不总是美好的，因为既然有博弈，那么就必然有成功和失败，成功者又必然是少数。而他现在必须首先要去做的，就是成为那少数成功者中的一个。为了明天的辉煌，他必须在这条艰难的创业道路上坚持下去。尽管已经人到中年，尽管感到四十而惑。

"一将功成万骨枯，"他在内心中感叹，"每一个成功者的成功，都是建立在无数失败者的失败，甚至于血泪和生命之上的。给成功者以奖励，给失败者以尊重，应该成为文明社会的价值标准。因为现代文明社会的进化需要的不再是丛林法则了，而是体育精神。那些站在高高的领奖台上的冠军们应该明白，如果没有对手的参与，也就没有他们的胜利。所以成功者在尽情庆祝自己的成功时，不应该忘记给失败者以安慰，而失败者在向成功者表达衷心祝贺的同时，也更需要保有高傲的自尊。在这广阔而又永续循环的世界中，今天的失败者，也许就是明天的成功者。"

人是生而自由的，人类都是生而自由平等的，当卢梭在《社会契约论》中阐述了这个观点之后，二百多年以来一直激励着人类为自由平等而奋斗。但是翁伟昂觉得这只是一个伟大的理想，也许永远不可能成为现实。这个说法从文学的角度讲是非常成功的，可是现实世界并非如此。大自然中的每一个生命降生在这个世界之中，其实一出生就面对着不公平。相对于其他物种来说，今天的人类已经算是最幸运的了。

可是就算是在现代人类的文明世界里，有的人出生在富裕的发达国家，有的人出生在贫穷落后的发展中国家。而在一个国家里，有的人降生在某个优越的家庭环境里，有的人生来就家境贫寒；有的人的父母有着比较高的身份和社会地位，有的人的父母一生都是默默无闻的；有的人生来就漂亮而又聪明，有的人生来就相貌平平，甚至于身带残疾。

显然对一个人的人生来说，先天的客观因素起着那么重要的作用，甚至可以决定他们一生的命运。这的确是不公平的，也是不平等的，然而人类真正需要的，其实是追求自由平等的权利。因为有了这种自由，人们就可以依靠自己的努力去争取社会公平和自由平等，但这就必然会形成人与人，国家与国家之间天然的竞争关系，可这正是人类世界前进和发展的根本动力，随之才会创造出这个五彩斑斓的文明世界，形成这个完整的人类社会体系。

翁伟昂觉得在这个世界上，根本就不可能存在绝对的自由平等。"自由平等"这四个字是用来追求的，而不是用来等待的，更不可能通过乞求而得到。它只能在一定范围、一定时间之内，当各种社会矛盾处于一种相对平衡时，才有可能短暂存在。然而这种脆弱的平衡，很快就会被不断运动着的各种物质和社会因素所破坏，必然地将这脆弱的平衡打破。于是在寻求新的平衡的过程中，人们在各自的社会位置上，扮演着一个个不同的角色。

人类社会也就是沿着这条进化道路，不断地前进和发展着的，而他只不过是这个巨大群体中的六十亿分之一罢了。每个人都是不由自主地来到了这个世界上，然后又不由自主地去完成自己作为一个自然人和社会人，在这个世界上所担负的各种各样的使命。这形成了这个形形色色，无奇不有的大千世界，也就决定了人类社会的复杂性。虽然人类有着相通的共性，但是当人们在追求自身自由平等的权利时，却往往会侵犯他人的自由平等的权利，从而引发激烈的社会博弈。这就会在人类社会中形成一个个互相对抗的群体，所以数千年来人类总是用民族、国家、宗教信仰、意识形态等因素将人类割裂开来。

可是不管怎样，无论是战争与暴力，无论是侵略与殖民，也无论是竞争和掠夺，都无法将人类彻底分裂开来，因为人类毕竟都有着相通的心。人类中的每一个人，作为一个个独立的生命个体，都有着丰富的理想、追求和感情，正是这些美好的精神追求，才使人类有着那么多共同的价值观。普通的人们，在现实生活里去寻找、去追求着这些人类所共有的理想和目标，也正是由于人们的这些高尚追求，才使人类最终能够获得幸福和安宁。

想到了这里，翁伟昂真希望人类既能够在追求自由平等的过程中积极竞争，又可以在充满矛盾的现实生活中和平共处。好在这个痛苦的过程中，资本正扮演着越来越重要的角色。五百年来资本的进化与博弈一方面使人类痛苦不堪，可另一方面又为人类带来了无限的繁荣和现代文明。

此时此刻他已经无法再去痛恨资本了，因为他终于不得不承认正是资本给人类带来了无限的商品。他也不会再去诅咒资本了，因为那样的话，反而会再次被资本诅咒。他也没有必要去逃避资本了，因为已经逃避过了，逃不掉。既然这就是他的宿命，那么能够挑战这一宿命的唯一方式，就是认识资本、掌控资本、运用资本、教化资本。他觉得只要把那些看起来普通而又古老的理论问题搞明白了，或许资本的神秘面纱也就可以揭开了。

翁伟昂在这样发疯般的独立思考中，心胸渐渐开阔了，慢慢从这两个月的悲愤、忧伤和疑惑自责中走了出来。在这度日如年、不堪回首的两个月里，他的大脑仿佛一刻都没有停止思考。当时眼巴巴盼望着能够尽快IPO上市成功，通过直接融资以摆脱债务危机的翁伟昂，越发感觉到前途虚无缥缈了起来。但是就在他心灰意冷，不得不做着最坏打算的时候，一个大运又被他给撞上了。

5月19日，羸弱的中国资本市场在沉寂了两年多后，突然开始了井喷式的上涨行情。在这戏剧性的一天里，当沪深股票市场开盘后持续下挫、接近前期最低点时，上证指数突然从5月18日收盘时的1059.87点附近开始急速拉升，深圳成指也紧随其后。

到了收盘时，当日沪深证券市场分别上涨了50点和127.56点，涨幅都在4%以上。5月20日，各大报纸刊登了证监会批准湘财证券增资扩股的消息，之后中国资本市场开始了持续放量单边上涨的牛市行情，这就是一直被中国老股民们怀念的著名的"519行情"。

到了5月31日这一天，翁伟昂坐在他的老板桌前，双眼紧紧地盯着电脑屏幕上跳跃着的股票行情。那时已经进入了网络时代，他已经不需要再去南国证券营业部的贵宾室了。

"又一个神奇的五月！"翁伟昂在心中感叹道。上证指数在盘中已经突破了1300点，成交量这段时间平均每日都在100亿以上，这在那个年代已经算是天量了。自从5月19日这个奇妙的交易日后的这些天里，每个交易日的开盘时间，翁伟昂又开始雷打不动地坐在方头方脑的电脑屏幕前，紧盯着沪深股票市场的行情走势。

能推迟的公司事务都被他推迟了，如今他最关心的，并不仅仅是他自己的股票账户里的股票市值又上涨了多少，而是终于又看到了他梦寐以求的、美丽的资本泡沫。

这时的翁伟昂早已经不再是散户厅里追涨杀跌的小散户了，也不再是中户室、大户室里四处打听庄家消息的中户、大户了。与那些出身草莽的个体户、乡镇企业家不同，他是一个接受了系统的金融学教育的全日制本科毕业生，这使他已经渐渐地悟出了资本市场的玄机。

他现在主要考虑的，并不是怎么在这波股市行情里高抛低吸地赚些差价，而是如何借助这次行情的网络高科技题材，尽快实现红宣高科的IPO上市目标。

"519行情"的一个鲜明特征就是网络科技股题材异军突起，网络新贵亿安科技、海虹控股、四川湖山等股票，替代了昔日的龙头股深发展、四川长虹。

这让翁伟昂的红宣高科上市梦突然间一片光明，因为红宣高科已经涉足了通讯领域，本身就有高科技题材，只要再添加上一点互联网的概念，就可以摇身一变为互联网股。在特区这里，这不算是异想天开的痴人说梦，所以如今的翁伟昂对于资本运作那一套越来越感兴趣了。

虽然在20世纪80年代初的大学里，翁伟昂学习到的更多的是对资本的批判，但是有了这个知己知彼的学习过程，他意识到昔日的敌人，其实也可以成为亲密的战友。特别是在他一次又一次地品味和享受到了资本泡沫的美丽和甘甜之后，他就更是欲罢不能了。

泡沫经济，这个资本的进化与博弈的产物正如资本一样，有时候就像是一面哈哈镜，它会使你望着镜子中变形了的自己哈哈大笑；有时候又像是一面魔镜，有些人在这面魔镜中看到的是天使，而另一些人在这面魔镜中看到的却是魔鬼。显然这时的翁伟昂属于前者，因为他在泡沫经济中看到了美丽的天使。

对于那个时代的中国人来说，泡沫经济几乎是与市场经济结伴而来的新名词。泡沫经济就是指虚拟资产价值超越实体经济价值，极易引发宏观经济大幅波动的经济现象。在泡沫经济的批判者们看来，泡沫经济是由大量金融投机活动引发的，本质上就是贪婪。

在他们看来由于缺乏实体经济的支撑，资产犹如泡沫一般容易破裂，因此经济学界称之为"泡沫经济"。泡沫经济发展到一定的程度，经常会由于支撑投机活动的市场预期或者神话的破灭，而导致资产价值迅速下跌，这被人们称为泡沫破裂。

繁荣的表象终究难逃破灭的结局，这其实也一直是计划经济的拥护者们批判市场经济的理论根据，但是经过了十年下海潮的磨砺，翁伟昂早就不这么认为了。

翁伟昂倒觉得泡沫经济确实伴随着商品价格的大起大落，但是泡沫经济并不是一般意义上的商品价格涨落，而是由过度投机、信息不透明、价格形成机制扭曲，所共同导致的商品价格严重偏离商品价值，先暴涨后骤跌的市场现象。

这种混乱虽然是通过市场经济表现出来的，但是这种混乱的根源，却往往是因为社会资本过度集中于少数部门、少数行业、少数企业，所以造成某些大宗紧俏商品反复转手炒卖。最终导致全社会商品价格的扭曲膨胀，致使很多生产企业，特别是小微企业因缺乏资本而长期衰退。这是市场畸形发育的一种必然结果，也是市场经济由粗放走向成熟必须经历的一个过程。

"看起来这一轮泡沫，不那么简单呀！"翁伟昂望着红彤彤的电脑屏幕，若有所思地自言自语道。说实话，这确实有点意料之外。

那天是星期一，看样子又要收一根阳线，而且那天是五月份的最后一个交易日，是收月线的日子。这真是个红五月，这根月线肯定是一根大阳线，从技术分析的角度讲有着重要的意义。再回想起五月初那段几乎绝望的日子，翁伟昂真有点恍如隔世的感觉。

在这即将跨越世纪、跨越千年的特殊一年里，面对如此复杂的国内外局势，管理层是不可能无为而治的。可是以这么大的涨幅，这么微妙的时间来完成这次反转，还是有点出乎意料。而且这次的保密工作做得很好，就算在特区这里事先都没有听到一点消息。更让人喷饭的是各大媒体，刚刚报道了著名经济学家关于坚决挤泡沫的语重心长的叮咛嘱托，可是这次股市真是一点没有给著名经济学家留面子，到有点像是偏偏和著名经济学家过不去。

一边是红红火火的资本市场，一边是满嘴挤泡沫的著名经济学家，这使翁伟昂又有了一番感想在心头。泡沫总是要破灭的，这连小孩子们都知道，但是如果可以把经济比喻为泡沫的话，那么是不是也可以将世间万物比喻为泡沫呢？如果可以这样比喻的话，那么人的生命不也是一个泡沫吗？

"相对于无尽的历史和日月星辰，我们短暂的生命也仅仅是一个个泡沫而已。

但是我们并不以我们的生命泡沫终将破灭为悲，因为我们知道我们的生命泡沫将拥有一个过程，而在这一过程中我们会让这个泡沫绚丽多彩，所以我不会以泡沫为悲，就让我做个泡沫人吧！由于它的美丽，我甚至于想要歌颂它，就让那些美丽的资本泡沫来得更猛烈一些吧！"

望着不停跳跃延伸着的股票分时走线图，翁伟昂这样慷慨激昂地在心中想道。情不自禁地回忆起了在这资本的进化与博弈中，他与这美丽的资本泡沫，共生共舞的大起大落、向死而生、却又柳暗花明的泡沫般的日子。

第四章　涨跌停板

1996 年 12 月 13 日，对于当年的中国股民们来说，可真不是个吉利的日子，偏偏又是本周的最后一个交易日。沪深股指一路下行，整个交易日几乎没有什么像样的反弹，到了下午股价更是猛泻不止，更糟糕的是成交量不但没有萎缩反而越放越大，就连龙头股"深发展""四川长虹"，都被大手笔的巨量抛单一路打压得抬不起头来。

翁伟昂昏昏沉沉地瞟了显示屏一眼，便穿上皮衣走出了大户室向楼下走去。走到楼梯口时，他又习惯地朝楼上望了望。四楼的贵宾室还是静悄悄的，可二楼的中户室，一楼的散户厅就没有那么能沉得住气了。

伴随着香港回归，迅猛传播又不时破碎的股市神话，诱惑着、震撼着、折磨着那个年代中国人躁动的心灵和大脑。一路上无论是擦肩而过，还是两三一簇的人，或在窃窃私语，或在议论纷纷。憧憬、兴奋、恐惧、猜疑、后悔、侥幸，再加上漫天飞舞，半真半假的各路消息、谣言，这就是当年新兴的中国资本市场。

走出五味杂陈的南国证券营业部，呼吸着海滨城市清新的空气，翁伟昂的大脑总算清醒了一些，可这清醒带给他的却是更多的失望和无奈。

翁伟昂钻进了他的天津大发里，发动了汽车。他头痛得厉害，浑身发冷，整个身子软绵绵的，于是他打开了汽车的空调暖风，等车里暖和了一些，便躺在驾驶座里晕晕乎乎地睡了过去。不知过了多久，睡梦中隐隐约约传来了手机的鸣叫声，那声音越来越近，翁伟昂从睡梦中挣扎起来从腰间掏出了他的摩托罗拉手机，翻开了手机盖。

"听说今天股票跌得很厉害，是吗？"她在手机里柔声轻问。

"是的。可这有什么关系？我有房子、有汽车、有手机、有……"翁伟昂略略迟疑了一下，还是忍不住说道，"有女人。"

"去你的，讨厌。"她娇嗔道。

一丝淡淡的兴奋掠过了翁伟昂的身心，说实话，这就是他想听到的回答。

"晚上有空吗？"她问。

"不，没有。"翁伟昂回答得很坚决。

"怎么，有什么事吗？"

"不，没什么事，只不过想一个人静一静，我有点感冒。"

"你总是这样……"

"对不起，这个周末我需要休息一下，养精蓄锐一番。只不过是调整一下状态罢了。缓过来了就去找你，相信我。"

扣上了手机盖，将手机塞回兜里，翁伟昂向车窗外望去。窗外是灰蒙蒙的一片，灰蒙蒙的天、灰蒙蒙的地、灰蒙蒙的空气，还有灰蒙蒙的心。回绝了姚姬，这让翁伟昂有一些满足感，而且还感到了几分得意，可这也只不过是一瞬间的感觉而已，过后感觉到的更多的还是空虚。

翁伟昂扣好安全带，挂上一挡，松了手刹，开车起步缓缓汇入了车河之中。惊心动魄的股市行情，至少在表面上并没有打破这座城市的生活节奏。大街小巷熙熙攘攘的人们，仍然继续着他们忙碌而又平常的一天。

这座新兴的大都市，因为是中国大陆两个法定证券交易所之一的所在地，所以很快成为南方的金融中心。伴随着资本和商品的快速流动，这座城市吸引着大陆腹地的大量物流、人流、资金流，源源不断地来到这里，使这座海滨城市成为这个古老国家中最年轻，同时也是最有活力的城市。

古代陆权时代的蛮荒沙漠，曾经是联结欧亚文明的纽带，但是随着中世纪奥斯曼土耳其帝国的兴起和强盛，陆地丝绸之路被阻断。这逼迫西欧各国开始了航海探险时代，使西方的航海技术飞跃发展，开启了殖民主义的全球化浪潮。

就这样，人类陆权时代的辉煌渐渐地逝去。在地理大发现之后，这时人类发觉被他们命名为地球的这个星球，其实是一个巨大的水球。毕竟地球表面上71%的面积是海洋，仅有29%的面积，也就是不到三分之一的地球面积是陆地，从此人类进入了海权时代。

沉迷而又古老的大陆腹地和它蕴藏着的资源宝藏，等待着被现代文明的科技浪潮所唤醒。在历经了数百年的航海探险和资本的进化与博弈之后，人类文明终于进化到了科技时代。如今的人类文明，正通过公路、铁路、飞机、船舶、电子通信、卫星等现代化的交通运输工具和高科技通信手段，将人类建立的所有国家、整个世界，都越来越紧密地联结在了一起。

这座新兴的城市，作为古老中国改革开放的桥头堡，以"特区"的特殊身份将大陆和世界打通了。如果不是那一个个被这座新兴城市的快速扩张，裹挟进了城市生活中的城中村，望着不时擦肩而过的摩登女郎和一街之隔灯红酒绿的闹市区，恐怕很难想到这里在十几年前，还是逃港成风的赤贫农村。

假如有兴趣追溯这座城市的历史，并且怀着几分悠悠怀古的情调来看待它的话，就会发觉其实这是一座很有故事的城市。它之所以被称为"鹏城"，一是在古代这里曾有过一处名叫鹏城的地方；二是在如今"鹏城"寓意鹏程万里，用来比喻特区发展速度之快很是贴切。然而这里与被誉为东方明珠的香港，在很长的一段时间里却是大壤之别，可是这两地之间在一百年前并没有那么大的差别。

这在不到一百年的时间里所形成的巨大差别，令在这座城市里创业的翁伟昂时常去思考。作为一座城市，这个城市与古老中国为数众多的悠悠古城相比，确实显得太年轻了。它既没有悠悠的历史，也不曾出过什么伟人传奇，自古以来这里以养蚝打鱼而著称，并不因古城而传世。然而在这个世纪的最后20年里，它却成为这个文明古国匆匆追赶人类现代化步伐的急先锋。

可它在不断发展和取得巨大成就的同时，也和其他大城市一样未能幸免城市病的困扰。自然环境的污染和交通堵塞，这两个时髦的20世纪城市病在这座城市里也多有表现。

翁伟昂开着他的天津大发在公路上缓缓爬行，向着布吉镇驶去，前后左右都是一眼望不到边的各式车辆。到了关口，车都慢得快要停下来了。虽说那个时代汽车还远没有进入寻常百姓家，但是交通堵塞在这座城市里已经一天天严重了起来。

车流终于像翁伟昂担心的那样彻底停了下来，望着四周被车流堵得严严实实的街道，翁伟昂想前面大概又出了剐蹭事故，于是他一边拉上手刹，摘了空档，靠在驾驶座里尽量舒展着四肢，好让自己舒服点，一边又在心里嘀咕着："布吉，不急，急了也没用！"

在翁伟昂车的左边，并排停着一辆他叫不上名字的豪华轿车。那辆豪车的驾驶座在车的右侧，但是挂着的好像并不是香港牌照。在交通管理虽然说不上严密，但却绝对烦琐的那个年代，这种右舵豪车能够在公路上大摇大摆地行驶，一定是很有来头的。

那辆右舵豪车方向盘后坐着的是一位中年男子，他的脸和翁伟昂相距还不到一米。这是一张阴沉的面孔，线条刚毅，髭须刮得干干净净，镜片后边藏着一双高深莫测的眼睛。不知怎么的，一看到这张面孔，翁伟昂的心中便浮现出了高俊的影子，让他联想起了那些逝去的往事，这让翁伟昂感到厌烦，他努力驱逐那些念头，可他越是这样，往事就越是一个劲地从他脑海深处跳了出来。

有一瞬间，他俩透过车窗默默对视了一眼，像是都在猜测着对方的身份。那人的目光中有着那么一丝令人寒心的憎恨，就像是前世注定的一样。翁伟昂移开了目光，有意识地去看后视镜。从后视镜里看到的是一辆黑亮的卡迪拉克，一个老外懒洋洋地斜倚在驾驶座上。

这让翁伟昂想起了约瑟芬，就是那位他在咖啡馆的英语角里，练习英语口语时结识的虽然不算漂亮，但是身材很棒的英国女子。那位英国女子自我介绍说她叫约瑟芬，但是翁伟昂其实很怀疑，因为他知道拿破仑的第一位皇后也叫约瑟芬，真的这么巧吗？

和约瑟芬在一起时他们各取所需，翁伟昂总是和约瑟芬说蹩脚的美式英语，而约瑟芬却总喜欢用南腔北调、结结巴巴的普通话回答他。

汽车喇叭声此起彼伏，发出徒劳无益的怒吼。这些声音汇成了一支噪音协奏曲，充溢着漫长的街道。密密麻麻、一望无际的车流，宛如一条冰封的大河，两旁的街道，恰似不可逾越的堤岸。

汽车喇叭声越来越响、越响越大，翁伟昂的头也越来越痛，情绪也越来越低沉、越来越焦躁。他的鼻孔里嚷嚷的堵得难受，嗓子里痒痒的，不时干咳两声。身上一阵阵发冷直冒虚汗，一切症状都表明他确实感冒了。都说南方没有冬天，但是他却感到了一阵阵的寒意。

白炽灯陡地开亮，翁伟昂眯着眼睛好一会才适应了过来，他租住的这套出租房的灯光太亮了。走进客厅翁伟昂将一大包五香鸡爪、卤牛肚，一个烤馕，还有一大盒感冒药摊放到了茶几上。来自全国各地的小商小贩们给布吉镇带来了各地的美食，小区的大门口就有一家维吾尔人开的烧烤店。

翁伟昂脱下皮衣随手扔向了沙发，然后从冰箱里拿出了一瓶冰啤酒。准备好了自己的周末晚餐后，翁伟昂打开电视调到了经济频道。所有的猜测、疑惑、预感，都向他预示着同一个信息：一定是有什么事情发生了。可又会是些什么样的事情呢？

恍惚之间又一年。1996 年对翁伟昂来说确实像是梦幻般的一年，梦想成真的一年。仅仅在年初翁伟昂还在为赚取股票那五、六毛钱的短线差价，一二百元的差价利润而苦苦挣扎，可现在他似乎已经得到了他曾经梦想得到的一切。

有时他真不敢相信自己确实得到了这一切，如果说"一切"有些过分的话，那么至少应该说是大部分吧！很大的一部分：天津大发汽车、摩托罗拉手机，从散户厅到中户室，再从中户室到大户室。

人生总得有个目标，有了目标就会有一个方向。当你知道了你要走向何方的时候，你就有了希望、有了信心，也就有了力量。现在翁伟昂给自己确立的目标是在 1996 年最后一个交易日之前，在南国证券四楼的贵宾室里，为自己赢得一席之地。

正处于自我膨胀中的翁伟昂，曾经以为那并不是什么遥不可及的目标。在他看来大户室和贵宾室的区别，仅仅在于贵宾室在四楼，身价要一百万罢了。疯狂跳跃、节节上涨的沪深股指，更坚定了翁伟昂的信念。所以他重仓出击，心想必有斩获，可这一个星期下来，他持仓的股票大部分不涨反跌，整个大盘也是一片萧条。

昨天和今天连跌了两天，沪市跌去了一百多点，深市更是差不多跌去了四百点。现在翁伟昂处在一个进退两难的尴尬境地，是平仓止损？还是持股不动呢？

从理性的角度讲，应该坚决平仓，可是这大半年的经历，更确切地说应该是经验教训又向翁伟昂，当然也向这个市场里的所有中小投资者，证明了一个不争的事实：每一次下跌回调，都可能是一次空头陷阱。

每当平仓之后，当你刚刚为股价下跌而暗暗庆幸时，转眼之间它便开始转身上攻。你越是不敢追，它越涨；你越是后悔，它涨得越欢。直到涨得你痛心疾首、恨死了自己为止。

"唉！这个年代就是撑死胆大的，饿死胆小的。"翁伟昂一边啃着鸡爪子，一边感叹道。他不时地给自己灌着啤酒，冰凉的啤酒就着五香鸡爪、卤牛肚、烤馕，在翁伟昂的身心里慢慢回味。

他的知觉越来越迟钝，大脑也越来越不听使唤了。他已经不可能再进行理性的思考，于是干脆放纵了自己的心灵。于是他的脑海里飘浮着一个个互不关联的情景：女人、男人、图像、声音、梦想、回忆，虽然电视画面在不停地闪动，可他已经无法感知那些声光影像了。

当翁伟昂啃完了最后一个卤鸡爪，喝干了最后一口啤酒时，不由得颇有了几分"对酒当歌，人生几何"的感慨，他决定不再为难自己，他已经在股海里挣扎了五个交易日了，为什么就不能让自己过一个无忧无虑的周末呢？何况他已经感冒了。

于是翁伟昂昏昏然关掉了电视，不再理会那些已经发生、正在发生和将要发生的一切。他胡乱洗漱了一番，吃了感冒药就倒头大睡，沉入了浓浓的梦乡。

昏昏沉沉、冷冷寂寂，可回荡着的闹铃声还是越来越清晰了。翁伟昂强睁双眼，努力思索着身在何处。看来不再是夜来幽梦，他让自己在暖融融的被窝里又多待了一会，最后终于咬咬牙恋恋不舍地钻出了被窝。

这实在是一天里最痛苦的时刻，在没有暖气的南方更是如此，每当这时翁伟昂就很怀念北方冬季里那暖融融的暖气。他紧皱眉头，慢吞吞穿好衣服，无精打采地收拾好了被褥。直到流漱完后，残留的睡意才渐渐远去。

翁伟昂就这样度过了一个糟糕的假期，继黑色星期五之后，这两天来他一直被感冒和接踵而至的坏消息折磨得昏昏然。人们似乎已经忘记了上帝创造安息日的初衷，而且这些消息大多出自官方媒体，比起那些街谈巷议来更让人多了几分胡思乱想的烦恼。

当翁伟昂在周末对酒当歌，感叹人生的时候，他居然没有注意到沪深证券交易所颁布的，对股票、基金交易实行涨跌停板制度的消息，直到星期六一觉醒来，才从重播的电视新闻里捕捉到了这一信息。

还没等他明白过味来，昨晚中央电视台播出的《人民日报》特约评论员文章，和国家计委、国务院证券委员会发布的明年 100 亿元新股发行额度，又将他裹入了云里雾中，他这才隐隐约约地品出了一些滋味，心说："看来这一次管理层是有备而来了。"

就这样在晕晕乎乎、诚惶诚恐中，一个新的交易周又要开始了，这肯定将是一个很不平常的交易周。如果说即将实行的涨跌停板制度给市场带来的影响，更多的是一种技术性的影响的话，那么这篇口气严厉的《正确认识当前股票市场》的特约评论员文章，恐怕就不那么简单了。

看来跌是肯定要跌了，现在的问题是：这一轮又会跌到哪里去呢？

冲一碗奶粉，吃了一块干馕，胡乱打发了早餐，翁伟昂就开着他的天津大发匆匆上路了，他要赶在集合竞价前赶到证券营业部。这两天由于身体的不适和心绪不宁，他又一次对姚姬失约了。两天来他一直闷在房子里，倒是很对得起他为这套房子付出的租金。

好在上班的高峰期已经过了，所以路上并不拥堵。那个年代已经涌现出了职业股民群体，很多有点资本原始积累的人发觉炒股要比上班潇洒得多，而且股市的开市时间也要比内地上班的时间晚得多。

翁伟昂开车上路，只推到三档就不敢再升档了。他依然有点头痛，全身还是感到疲惫无力。现在的感冒药总是含有氯苯那敏之类的镇静药物，因为要开车早上就不敢再吃了。他只好往嘴里塞了一块巧克力，希望能够提升一点自己的血糖水平。

不知道是不是这块巧克力发挥了作用，尽管还是有点昏昏沉沉的，可他的大脑不由自主地转到了股票上，不由得安慰自己道："跌是肯定要跌的，可是总有涨回来的一天吧？就像'518 行情'那一次！"

中国的老股民们大多对"519 行情"印象深刻，差不多已经忘记了在那之前的几年，还有过一次短暂的"518 行情"，可是翁伟昂却对那个日子印象深刻。

在 1995 年 5 月 18 日的那个疯狂的清晨，当翁伟昂从睡梦中醒来，一边哈欠连天地洗漱穿衣，一边听着新闻联播时，一条国务院发布的关于暂停国债期货交易的通知，钻入了他的耳际。当时他并没有感觉到什么，毕竟每天的新闻联播里都有着这样那样的新闻消息。这时一种异样的感觉搅动着他的心，他没有心思吃早饭，骑上自行车就直奔证券营业部而去。

虽然那个时候他刚刚成为股民不久，但是曾经的证券公司副总经理的身份让他已经有了天然的市场敏感性，所以在"518"那一天，当他骑着自行车赶到证券营业部时，散户大厅里已经人头攒动，比平常已经够多的人还多了许多。看来抱有同样想法的并不只是他一个人，这更坚定了他的信念，于是不由得头脑发热，心里冒出了一个冲动的念头："把钱全部押进去！"

这个想法折磨着他，但他终于还是忍住了，毕竟对于"高抛低吸"的信徒而言，满仓操作是危险的，更何况他已经吃过不少次亏了。"看看集合竞价再说吧。"他一边惴惴不安的等待着，一边这样安慰自己。

741.81 点！大屏幕上打出了上海综合指数。

天哪！要知道昨天的收盘指数是 582.89 点，整整高开 158.92 点！他惊讶地张大了嘴巴，再看另一侧的深圳大盘也是满盘红色。交易大厅里一下子沸腾了起来，几个小伙子跳到了椅子上举臂狂呼，一时间口哨声、欢呼声、掌声响彻了大厅。

那个年代的股民先驱们以自己的豪爽方式表达了他们的狂喜，但这只是一瞬间的事情。转眼之间人们便向交易柜台蜂拥而去，很快就到了比拼力气的时候了。翁伟昂焦急地凝视着大屏幕，紧张地寻找着他持有的那几只股票的报价。

"都涨了！都涨了！"他简直不敢相信自己的眼睛，惊叹道。他持有的"浦东强生""青海三普""广东星湖""新宏信"都齐刷刷地涨了起来。"浦东强生"更是以 18 元高开，这比他的买入价一下子涨出了将近 4 元，他做出的第一个反应就是以 20 元的高价，追入 300 股"浦东强生"，这是他股票账户里剩下的所有的钱了！

当翁伟昂大汗淋漓地从交易柜台里挤出来时，已经差不多到了十点。沪深股指双双带量上攻，势不可挡。他的心"咚咚"地跳个不停，从 1994 年 10 月入市到现在的七个多月时间里，他终于体会到了什么叫作股票，什么叫作股市。他的心里是焦躁的，但是理智还是提醒他该去打理他的电脑生意了，于是他又留恋地看了看大盘，便挤出了散户大厅。

兴奋伴随着满脑子的幻梦使翁伟昂仿佛又看到了他人生的希望，一时间觉得这个世界又对他露出了笑脸，生活又变得这样美好。仿佛一瞬间，往昔的磨难在他心底里深深铭刻下的伤痕和忧郁，就一下子变得那么不值一提，转瞬之间便在他的世界里消失得无影无踪了。他骑着自行车在公路上尽情狂奔，他的心底里充满着勇气、自信和渴望。

回首往事，两年半的时间就这样转瞬即逝。翁伟昂开着天津大发时走时停，他的脑海里飘浮着这一幕幕股市博弈的记忆，使他警醒，令他感慨，更使他的内心深处充满着某种欲望。每当此时他的身心里就会充满着一种活力，往常遥不可及，想都不敢想的目标，此时就仿佛近在咫尺、唾手可得。

这就是这些年里他的信心之源，此时这股活力又在他的身心里涌动，使他渐渐振奋了起来。疲惫、倦怠离他而去，恰似一只抵抗下跌中的股票，只需要一点点朦胧的利好，就开始了强劲的反弹。

跌是肯定会跌的，但是再跌也总得有个底吧？没有涨涨跌跌也就不会有真正的股市了。没有只涨不跌的股票，也没有只跌不涨的股票，这早已经是股市里的老生常谈了。"看多做空"是那个年代股评家们的口头禅。所谓"看多"，在那个年代就是要坚信再糟的股票也总会有上涨的一天，所谓"做空"就是要在"见顶"之前卖出股票，然后再在低位买回来，这样就有了短线差价可赚。

这自然也成了翁伟昂刚开始炒股时奉行的投资策略，可是这一两个月来的疯牛行情，已经把他给牛懒了。毕竟抱着几只股票等它涨，总比七上八下的赚差价舒服得多，以至于上个星期明明觉得心里有点忐忑不安，也懒得或者说是舍不得平仓。

现在首先要做的是坚决减仓，撤出资金来以便在低位回补。虽说从此以后就有了百分之十的涨跌幅限制，可来回之间仍然存在着百分之二十的振荡空间，玩好了"T+0"仍然有着差价可赚。

决心带来了自信，而自信又唤回了翁伟昂的高傲。当他泊好车走进证券营业部时，他已经完全恢复了往日的大户风采。他没有心思理会散户大厅里喧嚣的人群，径直朝三楼大户室走去。他只是顺便瞧了瞧四楼，他仍然坚信他会在那里为自己赢得一席之地，只不过看起来时间得长一点了。

走进大户室后翁伟昂做的第一件事，就是以低于上周收盘价百分之五左右的价位，挂出一连串的抛单，这样只要有一半的抛单能够成交，他就有了充足的资金去故技重施，玩他所最擅长的高抛低吸的把戏了。

挂完了单子后，总算轻松了一点。翁伟昂脱去皮衣，躺进高背转椅里默默地想起了心事。一旦放松下来，疲惫就又向他袭来，迷迷糊糊中不知不觉地睡了过去。过了好一会，似乎从遥远的地方，一阵骚动伴随着几声惊呼闯入了他的梦乡。

"怎么会这样，都跌了百分之十！"

"天哪！全是跌停板，你跑了没有？"

"跑？想卖都卖不掉，往哪跑？！"

翁伟昂打了一个冷战，猛地从睡梦中惊醒，扑向了电脑显示屏。冲入他眼帘的是满屏的绿色。

无数的抛单乌云盖顶般压在微薄的买盘上，少得可怜的买盘顶上去，顷刻间便被风卷残云般吞没了。几分钟内四百多只股票里，除去几只例行停牌外，有一大半股票都被封死在了跌停板上，余下的那部分股票也都在跌停板上方不远处挣扎。

翁伟昂的右手操作着电脑，徒劳地在"钱龙"图中转来转去，可又有什么用呢？横在指标股深发展上的卖盘竟达 3000 万股，躺在上海石化上的卖单更达 5 亿股之多！只有零星的买盘，招架之力全无，更谈不上什么还手之力了。

股指一条直线缓缓向前，沪市只有一向默默无闻的"胶带""永生"两只股票颇为引人侧目，不但逆势强攻，而且"胶带"还一度冲至涨停板。

深市只有新股"广西康达"因不受涨跌停板限制而一只独红，其他的股票都已经被大单封死在了跌停板上，整个显示屏都被汹涌的抛单，地毯式地轰炸成了绿色的一片，像是在嘲笑着翁伟昂挂出去的那些梦魇似的抛单。

沪市较深市似乎活跃一些，但也仅仅过了半个小时，便成了死水一潭。人们绝望了，像是被判了死刑的囚徒，只能坐以待毙。

"卖都卖不出去！"这是翁伟昂，当然也是绝大多数中国股民们想都没有想到过的。转眼之间泛着金色的股票，就这样变成了一堆垃圾，似乎连一张废纸都不如了，可那是用一张张人民币买来的啊！此时此刻除了骂娘之外，实在也没有什么其他的事好做了。

郁郁葱葱的绿色凝滞在盘面上，台上台下、主角配角、导演观众，都等待着那个肯定不会有掌声的收场。四个小时的交易，伴随着一条条平平的直线收盘了。

公元 1996 年 12 月 16 日，这一天恐怕得永载金融史册了，因为它不但是幼稚的中国资本市场的第一次，很可能也是世界金融史上仅有的一次。深市的收盘指数即为开盘指数，连小数点后的尾数都懒得动一下，跌幅整整百分之十，成交了七个多亿，尚不足已呈萎缩之态的上周末的零头，沪市也仅成交了十几个亿。

一个大大的泡沫终于破灭了。翁伟昂穿上皮衣黯然离开了大户室向楼下走去，他没有再去看四楼。一路上的人们言辞激烈，都在谈论着、争执着、抱怨着。

翁伟昂钻进了天津大发，发动了车子，打开了暖气。他的脑子里昏昏沉沉的，想睡一会，可却怎么也睡不着。《正确认识当前股票市场》，可又应该是个怎样的正确认识法呢？

自从十一届三中全会以来，翻一番、翻两番就成了人们衡量事业成功的标准。而这几个月里炒股的利润目标，也开始以翻番来计算，百分比似乎太不过瘾了。几乎绝大部分股票都翻了番，有的更是涨了几倍，琼民源甚至狂涨了十几倍。

如果按《人民日报》文章所称"成熟股市市盈率为 20 倍"的话，那么一大批鸡犬升天的垃圾股、庄家股，真不知要跌到哪里去了。可如果真拿这个标准来衡量的话，中国股市里这几百只股票，又几乎挑不出几只具有投资价值的股票，那么这个股市又何必开？开给谁呢？

一个美妙的说法是对全民进行了一次股市风险的教育，虽说听起来似乎有根有据，但是效果如何就不得而知了。小时候常听大人讲"狼来了"的故事：一个调皮的小孩子在山上玩耍，他喊道："狼来了！狼来了！"大人们拿着棍棒赶来了，小孩子哈哈大笑，其实并没有什么狼；第二次他又喊："狼来了！狼来了"大人们拿着棍棒又赶来了，他又哈哈大笑，其实也没有什么狼；第三次狼真的来了，他大喊："狼来了！狼来了"可是大人们以为他又在撒谎，谁都没有来，结果他被狼吃掉了。

也许还会有另外一种可能：一个调皮的小孩子在山上玩耍，大人们喊"狼来了，狼来了"，小孩子吓得跑到了山下，大人们笑他胆小，其实并没有什么狼；第二次他在山上玩耍，大人们又喊"狼来了，狼来了"，小孩子吓得跑到了山下，大人们又笑他胆小，其实也没有什么狼；第三次他在山上玩耍，这次狼真的来了，大人们大喊"狼来了，狼来了"，这一次小孩子很勇敢，没有跑下山来，结果被狼给吃掉了。

想到这里翁伟昂苦笑了起来，心情也多少轻松了一些。苦中寻乐了一番后，再站得高一点，用平和一点的心情来看的话，又觉得管理层这样做似乎也有这样做的道理。他们需要的是一个"牛市"，但却不是"疯牛"。

沪深股市双双出现如此默契的崩盘走势，若非大机构联手砸盘很难出现。这种情绪化的表现，说明市场主力与管理层之间存在着巨大的分歧。本来这一年是深强沪弱，两个市场一直在较着劲，你搞一个成分股指数，我回一个"三零"指数，你拉我砸，你砸我拉，但是这一次却总算步调一致了。可苦的却是散户、中小机构和像他这样的大散户们。

翁伟昂越想越烦，可就在这时手机偏又不知趣地叫了起来，消沉的情绪使他连电话都懒得接，可是手机却仍然倔强地叫个不停。

"肯定又是她。"他心里嘀咕着，不耐烦地掏出了手机，可看那来电显示的电话号码，又不像是姚姬打来的，但是这个号码却又是那么熟悉，仔细想来到像是新潮商场的电话号码，可又会是谁打来的呢？"

自从和范婵分手后，翁伟昂就再也没有去过新潮商场，也几乎没有和新潮商场里的人来往过。可这确实像是新潮商场的电话号码，会是范婵吗？

翁伟昂的心头泛起了一缕柔情，那个清新柔美的身影又在他的脑海里浮现，一丝淡淡的兴奋掠过了他的身心，可是这个念头只在他的脑海里一闪就消失了。这是不可能的，尽管如此好奇心还是驱使着翁伟昂掀开了机盖。

"哎呀，你说怎么会这样呢？上个星期拼着命好不容易开上了户，挤了一身臭汗才买上的股票，怎么一下子就跌了好几块呢？他们都说没事还会涨，可是已经跌了好几天了，这样跌下去要跌到什么时候？都说随便能赚钱，可现在连本钱都快没有了，人家一买就涨，可轮到我怎么就一买就跌呢……"

"对不起，你是谁？"翁伟昂莫名其妙，没好气地问道。

"哎哟翁伟昂！你一发财就把老朋友都给忘了，我是你安大姐啊！怎么，连我的声音都听不出来了啊！"

"噢，是安经理，我没想到是你，对不起。"

"听说你发达了，怎么就不想着大姐一点，光顾着自己发财啊？！唉你说，现在该怎么办？是抱着，还是抛呢？"

"抛？怎么抛？还是抱着吧，又不是你一个人……"

费了不少口舌好言相劝，总算打发了安华，这可得花费四五块接听费啊！翁伟昂想不通安华是怎么知道他的手机号码的。他名片上只印了传呼机号码，在那个年代要想找人，一般都是先在传呼机上留言的，所以知道他手机号码的人应该并不多。说不定又是姚姬，虽说早就离开了新潮商场，可她还是总喜欢跟那里的人来往。

翁伟昂越想越烦，干脆把手机关了。他想让自己的心境平和一些，可心里的怒气却像是压抑着的火山，随时都可能爆发。他知道愤怒并不能解决任何问题，可就是无法自制。而当怒气暂时消退之后，袭上心头的却是无尽的茫然和无奈，于是又有了几分"拔剑四顾心茫然"的感觉。

对于安华而言只不过是打了一个电话而已，安华并不会觉得有什么特别的地方。但是对于翁伟昂来说，安华恰好在这个时候打来的这个电话，却勾起了他心底里那么多、那么痛楚的回忆。

已经三年过去了，这三年来他尽可能让自己把那段鹏城之恋忘去，将自己寄托于新的理想和幻梦之中，可是那段新添的鹏城之恋的情殇却仍然深埋在他的心底，就像这海边的潮涨潮落那样，每当伤心失意时就会和小城故事一起，在他的内心世界里掀起阵阵波澜。

记忆深处的一幕幕往昔情景恍惚就似昨日，让他无法相信那一切真的都这样永远地成了过去。他凝视着车窗外，不知不觉中又被对那鹏城之恋的回忆，拖回到了创业之初的那段忧伤记忆里。

第五章　鹏城之恋

那是 1993 年的春天。如果是在大西北，此时还是乍暖还寒的时节，可是在这南国的鹏城，天气热得已经让人有点倦怠了。安华宣布完后，那些没有选上"礼仪小姐"的，都暗暗对范婵和赵裳又是羡慕，又是嫉妒。

这也难怪，她们在这里已经实习了一个星期，从早上一直到下午，中午只能休息一个小时。那个安华经理一股脑儿地将一大堆商品名称价格以及规章制度、注意事项、销售技巧往她们脑袋里灌，而在这实习期间又是不发给她们工资的，要到正式上岗时才有。

谋生竟是这样的难，不过话又说回来了，她们这些打工妹能被这家大商场录用已经算是相当幸运了。大量来自全国各地的城乡青年都涌进了特区来求职谋生，而要被这家大商场录用为营业员，除了要有高中学历和普通话标准外，还要机灵、反应快，更重要的一点是还得有说得过去的身材和姣好的容颜。

范婵正是这样的女孩子。她的容貌靓丽可人，身为江南女子，虽然个头不高，可却是该凸的凸、该凹的凹，方寸之间尽显女性本色。再加上活泼的性格、妩媚的气质，更使她无论走到哪里，总能惹人注目。

可是从开始应征起，范婵就觉得自己根本不喜欢这个工作，但是在特区里适合女孩子做的工作本来就不多。她来特区后找工作已经找了很久，工厂她不愿意去，可是有点身份的白领工作又实在是不好找。

虽然叔叔、婶子没说什么，可是自己心里却总是不自在。想来想去真是不能再安心待在叔叔家里吃闲饭了，更何况叔叔的家境也并不宽裕。像样点的公司看来没点门路也是进不去的，于是她勉强来应征这个大商场的营业员，本来没抱什么希望的，但是竟然被录用了，于是家里欢喜了一场。

但是这个小小成功所带来的喜悦，在范婵的心中只是短暂的一瞬。每天下班后走在特区繁华闹市区的行人中，她的心里总有着那么几分说不出来的落寞和空虚。的确，在这样一个醉人的年纪，如果不能按照自己的志趣和心愿，去开拓有意义的事业，那将是多么得可悲、可虑啊！

可是她的志趣和心愿又到底是什么呢？她像是知道，可又说不太清楚。每当这个时候她就会觉得落寞和空虚，有时甚至感到绝望。她后悔高考时没有更加努力，距离本科分数线仅仅十分的差距让她与大学生活失之交臂。

复读对于她来说是不可能的，且不说那说多不多、说少不少的十分差距，就是家里的经济条件也不允许。妹妹和弟弟也都上了高中和初中，作为家中的老大，她不但要独立了，而且还要承担起家庭责任。

江南水乡号称是鱼米之乡，虽然吃喝不愁，可是经济并不发达富裕。特别是中国进入了市场经济时代后，人多地少的矛盾越来越突出，所以外出打工就成了那里的年轻人除了上大学和参军外，不多的选择之一。

范婵先是在县城打了几年的工，当过出纳，做过营业员。但是县城里的工资太低了，在通货膨胀面前，她辛辛苦苦挣的那点工资养活自己都紧紧巴巴的，还得给家里送钱养家。新衣服和化妆品，这些青春女孩的必备品，对于她来说都成了奢望。

"闯出去！"

有一天，心底里的一个声音对范婵这样说道。于是她离开了县城，来到了叔叔家，来到了特区。

外面的世界很精彩，可是外面的世界也很无奈。面对花花绿绿、纸醉金迷的特区氛围，这时范婵才更真切地意识到了什么叫作一无所有。人比人，气死人，但是她有时又觉得自己要比许多同龄的女孩子们幸运。

可不是吗！如果不是她长得好看，身材又好，也许连这个工作都找不到，而此时她被安华经理宣布为"礼仪小姐"，更是引起了同伴们的羡慕和嫉妒。这使范婵的内心深处充满了兴奋和快乐，她本该高傲地扬起头来，但是不知怎么的却总是不由自主地将头压得低低的，好像生怕让别人看见自己。

新潮商场位于闹市区的一角，刚开张时的确热闹了一阵。那时候这里的大小老板们，一个个都笑逐颜开。开业以前在它周围有七、八个公共汽车站，所以这座商场招商时，大大小小的个体老板们就争抢着订下了摊位。

可是好景不长，随着当地政府在这一片区搞起了综合治理，一时间铁栅栏、地下通道、过街天桥搞了一大堆，公共汽车站也被迁出去老远。新潮商场就这样冷落了下来，虽然还是在闹市区，可是人流已经大不如前了，所以生意好了还不到一年，景况就黯淡了下来。

整天里偌大的百货商场总是冷冷清清的，营业员们都是那样呆滞的表情。一天到晚不管生意好坏她们总得那样站着，只有中午吃饭的时间能够坐上一会。工资奖金和闹市区中心的营业员们相比差了许多，每月里那几百元的收入，在这特区里实在无法刺激她们的工作热情。

但是不管生意怎样，她们总是很辛苦、很疲劳的。别的不说，就只说她们一个月里得站二十六天，每天从早到晚，扣除中午轮流吃饭的一个小时，站八九个小时就够累人的了。除此之外，她们还随时都笼罩在老板苛刻的营业额的压力下，如此这般，她们的容颜又如何能呈现出笑容和活力呢？

所以新潮商场刚开张时，老板笑，那是老板的事，营业员们是笑不出来的。后来生意冷淡了，老板们不笑了，营业员们就更是笑不出来了。

楼里的个体老板们开始互相诉苦，都抱怨他们的东西卖不动还得按合同付高昂的租金。新潮商场这幢楼的基本开销都被他们包了，公司和商场只是坐享其成。营业员们之间则开始互相抱怨她们的经理，只知道逼她们，责怪她们的销售成绩不好，总认为她们在偷懒没有尽力。

"连哄带骗，什么法都用上了，人家不买，你有什么办法？"大家都这样哀叹。

至于说新潮商场的总经理谢平，只是把精神心思花在观察研究报表上，此时他就正在把报表上的数字与他头脑里所期望的数字一一做着对比。越看他的眉头就皱得越高，接下来就对安华打起了官腔。

"安华。"谢总经理看着报表，眼皮根本就没抬起来，只是动口叫他的化妆品部经理安华。他早已习惯了以这样一种姿态对他的下属说话，他那精致豪华的大办公室笼罩在沉闷的空气里。

安华正坐在隔壁的办公桌前，一边不停地敲打着电脑键盘，一边忙着对货。手头还有一大堆活等着她去做：训练新营业员，组织进货，分发工资、奖金。她每天都忙得头痛脑热，可这位谢总经理仍然对她很不满意。

在这里，除了这位谢总经理可以随意走动离开公司外，其他的人每天都得工作到晚上七八点，甚至更晚。只有公司向她们提要求，而她们的心声却从来无法表达。即使表达了又能怎么样呢？结果都是石沉大海。就像安华最近提出的请专业营销公司训练新招聘的营业员，就没有了下文。训练新人是件多么辛苦的事啊！要教她们认货、推销和记账、结账的方法，更何况原有的那些工作已经让安华累得喘不过气来了。

此时她抑制着愤怒望着她的上司，等着这位老板再说些什么为难她的话，她可以肯定那绝不会是什么好话。谢总经理的那副神情，似乎唯恐人家不知道他正在不高兴而把脸绷得紧紧的，眉头拧成了一个疙瘩。他慢条斯理，拿腔作势地说道：

"现在的销售成绩太差了，要赶快想想办法。已经调动了许多人，怎么还不见起色呢？难道现在的人都变懒了吗？这样的销售成绩不是我在白养你们吗？"

安华答不上话来，只是觉得满腹委屈，她觉得自己一直在被这位总经理利用着。这个谢总经理从来不向柜台上的营业员们说坏话，他的坏话都留给了她。而且单听坏话还不够，还要她拿出销售成绩来。

于是她就必须得向柜组上的那些营业员们，传达谢总经理对她们的要求：每个专柜每月的销售额是多少，上班时间不准坐下休息，衣服要时髦，化妆要浓，中午吃饭休息只能一个小时，上班时间不准聊天、多喝水等。那些年轻的营业员们没有一个不讨厌安华的，总以为她在故意和她们过不去，所以几乎每个营业员都跟她顶过嘴、吵过架。

"安华，你现在坐办公室了，你忘记了以前站柜台的苦了？"谢总经理这样问道。

安华刚从四川到特区来打工时，原来是在副食品部当营业员，因为被谢总经理看中了她那四川女人的干练、泼辣和会来事，就被调到了化妆品部。先当了一段时间营业员，然后就调到了楼上的经理办公室做上了业务经理。可她却丝毫没有那种做经理的感觉，她觉得自己和以前在副食品部卖香肠、榨菜其实没什么两样。

可是在同事们的眼中，她却成了她们羡慕的目标：安华是坐办公室的，大部分时间是在楼上，不似她们要一天站到晚，丝毫没有轻松的时间。但她们也憎恶她：因为安华天天逼着她们做这做那，大大小小的事都要挑剔。而且安华还很会用离间计，让同柜组的营业员们互相猜疑、互相监视，然后再向她打小报告。

站在安华的立场上，这些都是她必须要做的，如果她不这样做，她又如何能坐到"经理"这样一个位置上呢？她是好不容易才当上这个"经理"的。

一回想起当营业员时的情景，安华就觉得后怕。那时候站得太累，女人家一个月里总有那么几天极痛苦的日子，可也必须忍着。她站柜台站了五六年了，若离开现在的这个位置，仍然去站柜台，那样的生活她实在不敢想象。但她觉得她已经为老板做了太多的事，可得到的待遇却实在低，每月的工资加奖金只比普通营业员们多一二百元。这可是在特区啊！

一想起这些来安华就时常闷闷不乐。由于经常处于这种紧张的状态中，她得了头痛的毛病，一痛起来就让她难以忍受。她觉得自己在这里已经不再是一个有血有肉的人了，而仅仅是这间办公室里的一台机器，就像那台呆头呆脑的电脑一样。

可不管怎样抱怨，怎样痛苦，也只能这样默默地忍着。拖家带口的，她必须在特区，也只能在特区这里生存下去。她用一种沉郁而又无可奈何，逆来顺受的目光望着谢总经理。

"你想还有什么好办法吗？我看还是再办一期有奖销售吧？"谢总经理问道。

这个主意真让安华头痛，以前办有奖销售总是会生出许多事来，还得受气求人，累到头来赚了钱只总经理一个人快活高兴，她们是连多余的奖金都没有的。可谢总经理既然提出来了，就是说他已经决定要这样做了，她做下属的，那有违抗、不依的道理？

"这一次找新营业员来做'礼仪小姐'。那些老营业员们一个比一个笨，再用她们会让人笑话的，你把上次用过的宣传单再拿出来用。你和电台、电视台，还有晚报社联络，请他们为我们做广告，开始那天要放鞭炮。还有，新的营业员训练得怎么样了？进度要快。赶快训练出来，最近附近又有两三家商场要开张，新营业员们要赶快上柜去拉生意。"

于是在刚才培训时，安华把这些最新指示传达给了新营业员们。回到办公室里，她一边揉着痛得仿佛快要爆炸的头，一边想着下一步该干什么。

安华那时只有三十多岁，可是在特区这七八年的磨炼，已经把她从一个水灵灵的四川姑娘，磨炼得宛如一个中年妇女。她在谢总经理面前从来不多说话，总是保持着那么一种谦恭的神情。她很能揣摩谢总经理言词间的每一项要求，然后再尽力去完成各项任务。

她在营业员们面前，有时严厉地要求她们做这做那，有时则会轻松地与她们开玩笑、讲笑话。新招聘的营业员们对她又敬、又怕，可是老营业员们却没有一个喜欢她的，因为相处久了，这些招数就不灵了。

但是总的来说，安华还是很会做人的，她与各种人相处有各种不同的方式和方法。她从不把那些小营业员放在眼里，尽管她过去的地位与她们一样。她对那些滑头的个体户也同样滑头，而且比起他们来更有几分狡黠、几分狠毒。

她会很随便地和那些生意人开一些有点低俗的玩笑，她口齿伶俐，最后总能够把对方损得还不了嘴，而且挨了骂还美滋滋的，就好像挨她的骂是人生一大快事一般。但是人在江湖，总得有求人的时候，比如现在她就得极甜蜜、极温柔地对着话筒向对方谄媚：

"要请您为我们公司插播一条广告……当然条件要优惠点了……这得请您多多帮忙啊……行行行，没问题，只要您一句话，我绝对奉陪……好……好，就这样，我等你电话，拜拜。"

打完了一连串的电话，安华硬着头皮下了楼，然后就开始严厉地督促起那些女孩子们准备宣传单、备货。

范婵化过妆后被变成了另一个模样，尤其是安华还拿来了一件低胸连衣裙让她换上，那连衣裙的领口开得低低的，她的胸脯露出了好大一块。站在落地镜前，范婵真不敢相信那镜子中的妖女竟是她自己，一时间整个心胸都被羞耻和委屈填满了。她站在那里感到万分尴尬，不知不觉中眼眶里已经噙满了泪水。她含着泪，却又不敢让那泪水流出来，生怕会被人看到了笑话。

其实现在安华的感觉也好不到哪里去，楼下的忙完了又得忙楼上。"唉！这样的生活何时才能有个尽头？"只要有空，她就总是要在心中这样不停地悲叹。回到了楼上看到谢总经理不在，她焦躁的心才总算得到了稍许的安宁。

安华在沙发里坐下，尽情舒展着四肢伸了一个懒腰，觉得一下子轻松了许多。她打算就这样坐一会，最好再能打个盹，直到谢总经理回来。这是多么舒服惬意的好时光，也是她站柜台时所梦寐以求的。

可是不行，安华没办法享受这样的好时光，她坐在那里只要一闭上眼睛，脑海里顿时就浮现出许许多多杂乱的画面。各种人、各种事，过去、现在和未来。她想驱散脑海中这些杂乱的念头，可她越是这样做，那些景象就越是在她的脑海里加速旋转了起来。偏偏这时她那头痛的老毛病又来侵扰她的神经，于是她只得放弃了打算放松一下的想法，觉得自己真是命苦。

安华站起身来揉着太阳穴向办公桌走去，她的视线落到了桌上的那台电脑上，这使她的心终于轻松了一点。"唉！亏得有了电脑。"她这样安慰着自己。

那时刚刚开始普及的电脑可以为安华减少许许多多的麻烦，使她的工作轻松了许多。在没有电脑以前，那一堆堆的账表、数字简直压得她抬不起头来。每当做报表、制定计划时更是让她焦头烂额。

安华的字写得不错，可是她天生讨厌数字、公式，上学时她的数学成绩一直在六十分上下徘徊，她能考上高中全靠了文科成绩。她的算盘打得更糟，这一度让她对这所谓管理岗位的职位感到烦躁，如果不是为了面子，有时她真想还是站柜台的好。

好在后来有了电脑，可刚开始时却让她感到更为烦躁。在她看来电脑实在是一种很神秘的机器，当她笨拙地在电脑键盘上敲敲打打的时候，她对电脑充满了敬畏。她的拼音已经忘去了许多，再加上根深蒂固的四川口音，有时为了拼出一个字来常常要弄个满身大汗。后来硬着头皮居然能够像模像样地使用电脑了，越往后她就越感受到了电脑的奇妙。

那用来记账理货的计算机程序，在安华看来更是一种神奇的东西。计算机程序能干许许多多以前她难以想象的事情，过去需要干上一两个小时的记账统计，计算机程序瞬间就能完成。至于加减乘除之类的事情，更是不在话下。

计算机程序还能通过打印机打印出一张张精美的表格，修改起来也是这么方便。所以刚用了不久，她就对电脑有了一种依赖的情结。如果再回到以前那种手工方式的抄抄写写算算，简直比让她重新站柜台更让她无法忍受。

又到了月底，又得计算一堆堆的数据，打印一张张的报表。安华打开了电脑电源，在 DOS 操作系统的 C：\> 提示符后输入了计算机程序名，然后开始输入一大堆数据。完成了这些工作，她默默等待着计算机输出计算后的数据和报表，只要打印出表格来，她的这项工作就算完成了。而在以前，这些工作至少需要她花上一个下午的时间，用不用加班还很难说。

她收住了思绪，去看电脑屏幕，却并没有看到她所熟悉的计算完成的屏幕画面，也没有听到她渴望的呲呲啦啦的机械打印机的打印声。她感到莫名其妙，连忙不停地敲击键盘，可那电脑屏幕一动不动，并没有其他的反应。她急出一身汗来，连忙手忙脚乱地把电脑关了再打开。

安华的眼睛一眨不眨地盯着屏幕，可这次更糟，屏幕上显示出了一串英文，虽然学过一点点英语，可那一串故障提示却总是看不出个究竟来。"完了，完了！"她不停地小声叫道，心"咚咚咚"地跳个不停，汗从她的额头不停地往外冒，手也不由自主地抖了起来。

而这时范婵和赵裳正坐在走廊里的长沙发里默默地等待着，安华像是已经忘记了她们。安华不发话她们也不敢动，一方面这使她们两人的精神处于紧张之中，可另一方面对她们来说这又是一个难得的休息。

几个星期以来，每天的这个时候都是这一天里最难熬的时刻。整个上午都是工作加培训，中午只有一个小时的时间用午餐。为了找一家便宜点的餐馆得走一段很远的路，吃完后就得急急忙忙地赶回来上下午班。

安华对她们的考勤非常严格，来不得半点马虎。可每当这时正是食物在她们的肠胃里消化的时候，身体里的血液都在往肠胃里集中，这使她们的大脑昏昏沉沉的，总是忍不住想打呵欠，上下眼皮直往一起贴。所以今天的这个时候让她俩感到特别得舒服，她们想那些同伴们肯定都在羡慕她们，于是对她们能在这里这样坐着反倒庆幸起来了。

范婵不时地望望墙上的挂钟，看到时间还早，就将视线投向了谢平总经理的那间精致豪华的大办公室。因为门开着，谢平总经理不在，所以她第一次在现实生活中见到了这么豪华、这么气派的办公室。

在她出生和成长的江南水乡，连高楼都很少能看到，所以以前只是在电影、电视上才能见到这样的世面。她注意到办公室的左边摆着一只大玻璃柜，里面陈设着很多精美的装饰品。

在正面的墙上挂着几幅半裸的人体油画。右边的墙被窗子占去了大半，房间正中摆着一张很大的老板桌。而安华的办公桌在隔壁房间的一角，她的那张小小的办公桌上摆着一台挺大的电脑，给那间办公室增添了几分现代的气息。

她听到安华正在不停地打电话，安华在电话里绘声绘色地描述着她的电脑出现的故障。安华说得活灵活现，不由得将范婵的注意力也吸引了过去。范婵好奇地又仔细望了望那台电脑，在她看来那台电脑似乎并没有什么异样的地方。她对电脑知之甚少，只是觉得那是一台奇妙而又神秘的机器。

过了不久，翁伟昂提着个帆布包急匆匆地走进了新潮商场。他三步并做两步地直接向楼上的办公室走去。他接到了安华的电话后，就快快地吃完中午饭赶到了新潮商场。他可不是来逛商场的，新潮商场其实是他的电脑店开张以来的第一个单位客户。

这是因为他在南国证券分管行政工作时从新潮商场进过货，认识了总经理谢平。所以在他下海创业后，谢平也很讲义气，从他这里进了几台电脑。

卖给新潮商场的这几台电脑，是翁伟昂用电脑配件组装的，这在那个年代叫作兼容机。安装的软件从 DOS 操作系统，再到应用软件，当然都是盗版的。因此如何让这几台电脑安稳地度过一年保修期，就成了当时让翁伟昂惴惴不安的一件大事。所以一接到安华的求救电话，翁伟昂二话没说就关了店门，赶到了新潮商场。

那时候他还雇不起店员，他必须节省每一块钱成本，所以在那时雇店员对他来说是不可承受之重。虽然顾了这边就得关店，可是当他走进这座商场时，情绪还是不由自主地兴奋起来，因为他仿佛看到了自己创业的曙光。

来到了楼上，翁伟昂被安华热情地迎进了办公室里。那安华见了他就像看到了大救星一样，弄得他颇有几分受宠若惊的感觉。他看见在过道的长椅上坐着两个花枝招展的女孩子，令他的心多少有些异样的感觉。

作为刚闯进计算机世界的新手，对于处理计算机故障他的心中总有一种七上八下的感觉。他也是在边学边干，虽然在安华的眼里他是一位计算机专家，但他知道自己这是赶鸭子上架，然而这正是他所选择的与过去完全不一样的生活。

安华已经热情地为他砌上了茶水，在他身边向他描述着她遇到的故障。安华那热情洋溢的面容和丰满的腰身在他的眼前晃动，使他的心中不由得涌起了一阵莫名的冲动。在他的生活里已经很久没有女人了，当他意识到这一点时，不由得涌起一阵本能的躁动，于是赶忙坐到了计算机前开始处理故障。

他敲击着键盘，运行了几个程序，故障现象和安华在电话里告诉他的一模一样。他想了想觉得有两种可能性：一是硬件故障，二是软件本身的问题。但是在一般情况下，如果计算机硬件出现故障，在计算机启动时会有报警信息。他又运行了硬件检测程序，一切正常，他排除了硬件故障的可能性后，思路就转到了软件上。

这个应用软件是翁伟昂用盗版软件改的，只是用高级语言写了几个简单的调用程序菜单，其实是换汤不换药，根本不应该出现这样的故障。那么就应该只有一种可能了，那就是计算机病毒。

一提起计算机病毒，那时候的人们就有一点谈"毒"色变，因为那时候的计算机病毒虽然简单，但是会跟人们开一些令人啼笑皆非的玩笑，干扰人们正常的工作。更要命的是，当年的那些初级黑客们搞的恶作剧，也许会使人们数日数月甚至于数年的工作数据化为碎片。

从那个时代起，计算机病毒越来越成为一个世界性的问题，困扰着即将进入网络时代的计算机用户。但是并不是所有的人都讨厌病毒，翁伟昂就是其中之一。因为每遇到一种新的病毒都会使他感到兴奋，就像是又遇到了一次新的挑战。这次又会是一种什么样的病毒呢？

翁伟昂将病毒检测软盘插入了软盘驱动器，重新启动了计算机，然后敲入了检测命令，检测盘开始了检测工作，不一会就显示出了检测信息，"又是D2！"他小声说道。

DIR-2病毒那时已经算是一种老病毒了，用现成的病毒检测盘就能检测并清除。当翁伟昂向安华解释故障原因时，安华一脸茫然，都不敢靠近那台计算机了，就像是害怕染上艾滋病一样。

翁伟昂看到安华这个样子就笑了起来，他又向安华耐心地解释：计算机病毒其实只是一个很小的计算机破坏程序，"病毒"的命名只是一种形象的说法。因为与正常的计算机程序相比，它的作用不是帮助人们更好地工作，而恰恰相反是故意破坏人们的工作。所以这是人为制作和自动传播的破坏程序，并非计算机自己产生的。

其实对计算机病毒的编写者们，从技术的角度讲翁伟昂还有几分钦佩。这些病毒程序的编写者，都是一些对计算机软硬件知识非常精通的电脑高手。他们就像是计算机专家里的变态者，科幻译制片《大西洋底来的人》里的那个胖胖的科学狂人。这些人不是利用他们的专业知识造福于人类，而是从他人的烦恼和痛苦中去寻求快乐、满足，甚至于金钱和权力。

为了彻底清除 D2 病毒，翁伟昂必须把新潮公司的这几台电脑和软盘都查杀一遍，免得再交叉感染。翁伟昂在这边忙着，安华又开始忙下午的工作了。

看到安华向她们走来，范婵和赵裳连忙站起身来，安华向她们两人叮嘱道：

"我把这里的事做完后马上就过去，我已经交代人照顾你们了。范婵，你负责拿麦克风读宣传单。赵裳，你负责给顾客献花、发宣传单。你们要时刻保持住微笑，绝对不能板起脸来，态度要亲切，动作要优美，有诱惑力。"

范婵穿着那件安华特意为她借来的低胸连衣裙，上面衣领低低的，可下面却差不多拖到了地板上。赵裳则穿着一件淡黄色的连衣裙。范婵走路时得提着长裙服的裙角，挽着赵裳的手，一步步小心地向楼下走去。

翁伟昂的工作终于接近了尾声，这只是一次小小的故障，好在 D2 病毒一般只感染可运行程序，这样就不会损坏数据文件，这样安华在这台电脑里的大量数据信息都可以幸免于难。

在可运行程序里，绝大部分的程序杀毒程序可以轻易地修复，有些破坏较大的可执行文件虽然无法修复，不过删除后重新拷贝就能解决，也不是什么难事。完成了一件像样的工作，总是一件令人愉快的事情，他终于可以轻松一下了。

翁伟昂望着这几台自己亲手组装的电脑，不由得在心里浮想联翩道："我的创业梦想会这样实现吗？"

这时他看见安华正向那两个女孩子起劲地交代着什么，随后那两个女孩子就向楼下走来。当这两个女孩子从他面前走过时，他不由自主地朝她们望了一眼。

在这个高大魁梧的陌生男子面前，范婵顿时被羞得满脸通红，活像个新嫁娘。她从翁伟昂面前经过时把头埋得低低的，只怕自己那张妖精似的脸被他笑话。不知怎么的，平常觉得空荡荡的大楼，现在却仿佛一下子充满了人，她觉得好像所有的人，都在盯着她发笑，在暗暗地笑着她，指点着她。

她不敢正视人家看她的眼睛，觉得自己就像个毫无知觉的傀儡似的，被人催了眠，只是默默地向前走着，没有了丝毫自己的思想。

突然范婵在心里暗叫了起来，因为她猛然想起刚才安华交代要她对着麦克风说几句欢迎词，现在只剩下几分钟了，可她的心里还是一点准备都没有。她急了，心里直念着：完了，完了，这回完了。

走到了商场的大门，范婵看到大门口的小广场上已经聚集了很多的人。范婵整个人都昏昏沉沉的，想来想去只想出了"各位来宾，欢迎你们光临"这么一句话。她绞着双手，手心里黏黏糊糊的，可又不敢往衣裙上蹭。

过往的行人们不时好奇地望着她们两人，范婵觉得此时的自己就像是个怪物，她难过地在心里哀怨。她真希望自己现在不是在这里做礼仪小姐，而是坐在课堂里或是站在柜台旁。这时不知是谁递给了她一个麦克风，她猛然意识到该是自己讲话的时候了。

"各位来宾，欢迎你们光临。现在本店第八期有奖销售活动就要开始了，欢迎亲爱的顾客朋友们踊跃参加……"

讲完话后，范婵的心"咚咚"直跳，她紧张得几乎连气都喘不过来。她生怕自己会说错了什么，可看大家的表情并没有什么异常之处，再仔细地回想一下自己刚才讲的话，确实也没有什么说错的地方，这时心里才一阵轻松。

她看见顾客们纷纷走进了商场，几个商场的工作人员在人群中快活地穿梭忙碌着。不知什么时候安华也加入了其中，她向范婵这边望来，并向她点了点头，她也向安华笑了笑。

看热闹的顾客越来越多，一直延伸到了公路上，交通都堵塞起来，汽车喇叭声此起彼伏。这时鞭炮声又噼里啪啦地响起，于是人们凑热闹的嘈杂声、汽车的喇叭声与鞭炮的噼里啪啦混合在一起，一种荒唐、怪诞的感觉像团团迷雾般迷乱了范婵的心。

鞭炮声终于停了，凑热闹的人也渐渐地散去。她们终于回到了店里。范婵茫然地放眼望去，只看到柜台里各种各样的商品，一个个营业员们站在柜台后，有的向她们投来了友善的目光，有的人则对她们视若无睹、毫不在意。

但是不管怎样，店里的景象仍使范婵感到亲切，尽管站在外面只那么一小会，可她却觉得那段时间好长、好难过。她们已经快走到了楼梯口了，这使范婵的心里感到一阵莫名的轻松和兴奋，仿佛那个楼梯口就是她艰难旅途的终点，正当她想为这即将结束的苦差事松口气时，安华尖锐的声音却吓了她一跳。

"赵裳，你留在这里，当客人走过化妆品柜台时，你要过去拉住，然后向顾客们推销商品。范婵，你要走出去，在路口发传单。不是把传单塞到人家的手上就好，而是要把客人拉到柜台前。好了，现在咱们过去吧。"

如果有个地洞，范婵相信自己一定会不顾一切地钻进去，安华这样摆布她，使她感到了一种从未有过的屈辱。在大街上，她与安华和其他几个女孩子不时地拦截行人，她机械地不停念着"欢迎光临惠顾""五十元一张奖券，中奖机会百分之五十，幸运者可获千元大奖"等一类的宣传字眼。

她的声音颤抖着，她觉得过往的行人都在暗暗地盯着她望，从她的头发、她那妖精似的脸、一直到她那低低领口的胸部。她真难过得要死，生怕会遇到认识的人。可是当她的广告正在进行时，突然一个中年男人气冲冲地冲到她的面前质问道：

"喂，你们这些卖化妆品的，卖的是些什么东西啊！前段时间就是在你们店里买的增白乳液，害得我老婆现在连门都出不了，你们这是安的什么心啊？！"

范婵一下子愣在那里说不出话来，她真没有想到自己这么倒霉，竟会遇到这样的事。前段时间在报纸上她也看到过类似的报道，说市场上有假冒的化妆品，严重的还会毁容，可那又不是她卖的。她想反驳，可是不知怎么的平常挺灵活的舌头现在却像是僵住了，半天说不出一句话来。

安华看到范婵这边像是出了什么事情，连忙走了过来，她一顿甜言蜜语很快将那个中年男人打发走了。安华见街上没戏，于是领着范婵回到了店里，她们站在柜台外拦着顾客向她们讲美容知识，引诱她们走近化妆品柜台看化妆品。

范婵的口头就那么几句话颠来倒去，她觉得不好意思，很想换几句话，可又总是没什么话好说，可看此时的安华却是如鱼得水，好不潇洒快活，这使她不禁略带几分羡慕、几分嫉妒地暗暗盯着安华。那安华口若悬河，拦着女顾客，又吓她们，又哄她们，说她们的皮肤粗糙了，生了许多皱纹，需要用某某化妆品。

这时一对夫妻走了过来。那个男子戴着一副眼镜，文文静静的，像个干部的模样，那个女人衣着朴素、风度优雅，看上去像是教师模样的职业女性。安华不失时机地迎上了前去：

"这位阿姨，请你买一套保养系列化妆品吧，用了以后会让你看起来像三十岁的人的。"

"我本来就三十岁。"那女子近似愤怒地答道。

"是吗？啊啊，对不起，对不起，不过你看你的眼角已经有好多皱纹了，这会很损坏你的气质和形象的，你现在这个年龄是最需要化妆的，不然会使你看上去很老的，就像我刚才那样……"

安华的一番话说得那个女子满脸通红，口气和神态也不像刚才那样愤怒和自信了，她的丈夫也显出了一副很不安的样子，似乎觉得有点愧对妻子。他一边掏着钱包，一边询问起了价钱，可当听说一瓶就要一百块时，夫妻俩都被吓了一跳。那个女子连连说着不要了，拉着丈夫就要走，可安华哪里肯放，一顿软磨硬泡，使得这对夫妻脱不了身，最后只好买了一瓶。

范婵看着这个情景，心里只觉得恶心，她觉得安华好虚伪、好冷酷。毕竟对于一个普通家庭来说，一百块并不是一个小数目，她的家境使她很能体会这一百块钱的分量，而另外一对被安华拦住的夫妻却是另外一番景象。

那个年轻的妻子热切地望着柜台里的各种化妆品，好像什么都想买，可那个丈夫却总是不答应道："你的柜子里已经有一大堆了，还要买。许多连开都没有打开过，还要买。"

"这种我那里没有嘛！"

那丈夫要拉着妻子走，可安华怎肯善罢甘休。安华一个劲地向这个女子推销着，只是附带着应付一下那个丈夫，她早已看出了这样的女人，不买是不会走的。那女子被丈夫拉来拉去，最后匆匆地买了几样。这一对夫妻离开柜台后，一路上还在争执着，安华望着他们离去的背影，只是一个劲地笑。

范婵看着这一切，心里有一种说不出来的感觉，她深深地叹了一口气自问道："不行，这样的事我干不来。我为什么要去干这一切呢？这有什么意义？又有什么必要呢？"

终于熬到下班了，范婵急不可待地卸了妆。洗去了脸上的浓彩，换上了轻快的长裙，这让她的身心感到了一种自由的快乐。她一个人离开了公司，轻快地穿行在下班的人流中。

翁伟昂走在范婵的身后，望着她那洋溢着青春气息的背影。那个背影的每一下轻快的摆动，都牵动着他的心。翁伟昂感到茫然无措，他无法控制自己的身心，只是本能地向往着范婵的背影。他尾随在范婵的身后，却不知道自己为什么要这样，只是这样心中便似乎得到了莫大的满足。

他就这样在范婵身后不远处走着，生怕会被她发觉。他的心中荡漾着一丝柔柔的感觉，那丝感觉轻抚着他的心，使他的脑海里不再被小城的往事带给他的忧伤所占满，他的心里再一次充满了对未来的憧憬和幻想，此时他的身心里又充满了一股活力。

夜色悄然笼罩了大地，特区成了一片流光溢彩的世界。外国的、港台的、内地的名牌商品广告，高高地矗立在高大建筑物的顶端或是墙壁上。那些时髦的电子、服装、化妆品，将很快通过这里成为中国人日常生活中不可缺少的一个部分。

那一天给翁伟昂的记忆里留下了那么深刻的印象，就像一幕幕电影片段总是在他的脑海里重现，因为那一天意味着他告别了他的小城故事，他的人生就这样翻开了一个新的篇章，迎来了他的鹏城之恋。

然而这个鹏城之恋却是同样的苦涩，现在当他置身于现实之中，真真切切地再回首时，他才深深地意识到那一天对他来说，既是一个新的开始，又是那么沉重，那么无奈的记忆。正是那一天改变了他的生活，也改变了范婵的命运。

翁伟昂不明白，为什么一个人总是在一切都成为无法改变的过去时，才能真真切切地认识到现实的真面目。现在当他不得不再一次面对那过去的一切时，他才痛苦地意识到，很多事他必须承认然后接受，不管这是多么无奈和伤感。

不仅如此，他还要去继续追寻他那未尽的梦想，否则他的人生，他的存在就没有了意义。他必须，也只能在这个命定的轨迹中生存和上下求索了。

恍惚间翁伟昂意识到自己已经不再是过去的那个自己了，那些不切实际的幻想、沉迷消失了，他清澈、倔强的目光中闪着光，莫名其妙中那一切的屈辱和磨难都化作了一股动力，使他的身心重又振奋了起来。不错，过去给了他太多的创伤，可是既然他还有未来，那么他就一定要坚强地走下去。

回想到了这里，翁伟昂不再为这史无前例的股票行情和涨跌停板所烦恼。无论如何他都要享受这个夜晚，不管明天的资本市场怎样的洪水滔天。于是他放下了忧伤，发动了他的天津大发，踩下离合器挂上挡，松了手刹，踩着油门向夜色中驶去。

第六章　三个女人一台戏

总算可以松口气了，1996 年 12 月 17 日上午的两个小时交易既惊心动魄，又颇有几分戏剧性。深沪股市承袭昨日的跌势顺势低开，一大半股票被封杀在跌停板上，剩余的股票除了昨天上市的新股"广西康达"逆市飘红外，其余的仍然跌幅很深。

很多股票虽未跌停，却因为排在首笔的买卖单价格相差悬殊而无法成交。但是仅仅过了一刻钟，沪市以"四川长虹"为首的绩优股便率先打破跌停，紧接着深市以"深发展"为龙头，纷纷撞开跌停板，大量买盘蜂拥而入，一时间市场上一片生机勃勃的景象。

消息面也暖风吹拂，继证监会新闻发言人发布了温和的谈话后，大户室里又盛传国家将组织资金入市托市的传言。虽然听起来多少有些荒唐，但是不管是真是假，市况却真的好了起来。至少不用担心像昨天那样，股票想卖都卖不出去了。

从此以后，中国股民们就要与中国股票市场的涨跌停板相爱相杀了。整个上午翁伟昂都在不停地减仓，他卖掉了那些持股较少，跌幅较小的股票，到上午收盘时他已经减掉了大约三分之一的仓位。本来他想减掉二分之一仓位的，可是随着市场的渐趋活跃，他便打消了这个念头。

毕竟昨天的暴跌，带着浓厚的情绪化色彩，幼稚的市场难免会有幼稚的表现，耍耍小孩子脾气，过去了也就没事了。想到这里他轻松了许多，似乎昨天的恐怖已经成了遥远的记忆。

到了上午收盘时，翁伟昂的心境确实好了许多。这是六天以来的第一次，再加上小病一场后复燃了的活力，使他似乎有一种新生的感觉。一时间七情六欲又开始涌动，于是再闷在大户室里，就觉得有点压抑了。

此时南国冬季里温暖的阳光，在他这个北方人看来，就简直和春天差不多。他欲动的心，驱使着他到室外那广阔的天地里去透透气。他穿上皮衣走出了大户室，下楼时他懒得再去看四楼。虽然贵宾室仍像往常一样静悄悄的，可是同在这栋建筑里，他想那些贵宾们也好不到哪里去。

一楼的散户大厅里，人头明显少了许多，昨天那般激愤的情绪，已无可奈何地缓解了下来。有些职业散户们已经摆起了地铺，打牌下棋了起来，中国的老百姓们就是这样能够随遇而安，这样能够苦中寻乐。看起来股民们对反弹的预期，或者说是渴望已经越来越强，大屏幕前有些股民三五一群地扎着堆。

反正没事，翁伟昂干脆凑上前去佯装看盘，实际上却在用心倾听着人们的议论。毕竟在股市里就是你赚我的钱，我赚你的钱。孙子兵法云"知己知彼，百战不殆"，这一兵法用在现今的股战中也颇为在理。

这边的小伙子正向同伴讲述着"T+0"的技巧，另一边的那个中年妇女则向周围的人愤愤地说道：

"不抛，坚决不抛，它爱跌到哪就跌到哪吧！反正不涨回来我是不抛的。"

旁边的一个老头也随声附和道：

"我从昨起就挂涨停板卖货，想让我赔？门都没有。"翁伟昂心中暗笑，听了一会就走开了。

漫步在特区的街道中，翁伟昂回想着自己这几年孤独的创业时光，心中不免多了几分惆怅感伤。以前每当郁闷孤寂时，他就喜欢这样一边慢步，一边苦苦地思索，可是自从买了天津大发以后，他连路都懒得走，更不要说一个人散步了，自然思虑也就少了许多。

买车之后，虽然一个人过得轻松潇洒，但却总觉得有那么几分迷惘，有时甚至还会有几分怀旧的感觉。此时此刻，他就强烈地渴望着这样的漫步，好让自己细细将一下脑子里的这一堆乱麻。

一点钟时，翁伟昂准时回到了大户室，又坐回到了他的大户席上。可是好景不长，经过午间休息，大盘不但没有继续上攻，反而掉头急下。下午开盘没多久，深市就只剩下几只股票没被封杀了，沪市虽然好点，可也是"红瘦绿肥"。

刚刚有点松动的气氛骤然间又紧张了起来，翁伟昂的脸都被气绿了，他在心中暗骂个不停，也不知道在骂谁。他陷入深深的懊丧之中，真后悔上午没有坚决减去二分之一的仓位。

上午他太乐观了，现在看起来上午的上涨不过是昨天急跌后的一次小规模反抽而已，可现在再减仓，损失必然越来越大，弄不好就会伤了元气。

想到这里翁伟昂便认准了一个理儿：与其瞎忙一通，还不如索性以静制动。他回想起了刚才听到的那两位散户大妈、大爷的话，不禁苦笑了起来。

这几个月股票涨幅虽说很大，可是换手率也很高，有的股票连庄家都换了好几个，摊到每个投资者头上，也就都只赚了一小截。这两天齐刷刷地跌下来，亏损的肯定是大多数，反正上午已经减了仓，加上剩余的资金，他的股票和现金的比例基本上是二比一。有了这些钱，就算股票再来几个跌停板，他也最多是留级到中户室去。想到这里，他觉得自己越来越像阿Q了。

冷冷清清的交易一直持续到了收市。深市除了新上市的新股"湖北天发"外，只剩下"粤电力"没有撞到跌停板，而沪市也仅有"伊利股份"一只上涨股。

整个交易日下来，沪综指跌去了9.44%，深成指更是跌去了10%。除了成交量较昨天成倍放大外，其余的各项技术指标都成了一团糟。

整个下午翁伟昂都在不时地自怨自艾中度过，顾影自怜中又很有几分委屈和伤感。有几次他想给姚姬打电话，可手机拿在手里，犹犹豫豫一阵后又放回了兜里，他不想在姚姬面前以失败者的形象出现，更何况以他的病愈之躯，也确实有些力不从心。

苦熬到了第二天下午，一位保安找到翁伟昂说楼下有人找他。翁伟昂心中老大的不高兴，因为此时正是沪深股市双双上涨，一路上攻之时，他上午急跌时抄的底，现在差不多已经可以赚钱了，这可是他这一星期来第一次尝到赚钱的滋味，此时正是做"T+0"的大好时机。

当听说是个女的找他时，好奇心还是使他暂时放下了交易，他下了楼，一路上猜想着可能是姚姬，但是又很快否定了这个想法，姚姬有他的手机号码，用不着这么神秘兮兮的。

走到了一楼楼梯口时，他在一阵失望后又不免暗暗地吃了一惊。失望的是来的人原来是安华，这虽说也是在情理之中，可的确是在他意料之外；吃惊的是他怎么也不会想到，一年多不见，安华居然光彩动人了起来。不但衣着华丽，而且发型也变了，脸色就像是被漂白过一样，在白皙中透着妩媚，彼有几分丰韵少妇的美艳姿色。

"怎么会是你？"一时之间翁伟昂居然有些慌乱，他实在找不出什么话来，于是这样干巴巴地问道。

"我来这里看看，听人家说你在这里的大户室，就想试着找找你，没想到还真的找到了。"安华笑着答道，她的四川口音倒是没有一点变化，说起话来还是那副快人快语的样子。可是再婚和再次生育还是在她身上留下了痕迹，她的那分泼辣更多地让位给了少妇的风韵。

虽然已经年近中年，而且再次做了孩子妈，可安华仍然顽强地在与自然规律进行着不懈的斗争。她也很对得起她的化妆品部经理的本职工作，文眉毛眼线、割双眼皮、扎耳洞、修唇线，总之除了鼻孔之外，她脸上凡能加工的地方，都经过了严格的加工。

功夫自然不负苦心人，经过了这几番近于残酷的肉体折磨，安华便能够以这一全新的形象出现在众人面前。旧貌换新颜的确有着某种奇妙的作用，这赋予了她那丰满的腰身以新的含义。这不，久别重逢的翁伟昂，也多少有点被她弄得神不守舍了起来。

"怎么，现在你也开始炒股了？"或许是意识到了自己的失态，翁伟昂连忙问道。

"嗯，没办法，降了两次利息，觉得存钱没多大意思，19多块钱买了5000股深发展，平时根本不看，也没时间看，可怎么会这样子跌呢？已经跌了好几块了！怎么回事啊？！"

"哼！你问我，我问谁去？"翁伟昂心里这样想，嘴上则说道，"哎！一言难尽，咱们还是到楼上聊吧。"

翁伟昂跟保安打了招呼，便领着安华上了楼。走进大户室里安华显得有些拘谨，翁伟昂招呼她坐下后，便自顾自地又一头扎进了"钱龙"图里。

大盘继续高奏凯歌，这显然应归功于消息面的配合。今天的各大证券报均在显要位置，刊登了沪深证券交易所总经理接受记者采访时的谈话。如此的步调一致，显然是管理层的授意，因为就连总的调子都是一样的，都是告诫投资者不要失去理智，盲目追涨杀跌，这比之昨天的一袭暖风显然更有针对性，可谓是意味隽永、回味悠长。

大户室里，更是盛传着明天上交所将举行成立六周年庆典的消息。于是沪深股市应声而涨，上午开盘后一小时，汹涌而来的巨大买盘，立即撞开了几乎所有的跌停板，这令大户室里许多坚决做空的大户，忙不迭地撤抛单挂买单。

一时间散户厅、大户室里都是人声鼎沸，闲了没几天的交易员们，又开始手忙脚乱地忙了起来。仅仅半个小时满盘便一片红色，紧接着"四川长虹""江苏春兰"便率先冲上了涨停板。

抢反弹的买盘仍是汹涌不息，但翁伟昂还是坚决对敲掉了上午抄底的股票，做了一次完美的"T+0"。直到查看完了成交回报和户头上的现金，确认抛单已经成交后，这才顾得上应付安华。

"哇！这里有这么多电脑啊？"安华感叹道。

"没什么好奇怪的，大户室里都是这样，人手一台。这几天行情不好，来的人不多。你瞧着吧，再过一会等那些家伙明白过味来，这里就人满为患了。"

"在这些电脑上就可以炒股了吗？"

"不是，在电脑上只是看行情，做技术分析，如果要买卖股票的话，还是得填买单、卖单给那边的交易小姐，她专门负责大户们的买卖。"

"哇，你们大户真是太美了，不用像我们散户一样挤得一身臭汗，等挤进去了，行情也没了。有钱就是不一样。唉，技术分析是怎么回事，很难学吗？是不是学了就可以赚钱了？"

"没那回事，技术分析只能做参考，学起来很容易，可用起来就难了，没准越技术分析越赔钱。"

"瞎说，那你怎么能赚这么多钱呢？不会是你有内部消息吧？！"

"没的事，我又不是什么皇亲国戚，哪来的什么内部消息。消息这玩意是双刃剑，靠它赚钱容易，可赔起钱来也很快。我也照样赔钱。"

"这次你也赔了？！"

"是啊！赔了。赔钱很正常，没赔倒怪了。"

"那现在该怎么办呢？你说我的'深发展'打不打？"

"怎么说好呢！我想这要看你能不能赔得起，如果你觉得赔得起的话，最好不要打。"

"我听不明白你的意思。"

"就是说，如果你再也不想玩股票的话，或者你能买到更赚钱的股票的话，你就打掉，否则的话，你就最好一直抱着。"

安华似懂非懂地点了点头。果然不出翁伟昂所料，随着行情看涨，大户室里的人确实越来越多了。安华说她要回去了，翁伟昂要留她吃饭，她说下午还要上班，翁伟昂说不急，他可以开车送她。

安华红了脸，这才说她还要回去给孩子喂奶。不知怎么的翁伟昂的脸也红了起来，这使他俩都有些尴尬，翁伟昂这才说道："好吧，我送送你。"

翁伟昂穿上皮衣，一直把安华送出了证券营业部，他目送着安华摇摇摆摆而去的背影，一时间压抑痛苦、无奈惆怅、忧郁悲伤的情绪都一下子涌上了心头。

如果不曾发生那一切，他现在的生活又会是个什么样子呢？如果不曾发生那一切，如果不是命运的捉弄，如果不是因为姚姬，他也许就不会和范婵分手了，他也许早就和范婵结了婚，有了他和她的孩子。

翁伟昂黯然神伤地往回走去。回到了大户室里，"T+0"给他带来的快感已经荡然无存了。心灵的痛苦使他连皮衣都懒得脱，他的眼睛虽然盯着显示屏，可注意力却怎么也集中不起来，脑海里总是无法自制地飘浮着一幕幕往昔时光。

下午三点钟，沪深股市双双红盘报收，价涨量增，市场上一派喜气洋洋。可此时的翁伟昂却丝毫没有兴奋的感觉，他觉得这一切对他来说充其量只不过是个小小的安慰而已。

离开证券营业部后，翁伟昂就一直开着车在鹏城的街道中漫无目的地游荡。从江春敏到卫芸，从范婵到姚姬，从小城到特区。这一切如烟往事，真是"剪不断，理还乱"，他沉湎在回忆和感伤之中，仿佛再一次失去了人生的坐标。

"难道这就是我的命运吗？为什么命运总是让我一次次地面对这样的现实？"翁伟昂不时地问着自己，这是他和范婵分手后一直在问自己的一个问题。至于说答案，他似乎知道，又似乎不知道。可是此时回想起这一切时，他就总是会不由自主地思念起范婵，怨恨起姚姬来。

可是现在能够和他在一起的，偏偏又是姚姬而不是范婵。他回想着和范婵相恋的那段时光，只能用"故天将降大任于是人也，必先苦其心志，劳其筋骨，饿其体肤，空乏其身，行拂乱其所为，所以动心忍性，曾益其所不能"来安慰自己了。

他的思绪不知不觉中回到了1993年的那个夏日，脑海里仿佛又看到了那时的姚姬。那一天姚姬的心情就像这特区的炎炎夏日般燥热。毕竟下个星期就要举行婚礼了，可她的心中却好像还没有做好成为一位新娘的准备。家里的亲属要从东北过来，虽然这边的事自有婆家人操心，可是她一天到晚还是有点神经兮兮的。

姚姬的罗曼史几乎可以追溯到初中时代，不过那几段恋情，只不过是在孩子们的友谊上加加工而已。从东北到特区，从工厂到社会。随着工厂倒闭，她也成了下岗工人中的一员，她的恋情也就随着生活的巨大变化而不断地翻着篇。

下岗后辗转来到特区打工，这些年来她已经有点记不清她换了多少份工作了。工作的不稳定，也使她活跃于各种社交场合，差不多每过几个月就要爱上一个不同的男子。那些年间和她打过交道的有名有姓的男人，足够组成一个加强连，而她严肃认真考虑过的至少也有一个排了。

遗憾的是面对动荡的生活、快速变化的时代和灯红酒绿、霓裳艳影的特区，她很少能将一段恋情维持两三个月，所以到她爱上后一个时，前面的那个就只能不了了之了。

不过这次绝对不同，因为就在半年前姚姬意识到自己已经不算年轻了，恰好在那时她认识了她的新郎。她的新郎名叫单晓，身强体壮，长得不算帅气，中年丧偶，可这又有什么关系呢？

在特区必须信仰现实主义，这些年在特区的经历告诉姚姬，她现在需要的已经不再是浪漫和奶油小生了，她现在真正需要的是有绝对支付能力的男人，而单晓正是这样的男人。因为单晓曾经是空军正团级上校飞行员，转业后则是一位民航机长。

"看来就是他了！"姚姬对自己这样说道，她决心速战速决，不能把这个机会便宜了那些空姐。所以仅仅半年的时间，她就要步入婚姻的殿堂了。可这说起来美好的未来，做起来却另当别论。

想一想自己就要嫁为人妇，领了结婚证后就不那么自由了，这多少使她对过去这些年的漂泊生活有了几分留恋。此时她才发觉做一个淑女竟是这般难，譬如说，今天晚上该做什么呢？回到家里看电视吗？

想到这里姚姬感到有几分压抑、又有几分不甘，于是不由得想趁着这已经不多的单身时光，再好好享受一下这特区的灯红酒绿，于是她的目光落到了身旁的两个同伴身上。

范婵和赵裳正忙着结账。这两个打工妹差不多一般高，却又娇小玲珑、各有千秋，与姚姬形成了鲜明对照。姚姬身材高挑，再加上东北大姑娘的风风火火，使姚姬和这两个江南妹子在一起时，有一种天然的大姐大的派头。那范婵身姿窈窕、美艳照人，赵裳与范婵相比就平淡了些。不过赵裳那圆圆的娃娃脸颇为妩媚，总能给人一种柔柔的感觉。

"小赵，今晚上做什么，又是回宿舍看电视吗？"

"嗯，不过今晚上有场好电影，电影院的门口挂着宣传画，好像是获了什么奖的……"

"算了吧，什么获过奖的，越获奖的越难看。哎！咱们去跳舞吧，梦罗马，名字怎么样？新开的，我有一个朋友在那，舞厅经理，前两天还叫我过去，咱们一起去吧，全免的。整天待在宿舍里，闷死了。"

虽说冲着赵裳说话，可姚姬眼角的余光却不由向范婵瞟去，她注意到范婵的动作慢了下来，于是心里不禁暗笑。她清楚自己的每一个音节，都清晰地传到了范婵的耳际里。不知怎么的，她只要一看到范婵就会不由得想起翁伟昂来。

说老实话，刚开始时翁伟昂很让她着迷了一阵，她对这个在她眼里土土的打工妹嫉妒得要死，不过正像过去一样，她并未能将这段相思维持上一个月。

何况一方面夺人之美总不是件光彩的事，另一方面那时候的翁伟昂在姚姬眼里也缺乏支付能力。更要命的是这家伙不苟言笑，也不喜欢跳舞，整天一副高深莫测的样子，不就是个开电脑店的小老板嘛，真是岂有此理。

今晚说不定翁伟昂又在哪个电线杆子下等范婵呢，不过她可不想管翁伟昂怎么样，现在她需要范婵和赵裳赔她一起去玩。一想到翁伟昂在夜色中守候的样子，她就禁不住想笑，心里隐隐感到了某种复仇般的快乐。

"你去吗？"赵裳问范婵，"你不去我也不去了。"

"一起去吧！"姚姬鼓励道。

"不，不行啊，我还有事。"

"有什么事啊？又是你那个美男子？打算去干什么？又是压马路、看电影？看你现在就这样，结婚以后怎么办？结婚前不玩，结婚后，你想玩也玩不成了，就像以后的我。我这一结婚，咱们三人聚在一起的时间真的不多了，又有这么一个机会，你可别重色轻友呦！"

"去吧！一起去吗！"赵裳哀求似的对范婵说道，范婵自然是欲拒不能了。

梦罗马是个新装修的旧地方，以前这里是个小型的肉类批发市场。如今时过境迁，猪鸡鱼已不再是这里的主角，迎来的是一群群拿腔作势的时髦男女。

姚姬三人来到梦罗马时正好八点，她找到了金强。这个小伙子是姚姬过去曾经考虑过的那一个排男人中的一个。后来也说不清谁先甩了谁，总之他们的那段恋情连一个月也没能维持，不过那是两年前的事情了。

那时候姚姬的恋爱经验已经相当成熟，她早已学会了怎样以一种恰到好处的方式，将不合自己心意的男人驱逐，而且还能像朋友一样继续相处下去。

她们去时，金强正和一位据说是做房地产生意的同学聊天。金强给她们做了介绍，告诉她们说他的这位老同学名叫高俊。金强对高俊倍加推崇，大谈了一番高俊的暴发史。

这个高俊身材标准、相貌平平，戴着一副宽边眼镜。高俊是个很有气场的男人，他那豪爽的风度，大款的派头给人一种很舒服的感觉。只是那副宽边眼镜后的一双若明若暗、时隐时现的眼眸，使人感到高深莫测、难以捉摸。坐定之后，他们开始攀谈起来。

金强在一家商业银行工作，晚上到这里来兼职这个经理，是因为他是梦罗马的股东之一，这个地方就是他们几个合伙人，找这里的村主任租下来的。你可别小看这里的村主任，这条街两边的店铺都是村里的，村主任说租给谁，就租给谁。

如今下海之风浪迹全国，身处特区的金强自然也是不甘寂寞。金钱的魔力就像打气筒一样，将很多曾经囊中羞涩的中国人瘪瘪的钱包，快速地撑鼓了起来。

此时的金强和高俊，就属于那些钱包快速鼓起来的中国人。这两个年轻人半躺半坐在沙发里，叼着香烟，用一种颇为自负和志得意满的派头，趾高气扬地和姚姬高谈阔论着。

如果能够再回到从前，姚姬也许又要对金强重新考虑一番，不过此时的她已经想不了那么多了，她只能用一种崇拜加惋惜的心情和这个过去被她淘汰的男子交谈着。

这时一个矮胖的女服务员来到金强的身旁，低头在他的耳边说了些什么。金强站起身来，说了声"失陪一会"就向服务台走去。三个女子看着金强和那个矮胖的女服务员一前一后地走去，不由得笑了起来。

快乐是年轻女孩的专利，尽情地享受一下这里的豪华气派，这使她们的美丽和活力得以释放。此时的范婵心里也轻松了下来，刚才她的心里总是时不时地想起翁伟昂来，内疚的感觉让她有点神不守舍。不过随着环境的改变和快乐的诱惑，她很快就将心上人抛到了脑后，她觉得那种牵肠挂肚的感觉真是太累了。

金强来到了服务台问有什么事，领班告诉他说，8号桌的两个客人要女服务员陪着喝酒，1号桌上的那几个客人也要。金强不禁皱起了眉头。

陪酒这事，这几天可没少让金强费心，前几个月形势大好的时候，他这里聘了七八个女服务员，不过这样的日子没过多久，特区政府就下令整顿。

想到这里，金强不禁忧心忡忡了起来。老大这些天对他很不满意，再这样干下去，不要说这里每月两千块钱的外快，就是他投进去的股本弄不好也保不住了。

"不行，这样不行！"金强暗自嘀咕。陪喝酒的服务员直接影响着客人的消费额，一个聊得来的服务员，搞好了一晚上可以让一个大款、大腕之类的客人，不皱眉头地花上几千元，可如果没有的话，他们就连花上几百元也会和你仔细地算一算。想到这里，金强下定决心一定要找几个女服务员，不管花多少钱都行。可是现在火烧屁股的，又该怎么办呢？

金强的目光不由得在他的几个女服务员身上转来转去，可是越看越生气。不要说那个矮胖的女服务员，就是其他几位高点、瘦点的也一个个都提不起来。

这陪酒可不是说干就干的活，除了要有一定的气质姿色外，身材还必须有一定的曲线，衣着必须有吸引力，态度必须高傲，但一定要给客人留下突破口。该收的收，该放的放，但还有最重要的一点，那就是必须要有酒量。如果客人还没喝几口你就倒在了那，消费额上不去不说，弄不好还会搞出麻烦事来。

金强不由得怒火中烧，越看他的几个女服务员越气。他在服务台上重重地砸了一拳，然后转过身来。他的目光在大厅里游荡，突然，他的目光定在了那里，他的心头顿时豁然开朗，像是在雨后的天空看到了太阳。"三个女孩，三朵花！"

他不由兴奋地在心中暗叫了起来。

金强一本正经地回到原处，冲三个女子抱歉地一笑，脸上露出谦恭的神情，刚才那副居高临下、趾高气扬的傲气早已经荡然无存。坐定之后，他的脸上开始挂上了为难的神情，话也少了很多。他的表达方式非常成功，他知道姚姬是不会放过一点点新发现的。

"嗨！你怎么了？怎么一下子蔫了，多没劲。"姚姬妩媚地说道。

"哎！遇到点小麻烦。我的几位公关小姐都不在，可偏偏今天有好几位客人请公关小姐。现在的生意可真难做，没办法，顾客就是上帝啊！"

"那怎么办？没有就是没有，总不能临时去找吧！"

"你还真别说，我真有点这个意思。我想请你们三位帮帮忙，救救场。当然了，我的条件是优厚的。一般情况下，我们都是按消费额的百分之二十给公关小姐提成的，对你们就另当别论了，百分之三十怎么样？救场如救火，就算我求你们了。"

"行啊，没问题。"姚姬看都没看两个同伴一眼，就一口答应了下来。金强的这个主意让她感到兴奋刺激，再说总不能在人家这里白吃白喝一晚吧？

"不行，不行。我干不了，我不会干。"赵裳红着脸惊恐地说道。

"没事，没事，就跟玩一样。这里这么多人，你怕什么。小范，咱们过去吧。"

范婵坐在那里早就觉得腻味得难受，既然是来玩的，坐在这里多没意思。她不想搭理那个高俊，姚姬又和金强说个没完，就这样坐一个晚上太没劲了。她早就想找机会摆脱这个困境，如今机会终于来了。虽说她也觉得不太好意思，可事到如今她才不想管那么多呢！

自从和翁伟昂恋爱后，她的生活就成了三点一线：上班、约会、回宿舍，她已经很久没有痛痛快快地玩过了。所以范婵轻轻地"嗯"了一声，就随姚姬站了起来。二比一，尽管赵裳的脸已经红到了脖子根，可也无法可想了。

单晓半躺半坐在飞机驾驶舱里的座椅上，闭着眼睛默默地想着心事。尽管听说气象局已经开始使用大型计算机了，可现在的天气预报仍然是准确率不高。

上午给姚姬打电话时还以为航班会取消，可没想到还没到中午，天气就来了一个180度的大转弯。结果航班并未取消，只是比原定时间推迟了几个小时，看来今天还是得飞回去。

此时天空中已是漆黑一片，每当飞夜航的航班时他就时常会回忆起在空军服役时，夜间演习的情景。尽管已经飞了几年的民航航班，可是他仍然时常怀念驾驶着战斗机，鹰击长空时的激情澎湃、酣畅淋漓。但是岁月不饶人，一方面年龄大了，另一方面随着中国空军新式战机的逐步列装，战斗机飞行员的更新换代也就在所难免了。

转业后，单晓选择了到民航继续他的飞行生涯。一方面在特区他需要更高的收入，另一方面他觉得他的职业和生命都是属于蓝天的。这是他在儿时的心中就为自己规划的一个未来，一想到他能够梦想成真，他的心中就充满着一种奇妙的、柔柔的感觉。

他经常回想起上学时的情景，那时他的家在市郊的厂区，正好位于民航客机降落的航线上。只要天气好，就会有航班在不远处的上空缓缓降落。在他看来那是一个壮观而又震撼的情景，飞机飞得很低，仿佛站在楼顶就能摸到，飞机上闪烁着的信号灯在夜空中是那么美丽，甚至还可以看清楚座舱的舷窗，总是令单晓的心中充满着长大了成为一位飞行员的美丽遐想。

那实在是一个美妙的梦想，再加上男孩子的英雄主义情结，所以小时候单晓最大的梦想就是成为一名空军飞行员，驾驶战机翱翔在蓝天上。虽然他的战斗梦想无法实现了，不过回想军旅时光，他仍为自己在和平年代度过的空军生涯感到骄傲，尤其是在他成为一位民航机长之后。

他已经告别了空军，也要告别他这些年的单身生活了。一想到亡妻他就深感愧疚，但是如今的他已经人到中年，他也要开始新的生活了。想起下个星期就要举行的婚礼，他不由得感到一阵兴奋和紧张。他觉得眼前的这一切就好像是在做梦，仅仅半年多的时间，他的生活就将发生这么大的变化。

"我是在等她吗？"他深情地想道。姚姬就像是上天赐予他的礼物，使他终于决心结束自己的单身生活。在这不惑之年，拥有理想、事业、婚姻、家庭，还有什么能比这更令人心满意足的呢！他在心中感叹。

"记住，如果客人要酒，你们就点马天尼 XO，如果他们要饮料，就点调饮。"金强就像临赛前的教练员一样，对他的队员们叮嘱道。他将这三个女子分成了两组，姚姬一个人去陪 1 号桌的几个客人，范婵和赵裳陪 8 号桌的两个客人。

金强这样安排可谓用心良苦。在这三个女子里，姚姬自然是一号选手，由她一人独当一面不会有什么问题。那另两个女孩中，范婵没得说，可赵裳就有些木了。不过再怎么说也比他的那几位女服务员强，由她们两个配对，只要范婵挡得住，就不会有问题。安排妥当后，金强总算松了口气。

范婵和赵裳在 8 号桌坐定，觉得很是尴尬。范婵开始时说了几句客套话，说完后就再也无话可说了，倒是两位客人很是主动，那样子不像她们是陪酒的，反倒那两位客人是陪酒先生了。这两位客人一主一仆，那个做主子的戴着副金边眼镜，说起话来很是文文静静，多多少少给人一种高雅的感觉。

"两位小姐，要些什么饮料啦？"那个主子用在那个年代里的相声、小品里，很是时髦的那种带着港台腔调的普通话，柔柔地问道。赵裳仍是一言不发，还是范婵不动声色地答道：

"就点调饮吧。"

"调饮？小姐，什么是调饮了？"

"啊？噢，调饮，调饮就是一种很好喝，很好喝的饮料啊！"

范婵煞有介事地说道，像是觉得那位港台客人很无知的样子。其实她自己也不知道调饮为何物，不过是刚才金强那样叮嘱过罢了。好在那位客人再未深问，反正现在的人们创造力非凡，新名词层出不穷，看来那位客人也算大度。

聊了一会不着边际的话后又是沉默，范婵觉得很是难受，心里别别扭扭的，越看赵裳越觉得气，平时看她有说不完的话，可现在却一言不吭，像个哑巴，一点眼色都没有。她真想踢她一脚，可又离得太远，又使了几个眼色，可赵裳只管低着头，连看都不看她一眼。

那种叫调饮的很好喝、很好喝的饮料送了上来，范婵低头望去，见只是一小玻璃杯混浊的液体，她端起杯子很高雅地喝了一小口，却觉得和白开水没什么两样。她越发窘迫了起来，她又看了赵裳一眼，见赵裳正端着杯子小口小口地喝着。

范婵无可奈何地将目光向舞厅里扫去，见姚姬已经陪着那几位客人跳起了舞来，她的心头一亮，觉得总算有事可做了。可见那两位客人却并没有要跳舞的样子，这不禁令她百思不得其解。

"怎么，难道做公关小姐，还要负责请舞吗？"这个想法在范婵的心里一闪，她的脸就红了起来。在她的舞史里，她还从未主动邀请过男人们跳舞，甚至想都没想过。她觉得男人请女人是天经地义的事，可是在这个场合，她却总是不由得这样去想，似乎这是她应尽的义务。

"跳不跳舞？"范婵这样贸然地问道，她本想把话说得温柔点、得体点、高雅点，可她实在没有这个心情，可是不问一问，又总觉得有点不对劲，于是就这样问了一句。

那三个人像是被吓了一跳，猛地一起朝范婵望来。她的脸更红了，她心里发誓，如果现在地上有个地缝的话，她一定会义无反顾地钻进去的。

"对不起，对不起了小姐，不好意思，不好意思了，我们两个都不会跳舞……"

"混蛋！混蛋！"范婵在心里疯狂地骂着，本以为港台那边的人都是能征惯战的，却有人居然连跳舞都不会。怪不得他们不请她跳舞呢，原来竟是这个原因。范婵越想越气，真想大骂一通，然后一走了之。可这毕竟是在大庭广众之下，她好不容易才使自己蒙羞的心平静了下来。

"几位先生小姐，要不要点歌？"

不知什么时候，那位矮胖的女服务员走了过来，拿着歌单向他们问道。

"要！"

范婵毫不犹豫地回答，她拿过歌单大笔狂舞，一气点了三首。她心里的怒气总算有了发泄口，这使她的心情总算好了起来。随后的时光好过了许多，卡拉OK几乎成了范婵的天下，她一首接一首地唱着，看着在舞池里转来转去的姚姬止不住地笑。姚姬一刻无法安歇，她一曲不落，那几个客人轮番上阵，像是排队一样。

　　单晓向前推着操纵杆，庞大的机身开始降低飞行高度，飞机就要抵达目的地了。空姐们检查完乘客们的安全带后，回到了自己的座位上系好了安全带，默默地等待着飞机降落。

　　可是就在这时，飞机的仪表盘上亮起了几个故障灯，刺耳的警报声突然响了起来。单晓望着仪表盘上亮起的那几个故障灯，他感到心脏一下悬空了。

　　他猛拉操纵杆，想将机头拉起来，可是这时他已经失去了对飞机的控制。失速了的飞机急速地接近地面，此时已经失去了平衡，剧烈地颠簸了起来。在那一刹那，单晓仿佛看到了他的亡妻。

　　夜已经深了，梦罗马的客人们陆陆续续地离去，服务员们也摆出了准备送客的架势。范婵和赵裳将两位港台客人送出了门外，范婵正玩得高兴，颇有些余兴未尽的感觉。她早已将所有的不快抛在了脑后，兴奋的神情挂在她的脸上，使她的脸洋溢着迷人的少女光彩。

　　"谢谢，谢谢两位小姐，"那个主子一边说一边掏出了钱包，拿出了两张百元人民币，"一点小意思，不好意思，请收下。"

　　"不，不，我们是不收小费的。"

　　"哪里，哪里，不要客气，不要客气嘛！"那人不由分说将两张钞票一人一张塞到了她们的手里，"噢！对了，请问两位小姐，鸿运旅社怎么走啦？我们住在那里，可天一黑我们怎么连方向都分不清了？"

　　"就隔两条街，从这往前走过两个十字路口，向左拐就到了。"范婵笑着认真地答道。

　　"哎呀，还这么远啊！我们恐怕要迷路的呀！哎呀小姐，送送我们啦，我们是好朋友嘛!"

"不,不行啊,我们还要回家呢。"赵裳连忙答道。

"哎呀,没关系啦!送到之后,我再叫人送你们回去啦!"

"两个大男人怎么会迷路?就算迷路了又有什么好怕的?"范婵不由得想到,再往深想,她突然害怕起来。鸿运旅社所在的那一条街上都是平房,转进去一会弄不好就会糊涂,又是在夜里。再说这两个客人出手阔绰,又怎么会住在那里呢?她越想越怕。

"走啦,走啦,没关系!"那个主子继续说道,而那个不怎么说话的仆人似乎已经准备动手了。

"不行,绝对不行。我们下班后必须结账,如果不结账的话,我们的经理就会认为我们黑了他的钱,要去报案的。"

不知是什么使范婵的心中一下充满了力量,她紧盯着那两个人,面带微笑地冷冷说道,说完后一言不发,一动不动地站在那里盯着他们看。她的话显然起了作用,那个主子不再说话,仆人的脸上也不再有凶气了。

"欢迎你们下次光临,天已经不早了,请回吧。"范婵不卑不亢地说道。

那一主一仆悻悻地转过了身去。还没等他们走出两步,范婵一拉赵裳,两人扭过身来就往回跑。她们一冲进门就哈哈大笑,刚才的惊险经历使她们兴奋不已,她们嘻嘻哈哈地说笑着。真没想到这里挣钱竟是这么容易,不过陪那两个男人坐了一会,就轻而易举地挣了一百元。

刚才结账的时候,结了一千多,如果照金强说的按百分之三十提成的话,就是三百元,她们两人平分,一人能分一百五,再加上刚才那个主子给的小费,一晚上就是二百五,想起时常为那每月五十块钱的奖金和头儿们斤斤计较的情景,真觉得有些不值。

不知姚姬今晚上收获如何,她们这才发觉舞厅里没有了姚姬的身影。那几个客人也不见了,想必她和金强在一起。看看时间已经不早,她们准备一起离去,恰好此时金强向她们走来,范婵正打算问姚姬在哪里,金强却先开了口:

"什么事让你们这么高兴？"当听完了她们两人嘻嘻哈哈的讲述后，又接着问道，"唉，姚姬呢？怎么一直没见她？"

"什么？她没和你在一起吗？"范婵惊异地反问。

"没有呀，我一直和赵老板在一起，刚才我还看见她和那几个客人在一起，怎么客人走了她也不见了？"金强漫不经心地问道。

范婵一下子愣在了那里，她猛然想起刚才自己和赵裳的遭遇。刚才她们是两个人，对方也是两个人，而姚姬那里只有她一个，对方可有三四个人，特区这里三教九流的，万一……

"哎呀，她会不会让那几个男人带走了呀？"赵裳叫了起来，看来她也这么想。

金强一听这话，再一看范婵的神情，再联想起刚才她们讲述的那段遭遇，他也猛地愣在了那里。这不是没有可能，以前他这里客人一结账，陪酒小姐跟着走的事常有。大家都心照不宣，圈里的人，没人会管这些事。至于他，一向装着什么都没看见，关门后只管结他的账，算他的营业额、利润，拿他的奖金、提成。

不过这次绝对不同，当然不是因为当事人曾经和他有过半月的恋情，只是现在是在风头上。如果姚姬是自愿的还好，如果是被强迫的，那他肯定是吃不了兜着走，破财不说，弄不好还会惹上官司。他越想越怕，越想越不敢往下想。

"金强，是你叫我们给你帮忙的，人也是你安排的，你赶快去找啊！"范婵心慌意乱，连忙这样催道。

"找？找什么找？有什么好找的，到那里去找？她那么大人，有脚有腿的，我又不是她的私人保镖。"金强不耐烦地说道。瞬间他已经打定了主意，不能让这事缠身，否则的话肯定跳进黄河也洗不清。

再说现在的女孩子谁能说得准？他在这里干了这么长的时间，在社会上也混迹了这么多年，这样的女孩子他见多了。如今的世界金钱万能，洋房、汽车、大哥大且不必说，就是那时装、首饰、化妆品，就不是一般女孩子能够消费得起的。

可有些女孩子们又天生躁动不安，那些稍稍有点姿色的年轻女性更是不甘寂寞，生怕辜负了她们短暂的青春时光。虽说姚姬有个有钱的未婚夫，不过花别人的钱总不如花自己的钱来得轻松自由。想到这里，他更坚定了自己的想法。

"哎！你这是什么意思？！你想撒手不管吗？"范婵愤怒地吼道。

"不管，当然不管。我管什么？我为什么要管？不错，人是我请的、我安排的。不过我是讲条件的，我出钱，你们出人；她同意，你也没有反对。我没有强迫你们对不对？你们都是年过十八岁的公民对不对？钱，我会如数付给你们的，一分也不会少，至于其他事，我不管，也没法管。"

"你，你不是人！"范婵的脸一下子红到了脖子根，她一时间找不到理由反驳金强，她气得直哆嗦，她没有想到眼前的这个男人竟是这般卑鄙。愤怒扭曲了她的脸，她的心狂跳着，眼泪不由得涌了出来。在这一刹那，她再一次表现出了她的决心和勇气，她不顾一切地破口大骂了起来。

赵裳在一旁惊得不知所措，她一句话都说不出来，只是一个劲地擦鼻涕、抹眼泪。在他们周围已经聚集了一大群人，尽管已经到了深更半夜，可是人们的好奇心还是很容易战胜睡眠的侵袭和对回家的渴望的。

"哎哎哎！你们怎么了？好好的，怎么吵起来了呀？！"姚姬奋力挤开人群冲了进来，大声地说道。

"你你你，你怎么回来了？"金强就像见到了死人复生一般，惊呼道。

"回来？回什么来？你说什么呀，莫名其妙，我从哪里回来？"姚姬丈二金刚摸不着头脑。

"哎呀，你刚才跑到那里去了？"赵裳兴奋地叫道。

"我那里也没去呀！就上了个厕所。"

"上厕所，上厕所，上你个头啊！上厕所怎么上到脸上去了，深更半夜的还化妆打扮什么？又想找个出租车司机吗？！"范婵怒视着姚姬鲜亮的脸庞，终于忍无可忍、怒不可遏地大声吼道。

高俊站在远处似笑非笑地注视着这一切，镜片后的那一双若明若暗、时隐时现的目光，在范婵那愤怒而又艳丽的脸庞和娇小却又窈窕的身躯上转来转去。

第七章　爱恨情愁

1996 年 12 月 19 日上午 10 点 30 分，似乎事先商量好了，沪深股市几乎同时出现变盘。骇人的沽空盘突然倾泻而下，瞬间便将所有的买单悉数吞没。

大户室里顿时阴云密布，刚才还奋发向上的绩优股，这会儿只剩下了招架之功；次新股、中低价股竟被一只只地打到了跌停板上。人们被这直线下跌的架势惊得瞠目结舌、目瞪口呆，不知道又出了什么利空。

不过这倒让翁伟昂来了精神，刚才股指一路攀升时，他并没有跟风追涨，相反却将几只股票平了仓，这倒并不是因为他料到了这轮暴跌，而只是执行了他的操作策略。他将那几只股票平仓，是为了相对集中资本，好在市场的上下振荡中博取差价利润。

此时的暴跌正好成全了他，他开始逐渐在低位买进他持仓的几只股票。这样一旦出现反弹，他此时买进的股票，就可以在一个相对高位卖出，从而获取差价利润。如果当天就出现反弹的话，那么又可以做一次"T+0"了。

不过必须控制好仓位，如果手头的资本全部押进去的话，一旦持续下跌，那就血本无归了，想到这里他便住了手，告诫自己还是要留得青山在。闲下来后思来想去，总觉得这轮暴跌跌得蹊跷。今天的消息面虽然说不上温暖如春，却也是暖风轻拂。

各证券报均在显要位置刊出了向好信息，先是中央领导的讲话强调了改革要深化，开放要扩大的精神；其次国家统计局公布了十一月份的月度统计数据，表明国民经济运行良好。

最后又有权威评论指出，美、日等国历史上的股灾，都是在国民经济恶化的背景下发生的，是国民经济面临崩溃边缘时的信号，而我国目前根本就不存在发生这类股灾的经济基本面，从而断言我国股市的过冷和超涨都是不正常的。

开盘时大户室里更是盛传着托市资金、超级主力已经开始大规模进场，绩优股要连拉涨停的风声。不管是真是假，总之这类传言颇能迎合跌怕了的中国股民们的心理。市场看起来似乎也要验证这一猜测，于是大盘低开高走，两市绩优各股更是强行攀升，一路拔高，直逼涨停板。一时间跟风盘如云，成交量迅速放大，股指三浪上攻，可没想到到头来却是个多头陷阱。

下午开盘后仍不见起色，被打到跌停板的股票越来越多，与此同时大户室里更是利空频传，有说要实行"T+3"交易制度的；有说著名经济学家力谏增加股票交易印花税的；有说国家股、法人股将于近期上市流通的。刚刚萌发的希望，伴随着越来越惨淡的传言，终于破灭了。

到了下午三点钟收市时，沪综指跌近了900点，深成指更是狂跌至3300点附近，绝大部分股票都被封死在跌停板上。又一个泡沫破碎了，整个营业部里怨声载道，大户室里更是骂声不断。

走出大户室，虽说心中暗自庆幸，可是翁伟昂的情绪也好不到哪里去。今天的暴跌，又使他持仓的几只股票的市值折去了不少，再加上前几个交易日累积跌去的市值，他真不敢计算他的损失，只是大致估算着他的股票加现金，已经差不多跌破了大户及格线。"留级"到中户室的阴影笼罩着他，不过转念一想又有些释然了。

他知道前几个星期股市疯涨时，很多大户跟庄狂赚，一天挣辆车都觉得不过瘾，很多大户都是一比一的透支满仓，据说贵宾室里竟然有人一比三的透支，上周大幅减仓的人很少，更别说清仓了。

虽然那时候公开的融资融券业务并没有开展，但是地下融资配资交易早就出现了。有些大户使用高杠杆炒股，赚起来成倍赚，赔起来自然也得成倍地赔了。所以很多大户都是回来了又出去，出去了又回来。至于说在利益驱动下头脑发热借钱炒股，贷款炒股的更是大有人在。

昨天反弹时，这帮家伙之所以抢起反弹来奋不顾身，多数是为了拉高后出货，尤其是一些透支大户更是临近了爆仓成本线，他们只能破釜沉舟主动再加杠杆，然后冲高急抛摊低成本。现在幻想破灭了，骂娘也许是为了放松一下神经，要不然真的要去跳楼了。

　　钻进了天津大发里，思忖着这一切，翁伟昂并不觉得有幸灾乐祸的必要。此时在他的心中既无喜亦无悲，经历了这一轮轮暴涨暴跌的洗礼，他感到的唯有疲惫与无奈。

　　他现在想激愤都激愤不起来了，对于这涨涨跌跌，他的感觉已经迟钝了、麻木了。他觉得在这个巨大的市场里，他太渺小了，所以他只能让自己的灵魂在幻梦中游荡，此时此刻理性的思考已经成了一种折磨。

　　他放倒了驾驶座，躺在驾驶座里闭上了眼睛，似睡非睡、似醒非醒，觉得有些冷，便发动了汽车，打开了汽车暖气。他的脑海里就像放映着一部电影，飘浮着一幅幅杂乱无章的影像。他又想起了范婵，思念着她温馨的身影，怀念着拥有她时的那一段美妙时光，幻想着与她重会时的情景。一旦放松下来，他的大脑就愈发困倦了，他不停地打着呵欠，眼睛里酸酸得直流眼泪。

　　不知睡了多久，当翁伟昂一觉醒来时，发觉夜色已经笼罩了大地。糊糊涂涂又一天，一时间他觉得这么孤独、这么空虚，心里空空荡荡的，仿佛缺了什么。渐渐地，孤寂化作了肉体难耐的焦躁，他的心头堵堵的，似乎有股无名火无法发泄，他强烈地意识到了某种需要，于是掏出了手机。

　　电话打到了姚姬的房子里，她不在。接着打到了发廊，她又不在。翁伟昂心里有点不高兴，于是给姚姬的传呼机留了言。等了十几分钟姚姬还没有回电话，他有些不耐烦了，接着又打了第二个传呼。又等了十几分钟，姚姬仍然没有回电话。他有点生气了，接着打第三个传呼。

　　过了一会，他焦躁地看了看表，又是五六分钟过去了，他心里烦得要命，于是打了第四个传呼。时间一分一秒地过去，他觉得心里的无名火一个劲地直往上撞，他心里怨恨个不停，正想打第五个传呼时，他的手机终于响了起来，他急不可待地掀开手机盖，冲着手机劈头就问：

"怎么回事？！怎么现在才回电话？"

"有事，不方便。"冷冷的，听起来真不像姚姬的声音。

"有什么事？"

"没必要告诉你。"

斩钉截铁，翁伟昂真没有想到姚姬会这样和自己说话，一时间堵得他一个字都说不出来。

"喂，说话，你有什么事？"盛气凌人，姚姬从来没有对他这样过。

"我，我，我想见你。"这结结巴巴、低声下气的声音，可真不像是自己在说话。翁伟昂的心里凉凉的，他能够感觉到自己的心在不规则地跳动，他觉得自己似乎一下子矮了半截。

"没空，我有事。"

"那就明晚吧，明天是周末。"

"不行，明晚要上课。"

呆呆的，翁伟昂的脑子僵在了那里，他瞠目结舌，一句话都说不出来。

"没事了吧？没事我挂了。"姚姬真的把电话挂了。

1996年12月20日是星期五，又一个周末来到了。翁伟昂仍然没有从昨晚意外的打击中恢复过来，无数次他都想一笑了之振作起来，可是每一次的决心都仅仅只能起几分钟的作用，很快他又会陷入消沉、委屈和忧伤的包围之中，世界在他的眼中失去了色彩，他的灵魂像是被冰封在了极地冰川。

早晨翁伟昂之所以硬着头皮像往常一样走进了大户室里，并不是出于热情和渴望，而完全是因为实在没有其他的事好做。现在支撑着他在大户室里搏杀的，似乎完全是一种职业性的本能，就像是老虎总是想吃人一样。

可惊魂未定的沪深股市，又偏偏在他已经开始下雪的世界里雪上加霜。经过了昨天的暴跌，两市仍然没有丝毫转强的迹象，集合竞价后沪深两市双双低开，深市大部分股票都以跌停开盘，相比之下沪市似乎要好得多，虽然也是满盘绿意，可毕竟跌停的股票并不太多。

这简直就像是在翁伟昂还没愈合的伤口上撒盐，他昨天得意扬扬低吸进的那些筹码又被深套在了其中。看着账户上那点可怜的现金余额，他几乎已经心灰意冷了，因为这是他现在拥有的全部现金了。好在仅仅过了几分钟，"深发展"就突然启动飘红了，一时间深市的一批绩优股也渐渐地走强，形成了一道亮丽的风景线。

乌云过后，翁伟昂阴沉的灵魂里总算撒进了一缕阳光，那缕阳光虽然微弱，可却像是一缕生命之光。可是不知怎么的，沪市虽然飘红的股票不少，但是四川长虹、上海石化、陆家嘴等大盘指标股却始终没有什么动作，看起来两市主力的分歧很大。

一种不祥的预感笼罩着翁伟昂。果然没过多久大盘便不堪重负，空方势力越来越强，巨大的抛盘没费多少力便将上证综指的开盘价砸破，深市主力无心恋战，于是深市的绩优股终于低下了高昂的头，全盘翻绿了。

大户室里气氛阴沉，翁伟昂刚刚激昂起来的情绪，又陷入到了消沉之中。他那显然因为睡眠不足而变得昏昏沉沉的眼睛半睁半闭着，无奈之间他现在能做的事只有两个：一是木然观望；二是考虑如何逃命。

现在看起来，星期三反弹之际，应该是"断臂"出逃的最好时机，可是在这个市场里从来就没有什么后悔药可吃，这就是不流血的资本战场。这样看来，每一次反弹都是"割肉"出逃的时机，而从技术分析的角度来看，也似乎证明了这一点，因为每一次的反弹高点都要低于上一次的反弹高点。

没有只涨不跌的股市，也没有只跌不涨的股市，再跌也总得有个底吧？现在的问题是：这轮下跌的最低点又会在哪个点位出现呢？

想着想着，翁伟昂又不由得回忆起了去年"518"后的那一段漫漫跌途。仅仅在一年半前的1995年初夏，那时的汉字传呼机还是一件稀罕物，更别说全球通139手机了。那时能够即时了解股市行情的办法只有两个：一是听广播，再就是亲自跑证券营业部了。可是对于当时还在守着电脑店，事必躬亲的翁伟昂来说，这两件事都不容易。

那次他是从顾客的闲谈中听到了股市下跌的消息，当他趁着中午吃饭时，骑着自行车急匆匆地冲到证券营业部时，沪深股市已经双双暴跌了下来。目瞪口呆之后他做出的第一个反应就是全线出逃，于是他将持仓的所有股票，都以低于市价的价位挂单抛出。

晚上听广播时他不禁暗自庆幸，因为沪深两市均以持续下跌收盘，而他在当时的价位出货，虽然看起来没能打到高点，但他毕竟是在低位建的仓，所以按当时的股价出货仍然能够保住大部分利润。

睡了一个安稳觉后，第二天一大早翁伟昂便兴冲冲地跑到了证券营业部，去打印交割单。虽说没能获取最大利润，但是毕竟赚了一大笔钱，对于进入股市不久的他来说，这已经让他心满意足了。

他决定把资金全部转出来，先不要轻举妄动，平心静气地看看形势，观察一段时间，待大市稳定后再重新进场。主意一定，他便觉得信心十足，可是等他拿到打印的交割单时，一下子傻了眼。

原来昨天因为交易量太大，交易所的电脑主机系统无法处理，造成了严重的堵单现象，使得翁伟昂昨天挂的卖单大部分都没有成交。望着白纸黑字的交割单，他欲哭无泪、欲骂无言，只觉得世态炎凉。

他没有别的办法，只能按现价继续挂单出货，可这时留给他的利润，与前几天的高点相比已经少了一半。他的心中懊悔不已，也怪自己的命不好，心里反复念叨着如果早点出货该有多好。

此后的沪深股市便踏上了漫漫跌途，一直跌到了今年春节前。那时候的证券营业部里空空荡荡、冷冷清清，每天的成交额只有一两个亿。整个市场都笼罩在一片悲观、惨淡、绝望的氛围之中。

但是暴跌之后必有暴涨，今年春节后梦幻般的行情似乎证明了这一点。历史总是有着某种相似性，而各种各样、五花八门的技术分析理论，也都是建立在历史会反复重演的前提和假设之上的。所以综合各方面因素考虑，翁伟昂觉得与今年行情启动时的市况相比，现在也许远远不是最低点。理由当然会有很多，首先机构主力今年已经赚得盆满钵满。

据说很多庄家已经在今年的股市里翻了几番，有些庄家已经把投进去的本钱撤了出来，只把赚得的利润继续放在股市里折腾。这样能赚当然好，就算是赔，赔的也是利润，而本钱毫发不损，所以对于主力庄家来说再赔也是赚，只不过是多赚和少赚而已。

这些大庄家都是超级精明的主儿，现在上面的脸色不好看，自然没必要费力不讨好，正好借机出逃，轻松享乐一番。其次现在年终将至，开年以后又是春节，这期间结账、分红、发奖金，机构用钱的地方多着呢，既没精力，也没时间，更没必要发动大行情了。

看起来重整山河，最早也得等到明年春节以后了。想想机构、看看自己，翁伟昂又觉得有些飘飘然。毕竟如果要数今年的股市赢家的话，他想他也许能算得上是一个。只不过大庄家赚大钱，他这样的小大户赚小钱罢了。不过今年在股市里赚钱的人太多，也就把他这样的小大户给埋没了。

但是如果要算投资收益率的话，他觉得自己一点也不比那些机构逊色。当然了，机构能做市坐庄，可他这样的小大户却是船小好掉头。总之各有各法，你有你的苦衷，我有我的难处，可只要做得好一样能赚钱。如果做不好的话，骂骂娘当然轻松洒脱，但是真要算起账来，就只能怨自己了。

仔细算来，他的那点本钱也只够抵得上一个车屁股，剩下的可都是他从股市里空手套白狼赚出来的。车子、票子、手机，还有这么个大户身份，他本应该感到心满意足的，毕竟人是不能太贪了。

想到这里翁伟昂的心轻松了下来，情绪也渐渐地又有些兴奋了起来。他深深地意识到对于现在的自己来说，重要的不再是怎样赚钱、赚多少钱，而是要避免重蹈"518"的覆辙，先保住利润、保住胜利果实再说。贵宾室之梦虽然美好，但是大势已去，俗话说"识时务者为俊杰"，现在的"时务"便是"明哲保身"。虽说总觉得有那么一点遗憾，有那么一点美中不足，但是来日方长，又何必在乎这朝朝暮暮呢？

想到这里翁伟昂终于释然了，所以下午一开盘就开始了有计划地减仓出货。两点以后沪市在870点附近获得了支撑，终于走出了一波反弹行情，可深市却几乎一直在底部爬行，一大半股票爬在跌停板上，就连前一段时间风头强劲的房地产板块也难逃厄运。

到收盘时翁伟昂已经减去了大部分的仓位，现在他的现金和股票的比例基本上是四比一，毕竟保住了现金便是保住了利润。有一阵子他曾想彻底空仓，撤出资金来明年再做，可那只不过是一瞬间的念头，连他自己也不相信自己真的会那么干。

现金和股票虽然同样代表着金钱，代表着财富，但它们之间的差别就在于股票会带来让你意想不到的，甚至于让你不敢相信的利润。但这并不是无条件的，条件便是你要承担风险，有时甚至是你的身心都难以承受的风险。

虽说现金是安全的，但是存款利息永远都是有限的，对于像翁伟昂这样充满着野心和幻梦的年轻人来说，指望靠利息发财是滑稽可笑的，更别说90年代那恐怖的通货膨胀率了，所以在如今的市场经济加信用货币的年代，现金的安全其实是一种假象。

因此股票才是翁伟昂那时热恋的情人，一日不见，如隔三秋。他知道自己是耐不住空仓的，相对于目前的处境来说，保持四分之一的仓位看起来是个比较好的办法，即避免了空仓的煎熬，又远离了"518"的噩梦，一举两得，何乐而不为呢？

闭市之后，翁伟昂穿上皮衣离开了大户室，向楼下走去。与上个周末相比，沪深两市一周平均跌幅达30%，股指巨幅振荡。无可奈何之间，大部分投资者只能或是自认倒霉，或是将希望寄托在虚无缥缈的未来上。

散户大厅里早已经没有了一个星期前那种人山人海，蜂拥如潮的盛况，营业部的股评员也一反往日口若悬河的风采，只是出来三言两语了几句，便不知了去向。

散户们两三一簇，稀稀落落地扎着堆。望着这些垂头丧气的散户，回顾自己入市两年来的经历，翁伟昂觉得中国的股市本来就是大涨大跌的，这些普通的中小股民们，如果没有信心、心理和经济上的承受力，以及必要的知识和经验，要想在这个市场上赚钱真是太难了。他这样想着，于是颇有了几分"明哲"的自我感觉。

五天，这惊心动魄的五天就这样成了历史，成了90年代股民们的终身回忆。说它是一场全民风险教育，似乎也不算过分。毕竟在这块古老的大陆上，从一个旧的计划经济体制向新的市场经济的进化过程中，总是会有人春风得意，自然也就得有人失望痛苦。

命运在虐待一个人的时候，也许会悄悄地给这个人一点奖励。或许命运对于虐待，久而久之也会感到厌倦，所以会将一些意外的、小小的好运，偶尔降临在那些饱受虐待的人的世界里。

翁伟昂这样想着，看起来更像是在自我安慰。因为现在他所要面对的是一个周末，一个夜晚和一个漫长的双休日。一想到这里，他的灵魂又黯淡了下来，这肯定又是他要度过的心绪不宁的周末之一。

倘若他闭上眼睛，就会看到姚姬那高挑、丰腴的身影在他的眼前晃动；倘若他打一个盹，那些缠绕着那个身影的荒诞不经的幻梦就会来折磨他的身心。

这一整天，姚姬的身影和股市的波澜夹杂在一起，在翁伟昂的脑海里交替循环出现，他尽力抗拒着那个身影对他的诱惑，可是只要一不留神，他的心就又会被那个身影夺了去。现在股市休市了，他就只能面对那个身影了。他钻进了天津大发里，掏出了手机，可犹豫了一会又将手机放了回去。

"为什么要给她打电话？"他问着自己，他那受伤的自尊伴随着痛苦和愤怒，撕扯着他的心。昨天姚姬给他的创伤和痛苦，又在他的心胸里激荡。

"她以为她是谁？她有什么权力对我这样，难道她是范婵吗？现在居然连她都对我这样了。"他这样愤恨地想着，那重又激荡起来的男性尊严，终于替他暂时驱离了欲望。他决定回家了。

天津大发到达了布吉镇，翁伟昂将车塞进了街边的一条空地里，然后向小区里走去。他租住的这个商住小区里静悄悄的，宁静安详的氛围中透着几分萧瑟，这使他激荡的心重又平静了下来，也使他压抑着的情绪，渐渐地开朗了一些。

昔日辉煌一时的房地产商们，现在的日子看起来也不太好过。整个商住小区竣工已经将近两年了，可是还有一大片商品房没有卖出去。公路边卖房子的广告牌已经锈迹斑斑了，兴旺发达的日子似乎还遥遥无期。想到这里，他多多少少有点幸灾乐祸，毕竟这使他的心理平衡了许多。

翁伟昂租的那套房子在小区深处，要走一条小路。走在这条清静的小路上，一股柔柔的感觉荡漾在他的心间。他抬起头来向两旁的楼房望去，感受着那一丝生活的气息。此时此刻，整个特区似乎都在周末的氛围中松弛了下来，一周周就这样成了过去，未来则在双休日的怀抱中悄悄地孕育着。

"未来！未来？可那虚无缥缈的未来又到底是个什么样子呢？"翁伟昂仰望着阴沉的天空茫然自问。这么多年了，从小城到特区，他也已经不再年轻了，可是面对着这似水流年，他未来的归宿又在哪里呢？

这一个人的家冷清空寂。翁伟昂走进了客厅里，又将一大包五香鸡爪、卤牛肚和烤馕摊放在了茶几上。

"和上个周末相比，只不过少了一包感冒药和十万块钱而已。"他心酸无奈地这样自嘲道。一时间觉得那么空虚无聊，偏偏头又痛了起来，而且又时不时地回想起这一个星期来的噩梦，还有姚姬使他遭受的身心痛苦和折磨。他无法给自己一个合理的解释，但他那倔强的心也绝不想去后悔、怨天尤人。于是他在客厅里来回踱起步来，抒析着自己纷乱的心。

虽说遭受了一连串的痛苦和打击，可翁伟昂的内心深处仍然涌动着那么多的幻想和渴望，这些梦想激荡在他的心胸中，漂浮在他的脑海里，但他却无法抓住这些梦想。这让他感到焦躁，而焦躁又使他的情绪愈发低落了。

他想认真地、逻辑清晰地想一想，想清楚他的梦幻，他的理想和他所要面对的这个现实。但是很快他就发觉这几乎是徒劳的，他的大脑和身心都已经疲惫至极，他根本不可能缜密地思考，现在他更需要的是休息和忘却。

翁伟昂想小睡一会，可是不行，只要一闭上眼睛，姚姬的身影就又在他的脑海里浮现。她的身影在翁伟昂此时的幻梦中愈发得丰腴娇艳了，扰得他身上酥酥麻麻的一片。他禁不住又开始胡思乱想了起来，不由得回味起了与姚姬的云雨情长。这些回忆使他感到兴奋和温馨，他感觉到自己全身上下的血液都涌动了起来，"天啊！可是现在我又应该怎么办呢？"在他的内心深处，一个声音焦躁地哀叹。

客厅里的光线越发暗了，他向窗外望去，在这阴霾的冬季里，夜色早早地就开始侵袭大地。面对这漫漫长夜，他的心中激荡着一股莫名的、怅怅的感觉，他意识到他不可能就这样度过这个夜晚和接下来的这个漫长的双休日，他必须做点什么。

刚开始时，这个念头只不过是他头脑中无数个私心杂念中的一个，可是不一会这个念头就变得清晰明确了起来。他感觉到这正是他现在所最需要的，一丝兴奋掠过了他的心头，就像一盏天昏地暗中的烛光，倏忽间照亮了他昏暗的灵魂。不由自主中他已经做出了选择，他重新穿上了皮衣，急不可耐地向着那沉沉夜色中冲去。

嗡嗡的发动机声，此时听起来是这样悦耳。翁伟昂重重地踩着油门，天津大发载着他和他那颗激情澎湃的心，在特区川流不息的车河中轻快地前进。此时特区的夜色，也在翁伟昂的眼睛里变得温柔了起来。

他斜睨着公路两旁熙熙攘攘的街市和行色匆匆的行人，脑海里飘浮着淡淡的憧憬和朦胧的遐想，而他的生命和创业年华，就这样在这霓裳艳影中悄然流失。可他的梦想，他所渴望的成功又在哪里呢？每当他展望未来时，这个想法就会来折磨他的灵魂。

仿佛未来只是一件虚无缥缈的东西，在他眼前的是一团迷雾，一切的一切都处在动荡之中，每当这个时候他就会感到那么的压抑、孤独和无助。于是在这夜色温柔中去寻一方乐土的想法，就会变得越来越强烈起来。

虽说大多数时间，他都是让自己在孤独和静谧中去苦苦思考和探索，可是偶尔的放纵，有时却会带来某种意外的惊喜。这就是他的创业年华，在理想和孤独中夹杂着偶尔的及时行乐。此时此刻，面对着自己凸现的灵魂和肉体，他只能从沉思与迷惘中仓皇而逃。

不知不觉中天津大发已经驶上了立交桥，翁伟昂这才意识到，他只是依稀记得姚姬说起过她上课的地点在这座立交桥旁的一条巷子里，于是他在立交桥下调了头向回驶去。

行驶到了巷子里，翁伟昂把车速减了下来，他只知道这么个大概位置，并不知道姚姬上健美课的确切地点，他的心里懊丧不已。他东张西望了半天，猛然发觉不远处有一块一米见方的广告牌，虽然天色黑暗，可隐隐约约仍可以看到那广告画上肌肉发达的一男一女，他的心头一阵狂喜，真觉得"踏破铁鞋无觅处，得来全不费工夫"。

他驶到近处停下了车，走上前去仔细观看，只见广告画上的男子光着身子只穿了条短裤，屏住呼吸双手抱圆，展示着身上疙里疙瘩的肌肉块；旁边的金发女子穿着比基尼，挺胸摆胯提着两个哑铃侧身媚笑着。

广告画的下方写着广告语、上课地点，还有一个大大的指向箭头。翁伟昂望着这一对赤条条的男女，在夜色中觉得自己冷得全身上下直打哆嗦，不知不觉地将身子缩成了一团。巷子很窄，汽车开不进去，他骂了一句，便顶着冬季的海风向巷子深处走去。

大约走了一百米，便看到了一座破旧的体育馆。翁伟昂停下了脚步驻足打量着这座古老的建筑，他想这座体育馆若是在几十年前一定会是很气派的，可是时过境迁，此时早已经失去了昔日的光彩，如今更是沦落成了健美训练馆。

在那一刹那间，翁伟昂仿佛穿越时空回到了小城，回到了那座小城里艺术团的排练馆，看到了正在排练厅里排练的江春敏。眼前的这座建筑和小城艺术馆的排练馆那么的相似。它们都明显地带有着俄罗斯建筑风格，虽然历经沧桑可仍然默默记忆着那个年代。

墙壁被涂成了淡黄色，楼顶是三角形的，上面铺着铁皮。用来排水的铁皮管槽从楼上沿着墙壁挂了下来，在靠近地面的地方张开了嘴。厚厚的墙壁上的窗子开得很大，木制的窗框很粗壮。支撑着这座建筑物的粗实的水泥柱从墙里凸了出来，给人一种敦实的感觉。

从健美馆里不时传出杠铃的铿锵声和健美操的音乐声，木制的地板不断地发出"嘣嘣嚓嚓"的声音，偶尔还夹杂着大声的喝彩或是口令声，这才使人感受到了一丝现代的气息。

翁伟昂在健美馆门前踱来踱去，过了好一会才驱离了脑海里的那座小城艺术团的排练馆和江春敏的身影。他意识到自己此时已经走进了健美馆里。与破旧的外观相比，健美馆里面的环境要气派得多。大厅宽敞明亮，顶棚很高，很有几分宏伟壮观的感觉。

翁伟昂慢慢地向前走去，仿佛在穿越着时空。当他接近了那充满勃勃生机和活力的人群时，仿佛有一股热流传遍了他的全身。眼前的这幅热火朝天的场面，在他的眼里既显得滑稽，又显得那么亲切。

在这里似乎燃烧着生命的火焰，潮热的空气中，飘浮着淡淡的汗酸味。大厅一侧是用来发达肌肉的各种训练器械，正在练习的大部分都是小伙子，只有一两个女子，而大厅另一侧则是女人们的天下。大约有二三十个年轻女子，在一个小个头的女教练的带领下，随着音乐跳着健美舞。

虽说多少有那么一点不以为然，可翁伟昂还是对这些人对生活的渴望、对美的向往和对生命的执着而表示敬意。这是一种青春的语言，他重又感受到了这种青春语言的存在，但这种青春语言对于他的人生来说，已经远去了。

如今的他，只能将注意力集中在他所关心的事情上来，他用目光寻找着那个他热望着的身影。当他的目光终于找寻到了那个熟悉的身影时，他心头的一块石头总算落了地。

姚姬今天练习得似乎特别起劲，她那丰腴的身体散发出成熟的气息。她专心致志，甚至没有发觉翁伟昂的到来。她正和大家一起，在那个小教练的指挥下，伴着音乐节拍练着健美操。那个小教练看起来只有二十出头的年纪，白净的娃娃脸，乌黑的长发，再加上健美的身躯和优美的舞姿，显得清纯而有活力。

翁伟昂有些目不暇接了起来，他的目光总是有意无意地在那些漂亮女人们身上转来转去，当他意识到这一点时，多多少少有点局促不安，生怕会被人误以为是不怀好意。尽管事实上谁都没有注意他，可他还是赶紧移开了目光，可这仍然无法驱散他那本能的好奇，于是他只好让自己先离开了。

他又回到了寒夜之中，汽车开不过来，这里又有几个岔路口，他不知道姚姬的下课时间，而且对这一带的街道也不熟悉，所以猜不准姚姬会从哪个岔路口离开。他想给姚姬留个传呼，然后在车上等她，可掏出手机后又犹豫了起来。他总觉得那样做似乎不太完美，既然已经到了这个份上，倒不如给她一个意外的惊喜，这个念头伴随着美妙幻觉所带来的兴奋诱惑着他，终于使他下定了决心。

于是他将手机塞回了兜里，在健美馆门前来回踱起步来。他决定就在这里守候姚姬，十二月的特区夜晚虽然有点阴冷，可是和大西北的严冬比起来，那就不在话下了。至少用不着担心冻掉耳朵，冻僵手脚。一想到这里，他仿佛又记起了在大西北，手脚和耳朵被冻得生疼的感觉。

他记得年轻时为了显得精干，大冬天的只穿着单皮鞋，有时就连手套和帽子都不戴。皮衣在那冰天雪地里显得如此单薄，一条薄薄的线裤更让他觉得就好像没穿裤子一样。这又让他回忆起了那座小城，仿佛看到自己正在寒风中等待着卫芸。

他的双眼不知不觉中湿润了，一时间他真想穿上厚厚的大衣，厚厚的毛绒裤，厚厚的棉皮鞋，戴着皮手套和皮帽子，回到那座小城，回到卫芸身旁。放弃他在股市里取得的成功，放弃他的天津大发，放弃他的电脑店。

可是这可能吗？他真的能放得下吗？如果他放下了这一切，那么这些年来他的奋斗和努力，又到底是为了什么呢？他在特区得到的这一切，是对他的奖励？还是对他的惩罚呢？冥冥中，他仿佛觉得有一只看不见的手，为他指引着方向。

看不见的手？这句话这么陌生，又这么熟悉。他很快就想起来了，那是被他们那一代政治经济学家们，痛斥为庸俗经济学鼻祖的亚当·斯密的名言。

"看不见的手，市场经济之手。庸俗经济学，真的庸俗吗？"翁伟昂不禁自问。他有必要后悔吗？他不正是按照自己的心愿，在那只看不见的手的指引下，加入了这下海潮中吗？

这样转念一想，翁伟昂又顿时豁然了。毕竟与激情澎湃的市场经济相比，他无法想象那座小城，会在多大程度上给予他新的热情。

在那座小城里，他必须生存、周旋在体制之中，或许他可以养尊处优，但是他永远也体会不到，那一个个自己给自己缔造的小小的成功所带来的快乐，也无法感受到市场和股市的泡沫和贪婪。

当翁伟昂如此这般回味着自己的人生时，他才真真切切地感觉到，他的世界观已经发生了天翻地覆的转变，那些小小的成功和失败，正在将他彻底地改变。不但改变着他的世界观，而且也不可避免地改变着他的理想。

毕竟他已经实现了他新的理想的一部分，尽管只是很小的一部分。至少在物质和金钱上，他已经用不着为囊中羞涩而担心了。

他可以享受他的车、他的电脑店、他的股票给他带来的美好感觉。他又开始幻想起了未来，他幻想着能有一个温暖而又金碧辉煌的家，而不是待在出租房里看电视、喝啤酒。

在股市的持续上涨中，他曾经以为那一切离他已经很近了，可是这一个星期以来股市的暴跌，又仿佛让他跌进了深渊。寒风向他一阵阵地吹来，他不得不加快了踱步的节奏，将身子缩成了一团。他不时地跺着脚，有时候还得咬咬牙，恋恋不舍地将手从皮衣口袋里掏出来捂一捂耳朵。

可这只是他的习惯而已，其实在这南国，再冷也不会冻掉耳朵的。他这才意识到自己还没有吃晚饭，那包卤鸡爪、毛肚和烤馕、啤酒，都被他冷落在了出租房里。

此时他饥肠辘辘，在心中有点抱怨姚姬。物质和金钱给他带来的充实感，转眼之间就烟消云散了，他的心越发地迷茫了起来，这种糟糕的感觉使他越来越搞不清楚自己了，他不停地问自己为什么要找这份苦来受，可真要让他转身离去，他又觉得心有不甘。

于是他又打开了幻想之门，他让回忆、憧憬、梦想、渴望来与他为伴，用思维来忘却寒冷和饥饿所带来的痛苦，他又禁不住想起了范婵来，想起了追求和拥有她时的那一段苦乐时光。

他回想起了1993年的那个冬季，那时候范婵和赵裳一起参加自学考试的夜校补习。每天还不到下课时间，他就在寒夜里早早地等候着范婵，他觉得那样做既是他的需要，在并不是很安全的那个年代，更是他的义务。

三年时光，又这样飞逝而去。从小城到特区，这么多年过去了，他又在冬季的寒夜里等候一个女人。相似的感觉，却不是相同的人。

当他再一次真真切切地感受到往昔的时光、往昔的爱人，再也不可能在他眼前重现的时候，他终于理解了李清照那"物是人非事事休，欲语泪先流"的凄凉意境，一阵撕心裂肺般的悲伤向他袭来，他觉得鼻子里酸酸的，泪水不知不觉地又涌了出来。

好在过了不久，陆陆续续的有些人从健美馆里出来后离去了，随后出来的人越来越多，看起来下课的时间终于到了，这将翁伟昂从遥远的回忆和感伤中拉了回来。他又将要面对他新的生活了，可这又将是一个怎样的新生活呢？！难道这就是所谓的命运吗？

曾经的一个个希望都成了一个个美丽的泡沫，面对着的又将是一个个新生的、陌生的，过去从来没有想到过的，甚至是根本就想象不到的现实，可却是一个个如梦如幻的、实实在在的，或许会梦想成真的现实。

于是他又开始在心中默念了起来："天将降大任于斯人也，必先劳其筋骨，饿其体肤……"或许这就是命运跟他开的一个个小小的玩笑，或许是命运在有意地捉弄他，或许命运真的将要降大任于他，可是在这样一个浮华的年代里，又会有什么大任可言呢？命运到底向他暗示着什么呢？

面对着心路的彷徨，翁伟昂感到无奈而又无助。当下课的人们从他面前走过时，他的心莫名其妙地被自卑、自怜的感觉包围了起来。他将自己埋没在了路边的阴暗里，他孤寂的心本能地重又渴望起那个身影来，此时只要姚姬能给他一个轻吻、一个微笑，甚至哪怕只要跟他说一句话，他的灵魂就会得救，他就会觉得自己是这个世界里最幸福的人。

翁伟昂用目光在黑暗里找寻着那个身影，他紧盯着从他面前经过的每一个女人。有好几次他将几个与姚姬身材相近的女人，误认作了姚姬而差点冲了上去，他觉得满街似乎都是姚姬的影子。

从他面前经过的下课的人越来越少，可还是不见姚姬的身影，一种可怕的、不祥的预感涌上了他的心头。或许是他刚才看错了，姚姬根本就没来上课，她那样告诉他，只不过是为了应付他；或许姚姬已经看到了他，却趁他不注意偷偷地离开了；或许姚姬已经猜到了他会来找她，就悄悄地躲了起来不愿见他？

一个个胡思乱想的念头，在翁伟昂的脑海里疯狂地盘旋着，他被猜疑、嫉妒、忧伤和愤怒煎熬着。他觉得自己仿佛就要爆炸了，现在他唯一能做的事，就是冲进健美馆里去看个究竟。就在这个时候，那扇体育馆的门打开了。他看见两个女人从门里走了出来，借助那门一开一关时透射出的灯光，他能肯定那其中的一个人是姚姬。

他的心狂跳了起来，他看见姚姬和她身旁的那个女人手挽着手，亲昵地交谈着在黑暗中向他走近，他的心在痛苦和期待中几乎已经跳到了嗓子眼。她们离他越来越近，他几乎已经可以看清姚姬的面庞，听清楚她说话的声音，可她从他面前经过时，却竟然没有认出他来，仍然和同伴说笑着从他面前走了过去。

望着姚姬擦肩而过的背影，他欲言又止，伤心、委曲伴随着被冷落的感觉顿时袭上了他的心头。他感到了屈辱和愤恨，一时间他真想洒脱地转身离去，对这一切一笑置之，然后忘个一干二净。可是这个念头在他心中稍纵即逝，还没等他的大脑做出决定，他的双腿就已经载着他向着她们的背影追去。

"姚姬！姚姬！"他听到自己发着颤音这样叫道。

她们俩停下了脚步，一起回头望来。

"伟昂！你怎么在这？"姚姬惊讶地叫道。

"我一直在等你。"

"不是跟你说过我有事吗！"那惊讶的神情转瞬即逝，换上的是一副冷漠的表情。

"我来接你，今天天气好冷。"翁伟昂一边讨好地说道，一边忍不住好奇地去望姚姬的女伴。他发觉姚姬的女伴，也正在好奇地盯着他望。他发觉这个女子好生面熟，再仔细一看才发觉原来就是刚才的那个小教练。

姚姬没再搭理他，而是挽着小教练的手继续走自己的路。翁伟昂尾随着她们俩向前走去，他觉得好尴尬，一句话都说不出来。走到岔路口时，他才想起了一句话，于是连忙说道：

"往那边走吧，我的车在那边。"

"是吗？怎么不把车开进来？"姚姬还没发话，那个小教练就快人快语地先开了腔。

"这边的路太窄，我怕万一会车，路就给堵死了。不远的，我的车就停在那边路口。"

"好啊！又冷又累，有车坐最好。"小教练灿烂地笑道。

翁伟昂望着姚姬冰冷的脸，心里不禁暗笑了起来，教练发了话，当学生的哪有不依的道理。

总算又回到了亲爱的天津大发里，翁伟昂那饱受寒风的身体和耳朵终于得救了。他连忙发动了汽车，然后把暖气调到了最大。

被冻得冰冷的身体很快恢复了正常，可是饥肠辘辘的肚子还在不停地向他抗议。尽管他尽可能装得若无其事，可是低血糖让他的手都有点颤抖了起来。他发誓，如果让他再选择一次，他一定会把那一袋卤鸡爪、毛肚和烤馕吃完了再说。

不知怎么的，翁伟昂总是隐隐约约地觉得坐在他旁边的姚姬，一直在斜睨着他暗暗发笑。他想此时的姚姬心里面一定得意万分，可是这次他并没有感觉到自己那熟悉的受到伤害或是愤怒的感觉，反而莫名其妙的有那么几分兴奋。他现在可管不了那么多。为了打破尴尬，也是为了拯救自己的肚子，他诚恳地问道：

"你们还没有吃饭吧？咱们到哪里去吃饭？"

他等着姚姬的回答，可是还没等姚姬答话，小教练又快人快语地接过了话茬：

"不用麻烦了，天已经不早了，我们还是回去吧。"

"那怎么行！没关系的，还早着呢，再说明天是星期六，不用着急了。"翁伟昂真的很诚恳地说道。

"就去'摇石'吧。"坐在一边的姚姬终于显示了她的权威，现在就算是教练也得听她的话了。

在去"摇石"的路上，坐在后排的小教练叽叽喳喳：

"嗨，你给哪个领导开车？"

"给领导开车？不！我就是领导。"

"哼，开什么玩笑，你就是领导？"

"这你就不知道了吧？在国外坐车的是老板，开车的是马仔；在国内坐车的是马仔，开车的可都是老板。明白了吧？"

翁伟昂的这个冷笑话收到了预期的效果，车里的两个女子都哈哈大笑了起来。

"你别听他胡说八道，"姚姬笑着说道，"这是他自己的车。"

"哇，这么说你是大款了啊！那我们俩今晚上一定要让你放放血。"

当他们三个人在"摇石夜总会"二层坐定的时候，翁伟昂已经恢复了他那惯有的高傲和自信。坐在这里可以俯瞰一层的舞池，在这灯红酒绿之间，他早已经将刚才在健美馆门前的那段落魄经历忘得一干二净，就好像那已经是很久很久以前的事情了，仿佛根本就没有发生过。

当他在这里炫耀着他那大款本色的时候，就连这一个星期来在股市里遭受到的挫折和打击也似乎烟消云散了，他甚至重又对这一个星期来，使他的神经饱受摧残的股市充满了信心和勇气。

难道不是吗？他不得不承认，如果没有这个让他爱恨交加的股市，也就不会有他的今天，也就不会有他现在的这种生活方式。

当他被股市的泡沫和诱惑所迷惑，当一万、两万的概念在他的心头变得轻飘飘的时候，他是无法体验他所赚得的这几十万财产的真实价值的，反而被那似乎无穷无尽的贪婪和欲望，驱使着谋求更大的财富。

现在当未来不再那么美妙，使他终于能够痛定思痛的时候，他才能够真正体会出，这几十万的财富对他来说到底意味着什么。

是的，现在当他面不改色地看着这份似乎正张着嘴准备吃人的精美菜单时，他再也不用像当初和范婵谈恋爱时那样，一边摆出一副满不在乎的男子汉派头，一边悄悄地计算着他瘪瘪的荷包里有几张钞票。

是啊！做一个现代的中国男人，尤其是做一个现代的工薪阶层的未婚城市男人，可真不是一件容易事。虽说是男女平等、同工同酬，可这些未婚男人们却总是得摆出一副大方潇洒的样子；尽管时常为囊中羞涩所困扰，但是还得打肿脸充胖子；一边是今朝有酒今朝醉，另一边还不时地为未来忧心忡忡。

他有时真搞不明白，现在的女人们为什么还总是喜欢流眼泪？动不动就要提高妇女的地位。可是这些 20 世纪末的中国女人们，不但再也不用像她们世纪初的前辈们那样束胸裹小脚，遵从什么三从四德，而且还可以正大光明地把自己打扮得花枝招展，一言不合就闹着要离婚。

正当翁伟昂这样在心里对女人们发着感慨时，却被身边的女人重重地打了一把。

"哎，好好的你发什么呆啊？"

翁伟昂这才从遐想中醒了过来，不免有些尴尬和慌乱，于是连忙点了几个硬菜，便把菜单推给了姚姬。点饮料时姚姬再次展现了她的与众不同，她坚持要一罐苏打水，虽然侍者反复解释说苏打水是他们用来调酒的，可姚姬还是坚持己见。

翁伟昂猜想她八成是又从什么地方听到了这么个减肥妙法，可他对她的减肥决心却实在有些不以为然。姚姬这段时间一直对自己丰腴的体形深表忧虑，尤其对自己的臀部更是耿耿于怀，这便是她坚持参加这个健美训练班的原因，而且居然还真的坚持了下来，这实在有点让翁伟昂没有想到。

事实上他倒觉得至少现在，姚姬还没必要为她的形体操心，说实话他觉得如果姚姬真的瘦成了范婵那个样子，他倒有点不知道姚姬还能不能让他像现在这样牵肠挂肚。就像假若范婵胖成了姚姬的这个样子，他不知道范婵还会不会让他魂牵梦绕一样。

他觉得女性的美有着不同的境界和风采，范婵是他灵魂的归宿和寄托，而姚姬更像是他欲望的载体，只不过他从来没有敢说出来而已。这样想着他又有些神不守舍了起来，和姚姬幽会时的那一幕幕云雨柔情，又从他的记忆里跳了出来，扰得他身子骨顿时又酥酥麻麻了大半。情到急处真有点烦，他觉得这个小教练在这里真是有点不合时宜。

虽说心里这样想，可小教练那充满活力的身姿和活泼的谈笑，却实在让翁伟昂烦不起来，反倒像磁石一般将他深深地吸引了过去。况且就礼貌而言，他也总得和小教练聊点什么，于是他就顺便打探起她的身世来。

这才颇有几分惊讶地了解到，这位小教练原来是专业体操运动员出身，而且还在全国比赛里拿过名次。中国的体操运动水平不算低，所以别说是冲出亚洲走向世界，能在全国比赛里拿个名次也不是一件容易的事情。

望着小教练那略略有点发福的身子，他还真有点不敢相信她居然能够完成空中翻腾三周半转体的动作，于是不但对小教练起了几分敬意，还莫名其妙地有了几分"天上掉下了个林妹妹"的感觉。

菜一道道地送了上来，他们三个人边吃边聊。酒绿灯红，良辰美景，又有两位伊人为伴，话到投机处，翁伟昂颇有几分志得意满之感。吃完饭后他们又到一楼的舞池里去跳舞，不知不觉间就已经到了深夜。

"痛苦的折磨是那么的漫长，而美妙的享乐时光却又是这样的短促和昂贵！"当翁伟昂买完单，领着两位伊人重归夜色，钻进天津大发时，不由得这样感叹。

在送小教练回家的路上，他们仨人都有些余兴未尽，嘻嘻哈哈之间不知是谁无意中提起星期天去游泳，于是这两个都在为自己体型担忧的女子一拍即合。她们邀翁伟昂也一起去，他连忙拒绝，说他害怕被冻成冰棍。

于是她们笑起他是老帽来，说温泉游泳池跟澡堂没什么两样。其实他不怎么会游泳，也觉得有点不好意思，大冬天里一想起自己穿着游泳裤的样子，就觉得总有那么几分不对劲的感觉。

小教练兴奋得似乎有些急不可耐了，她约姚姬明天就去游，姚姬婉言相拒，说她明天有事，还是星期天去游吧。小教练还不死心，很没趣地追问她明天到底有什么大不了的事情，姚姬的脸上微微地泛起了一缕红晕，羞涩之间赶忙用话把小教练给岔开了。

翁伟昂手握方向盘，可心眼却一秒钟都没有闲着。姚姬的那番媚态让他看在眼里，喜在心头，他很感激姚姬的这番良苦用心，不由得身子骨又酥酥麻麻了起来。他情不自禁地冲着坐在身旁的姚姬暗暗做了一个鬼脸，可看那姚姬却是一副什么都没看见的样子，对他还是那般若即若离的冷淡神情。

如此一来他的心里又起了几分急，于是不知不觉地狠踩起油门来，恨不得立马就将小教练打发回家。将小教练送到后，小教练终于和姚姬约定星期天下午去游泳，然后冲翁伟昂"bye bye"了一声下了车。

翁伟昂总算松了口气，还没等小教练的身影在那夜色中消失，他便一把将姚姬搂了过来，然后开始疯狂地亲吻、抚摸了起来。

"别，求求你，别在这儿。"等姚姬终于能够喘过气来时，她小声地呻吟道。

"去我那儿，好吗？"

"不，去我那儿。我要先洗个澡。"

翁伟昂没有反对，当他被姚姬带回家时，他的心里多少有些忐忑。虽然单晓遇难已经三年多了，但是他毕竟不是一个健忘的人。

单晓给姚姬留下的这套住宅，确实要比他在布吉镇租住的那套商品房好多了。不但是一百平方一套三，而且还有二十四小时热水供应。

女性的细心和灵气，使姚姬将这套房间布置得犹如一个仙境。和自己的出租房比起来，翁伟昂很有点自惭形秽，不由得暗自庆幸自己亏得没有把她带到自己的房子去，要不然今晚的浪漫情调就一定会逊色不少。

恍惚间他又有一点替单晓伤心了起来，莫名其妙的还有几分同病相怜般的感觉。可是世事无常，当初有谁会想到会是这样的结果呢？此时此刻，至少他还活着，他强烈地意识到了这一点。

他们两人已经没有了刚才的那般疯狂。姚姬细心地为翁伟昂安排好了一切，热咖啡、小点心还有睡衣。忙碌完这一切后，她吻了吻翁伟昂，告诉他耐心地等一会，然后就去洗浴了。

翁伟昂心不在焉地看着电视、喝着咖啡、吃着点心、听着卫生间里姚姬的洗浴声。虽说是志得意满、坐享其成，但在他的灵魂深处却多少还残留着一丝恐惧和内心的斗争。这是他现在所需要的生活，但毕竟不是他理想中的生活。可他理想中的生活又到底是个什么样子呢？

他像是知道，又像是不知道。现在他过着的更像是一种背叛自己信念的生活，他意识到自己也许正在背叛着自己对爱的承诺，对理想曾经发出过的誓言。可他又如何抗拒眼前的这个温馨而又美好的诱惑呢？又有什么能使他的灵魂和肉体，这样深深地为之陶醉呢？

正当他被自己的灵魂所困惑时，姚姬终于洗浴完毕，从卫生间里走了出来。她只穿着件睡袍，一边用浴巾擦着湿漉漉的头发，一边慵懒地坐到了客厅另一头的沙发里。

那些灵魂的搏斗瞬间便被现实的诱惑所击溃，现在翁伟昂能意识到的只有他的那个本我。即将到来的肉体的欢愉，让他将那些忐忑不安远远地抛在了脑后。他走上前去将姚姬抱了起来，然后一直把她抱到了卧室里，轻轻地放在了床上。

姚姬用充满柔情与爱恋的目光望着他。他急急地解开了她睡袍的腰带，于是她的肉体就这样完全暴露在了他的眼前。这就是这两天来他所梦想的目标和归宿，这就是他所渴望的解放他的灵魂和肉体的销魂时光。

眼前的姚姬为他所拥有，当他意识到这一点时，他是这样为她着迷、为她疯狂。他觉得现在的姚姬就是这世上异性中的精品，她那丰腴的身子躺在床上，就像绘画大师名作中的女郎。她散发出那么强烈的、成熟的美感和性的召唤。他们终于不顾一切了。

在缠绵中，翁伟昂的耳边又响起了《北京人在纽约》的主题歌。那是一部1994年上映的电视连续剧，讲述了几个北京人在纽约奋斗与生存的创业故事。这部电视连续剧在20世纪90年代中期火遍了大江南北，又恰好与翁伟昂的创业年华同步，所以在很长一段时间里，几乎成了翁伟昂的精神支柱。

有时候，他觉得自己就是那位主角。特区就是他的纽约，他强烈地预感到或许有一天，在这个也许是全世界最有活力、发展速度最快的大都市里打拼和创业的他，也许要比在纽约奋斗的王起明辉煌得多。

"千万里我追寻着你，可是你却并不在意。你不像是在我梦里，在梦里你是我的唯一……"在这首激昂的歌曲声中，翁伟昂在眩晕中渐渐睡去，幻梦拥抱着他的世界，在灵魂深处他又梦到了范婵，梦到了他们在这座欲望都市中的爱恨情愁。

第八章　欲望都市

终于听到安华说可以下班了，范婵急不可待地换下了礼仪小姐的那身长裙，洗去了脸上的浓妆艳抹，这让她的身心感到无限轻松。她和赵裳说说笑笑地离开了新潮百货公司，欢快地穿行在熙熙攘攘的行人中。

夜色笼罩了大地，特区的闹市区成了灯光的海洋。欧美的、日韩的、中国港澳的著名大公司的商标和广告牌，在高楼大厦的顶端或是楼体上闪耀着。那些电器、服装、化妆品的洋商标，已经成了国人生活中司空见惯的一部分。

翁伟昂在睡梦中看到自己走在范婵的身后，追随着她那洋溢着少女芬芳气息的婀娜背影。范婵的一举一动都牵动着他的心灵，他无法控制自己的身心，只是本能地追随着她的倩影。他追随在范婵的身后，却不知道自己想干什么，只是觉得那样心中就得到了极大的满足。

他就那样在范婵身后不远处走着，却又怕被范婵发觉，被范婵看见。他的心中荡漾着一种久违的柔软感觉，那种柔软的感觉让他觉得自己还算年轻。他的脑海里又开始充满了幻想，身体里饱含着一股活力。

那一切给他留下的像梦魇般的爱恨情仇压抑着他，使他在睡梦中似醒非醒。他在半梦半醒中仿佛又回到了1993年与范婵相恋的那个夏天，还有决定了他们几个特区人命运和现在生活状态的那一天。

那天快关店时，翁伟昂正在用一台"286"电脑，破解着一个加密的软件程序。他们那一代的电脑人，都是从玩盗版、用盗版软件入门起步的。这时范婵来到店里找他，这多少有些出乎他的意料。因为昨天是星期天，他们刚刚约会过。

那时他的整个心思都还放在破解加密软件上，并没有注意到范婵异样的神情和眼角的泪痕。范婵坐在他的身旁，看着他自顾自地破解着加密软件程序。过了一会，范婵像是自言自语，又似乎是对他说道："单晓遇难了。"

翁伟昂顿时被惊得目瞪口呆，连忙追问到底出了什么事，范婵说着说着就落下了泪来。范婵告诉他说，当姚姬的家人来单位告诉她们这个消息时，她们也都被吓得半死。本来姚姬一整天没来上班，也没有打招呼请假，她们就觉得有些奇怪，却万万没有想到竟然会发生这样的事情。

平常电视新闻里虽然常常报道天南地北的灾难事故，可是这个世界太大了，总觉得那些灾难事故都是离自己很遥远的事情。昨天好像听说了有架飞机失事的消息，可是就像往常的新闻一样，这件事也只是左耳朵进右耳朵出。总以为那都是别人的事，从来没有想到过会和她们有什么关系。

可当单晓遇难的噩耗传来，虽然对她们并没有直接的伤害，可毕竟是她们熟悉的一个曾经活生生的人。霎时间谁都无法相信，一个本来好好的人就这样逝去，并且是因为这样的一个灾难事故，又是在这样一个他即将和姚姬举行婚礼的时刻。

下班后安华叫上她们几个和姚姬要好的人，随着商场的谢平总经理一起去看望姚姬。范婵和赵裳在路上说好，到了姚姬家谁都不许哭，只许好好地开导姚姬，以防姚姬再有个三长两短的。可是到了姚姬家，一看到姚姬泪人般的样子，她们两个一路上想好的宽慰姚姬的话，就都不知跑到哪里去了，只知道陪着姚姬哭了起来。

姚姬边哭边诉。说她的命好苦，说她想不通这样的事为什么要落到她的头上，说她觉得她不应该有这样的命，说哪怕再让她和单晓说上一句话，过上个一天半日她也就死心了，也就不枉了这夫妻一场。姚姬越哭诉越难过，范婵和赵裳也就陪着越哭越伤心。她们两个哭都来不及，更别说去宽慰开导姚姬了。

其实别说是她们，就算是翁伟昂听着听着也不禁眼眶湿润、长吁短叹了起来。本来觉得死亡是那么遥远的一件事情，可这转瞬之间死亡就真真切切地在了眼前。再想想几天前范婵还在念叨着姚姬请她当伴娘的那些话语时，真觉得人生如梦、命由天定，一个人的生命真是太脆弱、太渺小了。

翁伟昂关了店门，再也没有心思去破解加密软件程序了。他望着范婵泪水涟涟的样子，心里涌起了一股百感交集的柔情。他紧挨着范婵坐下，想说点什么安慰一下范婵。可是心里的那些感受，一时又找不到合适的话语。他能做的只是将范婵轻轻地搂在怀里，慢慢地吻她。

他吻干了范婵的泪痕，然后又去吻她的唇。他吻遍了她的脸颊、她的脖颈，她的双手。在他柔情的拥抱和亲吻中，范婵慢慢地止住了悲声，闭着眼睛沉迷在了他的爱抚之中。

在他们的身心里，都涌动着仿佛劫后余生般的激情。那种激情激荡着他们的身心，他们狂热地拥抱、亲吻着，随后他的木板床就"咯吱咯吱"地响了起来。

潜意识里的感觉告诉范婵，该发生的事情就要发生了。她的心在"嘭嘭"地狂跳着，她的身上、脸上都觉得火辣辣了起来。她感觉到她的衣裙已经被翁伟昂脱下了，她虽然在挣扎着，可是心里却又充满着渴望。

她的潜意识里有一种羞怯的感觉，她闭上了眼睛，感觉着翁伟昂的动作。仿佛有种眩晕的感觉向她袭来，那种眩晕感吞噬着她的肉体。这是一种她从未体验过的感觉，仿佛有些什么从她的身体里涌了出来。

"不，不要！"她下意识地想推开翁伟昂，她本能地守护着自己的身体。

"求求你，给我吧！"翁伟昂用力抱紧了她，用身体压在她的身上。

"不能这样……"她想推开翁伟昂的身体，可却又是那样有气无力。

"为什么？难道你不喜欢我吗？"

她没有回答，她感觉到翁伟昂已经拥有了她。

"不要！求求你，不要这样！"她想推开翁伟昂，可是用不上力气。她想挣脱出来，可是那被安抚的感觉，又确确实实地让她感到兴奋。她已经不可能再挣脱他了，于是她的身心愈发地冲动了起来。

木板床"咯吱咯吱"的响声在狭小的卧室里回响，淹没了她的呻吟声和她所有的理智、矜持、高傲，她闻到了翁伟昂头发的味道。她觉得她的身体已经完全不属于自己了，那种快感让她全身战栗了起来。

"不……不要离开我，范婵，范婵！"翁伟昂这样喊着，从睡梦中猛地醒了过来。泪水模糊了他的双眼，那一个个梦中的情景，就像昨天才发生的一样历历在目。可是当他又一次面对这个无情的现实时，他才意识到那一天对他来说是多么的宝贵。

翁伟昂大汗淋漓地从睡梦中醒来，他不想开灯，就在黑暗中下床拉开了窗帘。他望着窗外的夜色，在昏暗中回味着拥有范婵时的那段美好时光。还有那更久之前，他在遥远的大西北，在小城里曾经拥有过的那个家。

他仿佛又看到了自己在那个冬日里漆黑的清晨，将钥匙放在餐桌上，最后看了那个家一眼就拉上了门，从此以后离开了那座小城时的情景。

"难道这就是我的宿命吗？一次次地拥有，一次次地分手，一次次地失去。"翁伟昂望着窗外夜色中沉睡的特区，黯然神伤地悲叹。

1997年已经来到了，转眼之间这已经是翁伟昂离开小城，孤身来到特区的第七个年头了。此时此刻他不知道自己是应该感到失落，还是应该感到充实。

当翁伟昂告别了体制后，他才真真切切地意识到，从此以后他的人生目标似乎只剩下了一个，那就是赚钱。也就是从那时开始，他品味到了这座欲望都市所带来的激情澎湃，更感触到了这里丛林般市场经济的冷峻。

也就是从那时开始，翁伟昂才真真切切地融入这座欲望都市里。他清醒地意识到他必须融入它，而且还要将自己改变，变成这丛林般市场经济所需要的模式。他必须，也只能在这座欲望都市中生存和谋取成功。

不知不觉中，翁伟昂发觉自己已经完全被改变了。他真的不再是过去的那个自己了，那些不切实际的幻想、沉迷消失了。他看见了一条在他的青少年时代，从来没有想到过自己会去走的人生之路。他的眼睛中重又闪着光，莫名其妙中仿佛意识到了"天将降大任于斯人也"对他来说到底意味着什么。于是曾经的屈辱和磨难转化为一种兴奋和激情，使他的身心重又振奋了起来。

时光流逝，转眼就到了 1997 年的大年三十。可是每到春节，特区却反倒没有了往常的那种热闹和喧嚣。因为每到春节临近，中国就会开启春运高峰，于是漂泊全国各地的数亿打工游子们，就会在"有钱没钱回家过年"的传统习俗的感召下，人山人海地加入一年一度的返乡过春节的洪流中。

主要是由来自全国各地、五湖四海，或是怀揣梦想，或是身不由己的各省打工、创业者建设起来的这个特区，每到春节期间更是唱起了空城计。

天色渐渐暗淡了下来，窗外亮起了片片灯光。翁伟昂强迫自己关了电脑，总算使自己从转椅里挣脱了出来。长时间地玩电脑游戏，让他觉得眼睛酸胀，全身乏痛难耐，于是站起身来活动了几下筋骨。他像往年一样，没有加入全国那数亿人的返乡过节的人山人海中，而且还给了家人和自己一个充分的理由。

这个理由就是在春节期间他要承担起看店值班的责任，好让文幻、郑晨可以回家过节。这个亦真亦假的理由，从各方面都满足了他的需要。说这个理由是真，是因为这个店虽然不大，但是存货的价值不小。

比如说在那个年代，电脑市场上销售的小小的内存条的单价，就要比同等重量的黄金还要贵。说这个理由是假，是因为只要他付上一点春节加班费，无论是文幻还是郑晨，都会心甘情愿、满心欢喜地放弃挤火车、坐硬座回老家过年的艰辛旅程，留下来安安稳稳地守店值班。所以作为小老板，翁伟昂其实是自己让自己留下来守店值班的。

这倒不是他想省下给侄儿侄女的压岁钱，因为每年过节他不回去时，他都会提前把红包邮寄过去。只是回到老家过春节，就像是把他从桑拿房扔进了冰窖里。就得在上飞机时穿着的短袖 T 恤外，套上厚厚的羽绒服。可是要加裤子就太麻烦了，所以只能两腿哆嗦地咬牙走出机场往家里赶。但是对他这个在大西北土生土长的北方人来说，这些其实只是小问题。真正让他逃避回首府过春节全家团圆的，还是他心中挥之不去的对那小城的缅怀和伤感。

如今的翁伟昂年近中年，却依然是孑然一身。看着一年年长大的侄儿侄女，还有一年年老去的父母，他的心里总是有那么几分难言之隐。对于他（她）们这些单身人士来说，春节有点像是催婚节。而且就算此时他逃避了一大家子人团聚时的尴尬，他的内心深处仍然会感到一阵浓似一阵的茫然、空虚和无奈。

此时此刻，将自己留在了特区过春节的翁伟昂，一边在房间里来回踱步，一边折析着自己纷乱的大脑，很想调节一下自己爆乱的身心。可是过了不久，他的心思又不知不觉地被电脑游戏《三国志英杰传》夺了去。

本来以为马上就会爆机通关的，可没想到曹操原来是诈死，最后关头却突然活了过来，并且功力奇强，而他的大队人马冲杀到了现在，早已经是人困马乏，无论他如何调兵遣将、苦心谋算，可就是爆不了机。想来想去要爆机的话只有两个办法，一是用"游戏克星"修改武将级别，增强生命值，除此之外恐怕就只能从头再玩了。

投机取巧，在翁伟昂看来既失去了游戏的乐趣，又没有了爆机时的那份成就感，也多少有违他的性格和价值观。可从头再玩又实在是心有余而力不足，要知道他可是废寝忘食了两天两夜，才把这款游戏打到了这个份上，再说今晚上是除夕夜，他已经和姚姬约好一起共度良宵的，于是他咬了咬牙，无奈之下只好暂时作罢了。

一旦放松下来，疲乏就来侵袭翁伟昂的身心，踱步不再是一种享受，于是他停下了脚步，又半坐半躺在长沙发里。他闭上了眼睛，本来只想打个盹、养养神的，可是这一睡就陷入了沉沉的梦乡里。当他醒过来再看表时，差不多已经到了十点，他骂了一句便一轱辘爬起身来，锁好门下了楼，向他的天津大发走去。

随着春节长假，股市也要放大假了，翁伟昂真的觉得有点不适应，所以他又投入到电脑游戏的天地里。他将家里的电脑也升了级，当然也没必要升级到最新的，最新的还得卖钱呢。所以他在店里翻腾了一番，然后就将他的"486"电脑升级到了"奔腾MMX"。

本来只打算把CPU升级到"5X86"就算了，这样一方面可以省点钱，另一方面他只喜欢玩策略型游戏，一般来说这类游戏对硬件的要求并不是很高，所以虽然慢一点，可慢也慢不到那里去，可是升级后试了试，用起来总觉得心里面不舒服，再想一想最近一段时间虽然在股市里损失惨重，但是这点小钱还是花得起的，于是他咬一咬牙、狠一狠心就把CPU升级到了"奔腾MMX"。

可这一换就像是洪水开了阀，主板自然得跟着换，内存也得增加，而且无论如何两百兆的硬盘是实在用不下去了，至少得换个1G的；CPU速度上去了，可显卡跑不起来也白搭，起码得换个S3PCI的；8位声卡也太掉价了，应该换上个创通16位的；2倍速光驱更是太不中用了，干脆一不坐、二不休换个32速的吧！总之除了电脑机箱没换外，壳子里面的东西差不多都让他换了个遍。

这台兼容机如果放在柜台上可以卖四千多块钱，花钱的时候痛快，可过后不免又感到了几分伤感，倒不是在乎这四千多块钱，只是因为这份痛快，仍然难掩他心底里那太多的忧伤。为了麻木自己，这样鸟枪换炮后，他就一头扎进了电脑游戏的虚幻世界里。

在那个虚幻的游戏世界里，获取一种在现实世界中渴望得到，却又无法得到，不太可能得到的成就感和满足感。这种感觉对于一个成年人来说，显然要比游戏本身的乐趣更为重要，而这对于他那被疯狂股市和无奈的现实摧残至极的身心而言，是绝对必要的一分抚慰。

前几天翁伟昂将家里的电脑升级后，就急不可耐地将一个个盗版游戏安装到了电脑中。于是从《DOOM2》到《美少女战队》，从《大富翁3》到《仙剑奇侠传》，从《金庸群侠传》再到《三国志英杰传》，都被他杀了个天昏地暗。就这样，他暂时忘记了雄心壮志，忘记了爱恨情仇。这样一来，本觉难熬的春节长假，也似乎轻快了起来。

可是现在当翁伟昂重归现实，从那电脑游戏所带来的虚幻成就感和满足感中清醒过来，又要面对这个农历新年时，他感觉更多的还是空虚和茫然。

翁伟昂开着天津大发在除夕夜穿行在特区里，虽然公路上路况很好车也不多，可是他现在头疼脑热的，所以没有提速升档。他看了看油表，决定还是先加油去。他想此时加油的车不会太多，除了出租车外，不会有其他的车这么晚去加油。

正如他猜想的那样，加油站里只有几辆出租车在加油。虽然加油没费多少时间，可是待他加完油赶到姚姬的美发屋时，还是过了十一点。他的心里毛毛的，多少有些担心来得这么晚，姚姬又会给他脸子看，可是到了发屋他的心就放了下来。

往常冷冷清清的姚姬的美发屋这时候却坐满了人。姚姬正被红红火火的生意忙得团团转，连搭理他的工夫都没有，更别说给他脸子看了。所以他在姚姬的发屋里只待了一小会，就被姚姬打发了出来。

这倒正和了他的意，他重新钻到了汽车里，放倒了驾驶座，半躺半坐在驾驶座里，不但没有丝毫受冷落的感觉，反倒觉得一阵轻松舒适。他半睡半醒、半醒半睡，断断续续的思绪在他的脑海里飘荡着。

单晓遇难，从情感的角度讲给了姚姬太大的打击，但是从经济的角度讲却又给了姚姬自由。因为他们已经领了结婚证，所以单晓不但给姚姬留下了一套新房，而且还有一笔抚恤金。这样一来，姚姬就不用再在新潮商场上班了。她花了一笔钱盘下了这个发屋，也开始自己创业当小老板了。

姚姬在东北工厂当工人时就学会了理发剪发。那时候在车间里，工友们都是互相理发的，而且每当学雷锋做好事活动时，这门手艺就派上了用场。慰问部队时，理发；看望五保户时，理发；雷锋纪念日，理发。下岗后走南闯北，姚姬也在理发店、美容院干过。如今自己创业就从开个自己的美发屋干起，对她来说就是顺理成章的了。

半躺半坐在车里，望着姚姬的发屋。如烟的往事漂浮在翁伟昂的脑海里。他回想着他的小城故事里的江春敏和卫芸，还有到特区后的这段创业年华里遇到的范婵、姚姬。当然了，还有单晓和高俊。他在虚幻中不禁问着自己，难道这就是所谓的命运吗？

他渴望得到、梦想得到的没有得到，可从来没有想过会得到的，或者说从来想不到会得到的，却糊里糊涂、不知不觉地得到了。比如说姚姬，又比如说他现在的这个小老板、半职业股民的身份。

难道这一切都是天意？难道一切都是命中注定？他以前不愿相信、不想相信的，现在终于都不得不相信了。他本以为就像道德家们在小的时候灌输给他的那样，命运总是掌握在自己的手里。可是现实告诉他，在这个世界里永恒的是未知。不会有什么先知的，更不会有什么战无不胜的英雄伟人。至于说那些道德家、理论家、预言家们，很多时候连巫师都比不上。

单晓遇难的悲剧告诉他，没有人能预知未来，甚至连明天到底会发生什么也无法确知。你可以去猜想、去推测，也许有一部分碰巧会如你所愿，可是这个概率从来不会，也不可能会是百分之百。这或许就是他还在渴望未来、渴望明天的原因。此时此刻，也正是因为这些永恒的未知还在吸引着、诱惑着他，让他的内心依然充满着梦想、充满着欲望、充满着对未知的渴求和探索，他才会在这空虚而又茫然的生活中坚强地生活下去。

他以前不相信，或者不愿相信的所谓的命运，就这样在暗暗召唤着他，在冥冥中指引着他。使他总是热切地渴望着、梦想着得到他所希望得到，他所需要得到的那一切。他年少轻狂时所梦想得到的那个未来世界，仿佛就是专门为他而准备的。可是流逝的岁月，已经渐渐消磨掉了他的狂妄。

他似乎不得不相信命运了，他为自己苦涩的命运而悲叹，也为自己的一些好运气而暗暗庆幸。所以现在每当他陷入绝望和无奈时，他就会长叹一声，然后对自己说道："唉，这都是天意。"

每当这个时候，他就总是会想起江春敏和卫芸，范婵和姚姬来，这是他命中注定要刻骨铭心的四个女人。不知不觉中他又时常会想起赵冠文、唐南、白飞，当然了还有单晓和高俊。虽然战争年代的流血牺牲，对于他们这个时代的大部分人来说已经变得遥远，可是死亡的阴影却从来不肯离去。

他的眼前又浮现出了哭得像个泪人一般的姚姬，又回想起了范婵来告诉他这个消息时的情景。那一天所发生的一切都深深地镂刻在了他的脑海里，直到今天仍是那样的清晰，恍惚间就像发生在昨天。

"嗨，好好的，你又出什么神，发什么呆啊！"

似乎从遥远的天边传来了一个声音，接着又觉得肩头被重重地推了一下，翁伟昂这才从往事中不情愿地醒来。愣愣地，像是望着一个陌生人那样，望着已经坐在了他身边的姚姬。似乎不知道她是谁，也不知道自己身在何方。

"哎，你怎么了？你没事吧？"姚姬好奇而又怯怯地望着他，一边说一边把手放在了他的额头上。他扭开了头，躲开了姚姬的手，他望着车窗外怪怪地冷笑：

"我没事，我怎么会有事呢？"

姚姬望着他，被他的这个样子吓得一句话都说不出来。看着姚姬的这个样子，他才有些明白了过来，意识到自己的灵魂又被那些往事勾了去，竟然连姚姬打开车门坐到自己身边都没有发觉。

"为什么这只是一个梦？为什么要让我醒来？！"一时间他感到五内俱焚，他在心里这样悲叹，觉得心里空空的。

"我们去哪里？"像是在梦里，翁伟昂听到自己这样本能地问道。

"随便，什么地方都行。"姚姬看他说了话，总算松了口气的样子。

"还是去'摇石'吧。"他又愣了一会，最后总算这样说道。

"好啊，咱们就去那里。"

翁伟昂开着车，向着上次他请姚姬和小教练吃饭的"摇石夜总会"驶去。一路上他们什么话都没说，世界像是死去了。有一刹那，翁伟昂真的希望世界就这样死去。不堪回首的那些往事，伴随着支离破碎的梦想撕扯着他的心。

此时此刻他仅仅在用意志，或者更确切地说是用本能支配着他自己，而没有了丝毫对生活的热情和对生命的热爱。他这时才真正深深地体会到了什么叫作绝望，什么叫作万念俱灰。

当他一时之间陷入了绝望的境地，当他感到万念俱灰的时候，眼前就没有了一丝一毫的希望，这样的未来成了一个漫无边际的噩梦。他的信心、他的渴望、他的欲望和吸引着他去争取、去得到、去占有的力量，也似乎完全地失去了、崩溃了。

天津大发在特区的街道上行驶，只有零星的出租车迎面驶过。翁伟昂真的一点都感觉不到这是个除夕夜，没有了震耳欲聋的鞭炮声，甚至也没有了往日的那种紧张、忙碌的生活气氛，就像是巴西的狂欢节上没有了桑巴舞一样。倒是远处偶尔传来的警车的警笛声，多多少少让他感到了一丝生活的活力。

不知不觉间翁伟昂开着车已经驶到了"摇石夜总会"门前，他泊好车，便和姚姬走进了大门向二楼走去。他机械地做着这一切，没有了思想、没有了灵魂，像是被某种力量遥控着，只知道应该这样去做，必须这样去做，也只能这样去做了。

在二楼坐定后，翁伟昂本能地掩饰着自己波澜起伏的内心，好让自己显得和往常一样。他知道这几乎是不可能的，他知道他的大部分心理活动都逃不过姚姬的眼睛。因为如果说每个人都有天赋的话，那么察言观色也许就是姚姬的天赋了。

他们没话找话地聊着天、吃着菜，虽然彼此各怀心事，但是其实谁都没有在意对方的那些心事。此时此刻在这样一个富丽堂皇的地方，在这样一个公众场合里，谈话的样子要比谈话的内容更为重要。

他们知道他们在演戏，尽管事实上谁都没有在意他们，可是他们却都好像觉得冥冥天穹中，似乎有一双神秘的眼睛在注视着他们。

不过人类交谈的本能，确实有着某种奇妙的作用，就算谈的是一些毫无意义、无聊至极的话题。可当他们交谈的时候，就好像他们是知己、是朋友、是对方所需要的。于是渐渐地翁伟昂不再感到孤独寂寞，脑子里那些纠缠着他的私心杂念，也暂时被抛到了一边。

装腔作势的交谈渐渐侵入了翁伟昂的内心，他的心被从痛苦的记忆中重新拉回到了现实的欲望里。于是现实的氛围又开始包围他，占据了他的大脑，在这声色犬马间他又开始感觉到了现实的迷惑、现实的欲望。

啤酒在他口中重新有了味道，菜肴也渐渐恢复了清香，姚姬的艳影更是重入了他的眼帘，他感觉到他的七情六欲又重燃了起来。他又活了过来。

这时的翁伟昂才注意到，今夜的姚姬是这样的靓丽可人。她换上了长裙，头发也已经重新烫过、焗了油。眉毛、唇线也重新画过了，总之她白皙甜美的脸庞上的每一寸地方，都被精心地修饰过。在这南国的香艳中，姚姬高挑、丰腴而又柔和的身体曲线，在那近于完美的衣着打扮下，又使翁伟昂身心里的那个本我躁动了起来。

与姚姬同床共枕、云雨飘摇的那些回味，那种感觉，又充满了他的心胸和大脑，他几乎觉得自己的灵魂已经得救了。他重又意识到他拥有着这一切，他是这一切的主宰，这个念头让他终于兴奋了起来。

金樽美酒、玉盘珍馐、佳人良宵，翁伟昂告诉自己应该享用这一切，享用她、占有她。只要这个念头在翁伟昂的脑海里闪过，那么再这样子闲坐下去就成了一种折磨。一时间他只想着停杯投箸，一枕春宵。

不知不觉已经过了零点，远处大屏幕投影电视里转播的中央台春节联欢晚会也已经进入了高潮，可是屏幕里的那些俊男靓女们让翁伟昂一点都提不起兴趣来。他的身心被那种感觉、那些回味折腾着。

翁伟昂和姚姬聊着天，不过这时候的他们已经不再是机械的、做作的、没话找话的了，他们的交谈又荡漾起了柔情蜜意、又充满了调侃传情。姚姬自然感觉到了这种变化，虽然翁伟昂不能肯定姚姬是否猜出了他刚才所有的心腹事，但他可以肯定姚姬至少已经感觉出了其中的一部分。

他感觉到姚姬正在自然地、有意无意地顺从着他，迎合着他，而这也正是使他既恨她又需要她，既怨她，却又总是想着她的原因。对于那时的翁伟昂来说，姚姬是这样的善解人意，能够让他得到灵魂和肉体的欢娱和满足。他们心照不宣，都明白这样子闲扯下去既没意思也没必要。于是翁伟昂埋了单，他们便离去了。

这感觉使翁伟昂冲动而又迷茫，他仿佛看到完全失去了抵抗的范婵，已经没有了控制自己身体的能力。范婵感觉到了一种异样的快慰，那种快慰给了她微妙的发现和全新的体验。

他们都在暗中期待的事就这样发生了。但是竟然是在这样的时刻，竟然是在这个地方，却是他们事先谁都没有想到过的。

她在刹那间以为自己是在做梦，更希望这就是一个梦，就像她曾梦想过的那样。这样的感觉使范婵的感官迷乱了。羞怯、屈辱和快感交杂在一起，在她的身心里发散，她想恢复意识的清醒，可那似乎是不可能的。

当翁伟昂无力地压在了姚姬的身上时，那种爆炸般的快感很快地中断了，一股无法排遣的遗憾又开始在他的身心里回旋。松弛感让他很快地清醒，一种怅然若失的感觉悄悄涌上了心头。

那阵狂乱的、不顾一切的、无法抑制的需要，转眼之间就烟消云散了，他翻过身去拉过被子盖在了身上，闭上了眼睛。此时他已经无欲无求了，他渴望着睡眠，渴望着在睡眠中得到解脱。

在睡梦中，那几个倩影又开始在翁伟昂的脑海中飘浮。他尽力驱逐着那几个倩影，因为那几个倩影就像尼罗河水般在他心底里定期泛滥，总是要用那一段段的痛苦记忆和情殇来折磨他。

已经过去了这么多年，时光就这样在不知不觉中流走，他却无法留住时光的影子。当他不得不猛然回首时，发觉失去的就这样永远地失去了。那一切已经永远无法改变了，就像每个人都不愿面对，可又不得不面对的"生、老、病、死"一样。

尽管你想回避它，尽管很多时候你觉得那一切离你很远，可是最终还是不得不面对它、接受它。这就是生命的永恒规律，这就是自然界至高无上的法则。这个自然法则不会管你愿不愿意接受，愿不愿意承认。好在至少在这一点上，世界还算公平。

也是在大年三十的这一天，三年前的那个大年三十的夜里，翁伟昂和范婵约好了一起玩通宵。当他到范婵的叔叔家接她时，他盯着范婵简直有点看呆了。那一天范婵换了发型，她的披肩长发重新烫过了，额前的秀发打了摩丝向上梳起，垂肩的长发扎成了一个马尾的形状，她秀丽的脸庞也经过了细细的修饰，一双毛茸茸的、黑黑的眼睛，在她那江南女子秀丽的脸上，显得既妖娆又清纯。他敢肯定那是范婵一生中最美丽的一段年华，而就是在那样的美丽年华里，他拥有着范婵，完完全全地拥有着她。

翁伟昂搂抱着范婵的腰肢，狂吻着她。在他的怀抱中，范婵是那般柔顺，那般乖巧。他们在特区除夕的夜色中漫步，虽然他们远离各自的家乡，可是心里却是那般的快乐，那般的满足，颇有几分"海内存知己"的感觉。

就像那个年代的情侣们一样，后来他们走累了，就进了一家通宵录像厅。录像放的是什么他们并不在乎，他们只在乎他们两个人在一起。整整一夜他们都在包座里耳鬓厮磨，他们就这样相伴着度过了整整一个除夕夜。直到第二天，1994年大年初一的清晨，他才送范婵回她叔叔家。当他走在回自己小店的路上时，虽然精疲力竭，可心里却是那般的轻松和满足。

那时翁伟昂觉得他的生活也许就是这样了。开店挣钱，只要再买上一套小房子，他就可以把范婵明媒正娶地娶过来。他比范婵大十岁，只要把这个小娇娘娶回家，他这个已经三十好几的人，也就可以心安理得地在这个繁华特区里成家立业、安身立命。从此以后忘记他曾经拥有过的身份和远大理想，忘记他的小城故事。在这个温柔乡里，做一个自得其乐的，"老婆孩子热炕头"的小老板，普通老百姓。

那时翁伟昂从来没有想过，也不愿想、不敢想他和范婵会分手。虽然自从相恋后他们每过一段时间就会闹点小别扭，可是用不了几天就会雨过天晴，每次和好后他们反而更是如胶似漆。他又怎么会想到，怎么会相信他们真的就这样分手了呢？

每当翁伟昂独自面对这样一个无法改变的现实时，他真的觉得自己的人生就像是一场场的梦。每当夜深人静，每当扪心自问，每当不得不面对自己的灵魂时，他就被痛苦、悔恨、无奈包围着，难道他就只能在这样的痛苦、悔恨、无奈中度过一生吗？

不，他心底里一个倔强的意识告诉他，他不会甘心于这样的人生，可是他又应该怎样改变他已经不算年轻的人生呢？为什么命运偏偏要让曾经年少得志、春风得意的他，来承受这一切呢？

命运如此捉弄他，"苦其心志劳其筋骨"，难道真的要"降大任"于他吗？那么这个"大任"又到底会是什么呢?

翁伟昂苦苦地思索,多少次他在幽幽暗暗中自问。他哀叹他的生活怎么成了这个样子,他的人生为什么会发生这么大的变化?哀婉的回忆就这样咀嚼着他的灵魂,他在床上辗转反侧难以入眠。为了不吵醒姚姬,他爬起身来蹑手蹑脚地下了床。

翁伟昂穿好衣服摸着黑走到了客厅里。客厅里漆黑一片,他就沉浸在这片黑暗中。他不想开灯,此时此刻他需要黑暗。光明会给人带来希望,而黑暗却能使他更真实地面对自己的灵魂,聆听自己心灵的声音。

他走到窗前,凭着感觉摸到了窗帘绳,然后拉开了窗帘。窗外的特区也沉沉地睡去了,仿佛此时此刻在这座欲望都市里,只有他一个人还在冥思苦想、抚今追昔。

那一次他让范婵初试了云雨情后,他们两人就赤条条地相拥而卧。直到范婵说她回去晚了叔叔、婶子又要数落她时,他才恋恋不舍地送范婵回家。

一路上他搂着范婵的腰,慢慢地走在喧哗的特区街市中,望着夜色中的霓裳艳影、灯红酒绿,他不由得对范婵感叹道:"我觉得普通人实在是太渺小了。一个活生生的普通人遇难了,可是这个世界就仿佛什么都没有发生一样的无动于衷。一切都还是老样子,一切都不会有丝毫的改变。"

范婵问他明天下班后有没有事,说姚姬为了单晓的丧事,这两天住在单晓家,她打算明天下班后再去看看姚姬,他答应范婵明天陪她一起去。因为单晓的家在东莞靠近特区的一个镇子里,去那里得坐很长时间的公共汽车。那段时间的社会治安不是太好,所以第二天下班后,翁伟昂就陪着范婵来到了单晓家。

天已经渐渐地有点黑了。姚姬不在,单晓的亲戚告诉他们说,姚姬上坟去还没回来,招呼着让我们先坐着等一会。单晓的家是自建房,院子很大,几家人住在一起。夜色越来越浓,更给单晓的家,笼罩上了一层凄凉的景象。

过了一会,姚姬和单晓的父母、姐姐上坟回来了。她的头上蒙着一条长长的白纱巾,悲凉的神色中透着几分哀婉的美丽,这时他们才知道,单晓是回族,这在岭南地区并不多见。

翁伟昂已经记不太清那天姚姬穿着什么衣服了，可是姚姬在那白纱巾下的哀婉的美丽，却一直深深地镂刻在了翁伟昂的脑海里。所以每当翁伟昂怨她、恨她甚至想报复她的时候，她那蒙着白纱巾的影子，就像幽灵般在翁伟昂的脑海里浮现。

当姚姬看见他们的时候，她的泪又来了，她的声音有些呜咽，或许是因为翁伟昂在场的缘故，她终于忍住没有哭出声来。他们到单晓的房间里坐下，范婵和她说起话来。但是这间房并不是他们的婚房，因为单晓在特区买了一套商品房做他们的婚房。

翁伟昂无事可做，也无话可说，只是在一旁默默地听着她们说话。过了一会，单晓的姐姐端来了简单的饭菜。这顿饭是不可能有什么滋味的，他们边吃边聊。大部分时间都是姚姬在说话，说的还是昨天范婵告诉翁伟昂的那些话，只是今天没有哭诉罢了。

姚姬说她觉得这样的事，不应该落到她的身上；她说她最恨的，就是他们连一句告别的话都没有说上；她说老天如果能让她再和单晓过上个一天半日的，她也就心满意足了，也就不枉了这夫妻一场；她说她多么地羡慕翁伟昂和范婵，说他们不知道他们现在有多么多么的幸福，让他们一定要珍惜在一起的时光。每当翁伟昂回想起姚姬说过的这些话时，一股无名火就在他的内心里升腾。

"难道她真的希望我和范婵幸福吗？难道她真的希望我和范婵珍惜吗？如果真是那样的话，她又该怎样解释她的所作所为，她又怎么会、怎么可能做出那些事来？"

有很多次翁伟昂都想这样质问姚姬，可是每次话到嘴边他又开始在心里为姚姬开脱。谁又能料想到后来发生的那一切呢？那个时候谁不为姚姬的命运伤心难过，又有谁不为单晓可惜呢？

翁伟昂和范婵就那样一直听着姚姬的诉说，他不知道该说些什么话来开导、宽慰姚姬。他想姚姬听到的开导宽慰的话，就算没有一卡车，也早有一箩筐了。

所以其实用不着多说什么宽心话了，就让姚姬这样诉说下去，她就会好受一些的。

姚姬说起了她和单晓相恋的事，说起了单晓年轻时在空军部队时的飒爽英姿。再后来她终于说到她不想在商场里干了，她说起了几个她知道的人下海创业的事情。她提起了金强和高俊，说到如今的他们，多么的潇洒得意。当她说着这一切时，在她悲凉的目光中渐渐地浮现出了几分热情的光芒，这使翁伟昂隐隐约约地感觉到姚姬已经在为自己的未来做打算了。

那天翁伟昂和范婵从单晓家里出来的时候已经很晚了，姚姬送他们出门时，看得出她已经平静了许多。她摘去了白纱巾，哀婉的神情中透出更多的是疲倦。在压抑的气氛中待了这么久，翁伟昂和范婵都觉得轻松了许多。

当他们重新回到了他们的二人世界里，都想两个人一起走一走，说说悄悄话。于是他们没有坐车，而是一直走着回特区。尽管走着回去得用两个多小时，可是他们都不在乎，只在乎他们两个人在一起。一路上翁伟昂搂着范婵的腰，他们就那样一边说着话，一边往特区走去。

回想起搂着范婵婀娜腰身的那段时光，回味着和范婵的那几番云雨情长，再想想姚姬和单晓，那时候的他是多么的幸运和幸福。他本是那个世界里最快乐的人，可是那个时候他并没有真正地意识到。只是觉得那一切都是自然的，那一切命中注定就应该是属于他的。可是到了今天，当他真正意识到了那一切的宝贵时，那一切却都已经一去不复返了。

"难道一切都是天意，难道一切都是命运，又是什么毁了那一切呢？"每当翁伟昂陷入痛苦迷茫，每当他在绝望中想给自己一个答案的时候，他就总是会回想起那个夜晚，回想起蒙着白纱巾的姚姬，回想起他搂着范婵走在回去的路上时的情景，回想起他不时地叮嘱着范婵的那些话。他还叮嘱范婵说，她以后有空的话要多去陪陪姚姬，经常陪姚姬出去散散心、玩一玩。

当时的翁伟昂是一片真情、一片好心，可是结果却是他不曾想到的。范婵倒是真的听了他的话，从此以后经常陪着姚姬出去玩。他并不觉得那有什么不好，可是姚姬呢？她又怎么会、怎么能够做出那些事来？

一想到这里，翁伟昂心里的无名火就直往上蹿。一瞬间他仿佛失去了理智，他不顾一切地冲回了卧室里，猛地冲到了床前，就像有几次在他的脑海里闪过的那些疯狂的念头一样，他想用力拼命地掐住姚姬的脖子，把赤身裸体的她从被子里拽出来，大声地质问姚姬为什么要把他和范婵分开，质问姚姬在他的背后都做了些什么，然后就让姚姬那样赤条条地跪在地下，跪在他的面前告诉他所有的真相。

这些狂暴的幻觉充斥着翁伟昂的大脑，驱使着他的身心，他的双手几乎已经掐住了姚姬的脖子，可是就在那一刹那，他的手停在了那里。他呆呆地望着沉睡在浓浓梦乡里的姚姬，听着她轻轻的甜甜的鼾声，心里一时间翻涌起了无限的悲哀。不知是为了姚姬，还是为了他自己。

慢慢地他的全身都松软了下来，他跪在熟睡着的姚姬的床前，泪水不知不觉地从他的眼角里渗了出来。他的脑海里又浮现出了姚姬蒙着白纱巾的美丽的影子，那个影子幽灵般地注视着他。

翁伟昂就这样在黑暗中大睁着双眼，死死地盯着姚姬那熟睡中的面庞和身子。他知道被子里她那温馨的肉体，依然是万般风情，可是这一切对于现在的他，又有什么意义了呢？

姚姬仍然在梦乡里甜甜地睡着，她哪里知道她给她所爱之人的心灵，造成了多么难以愈合的伤口，也全然不知她的生命正处于危险之中。她的嘴里还偶尔地念念有词，像是在做着一个时断时续的梦。不知道过了多久，她小声地笑了一声，用脚蹬了几下被子，然后翻过身去，扑到了翁伟昂刚才睡着的位置上。

翁伟昂的心里一紧，如果她惊醒过来，发现刚才还和她缠绵的人，竟然这样跪在她的床边，目露着凶光，准备掐住她的脖子时，就算没有被掐死，也会被吓死的。

翁伟昂的心狂跳了起来，几乎觉得自己就要崩溃了。可是姚姬扭捏了一会，就又继续睡了过去，并未察觉到她身边的床空着。翁伟昂怦怦狂跳着的心终于平静了下来，不由轻轻地吐出了一口气。

姚姬把大半个被子都踢开了，这是她的老毛病。和她睡觉的时候，一晚上总会挨上她的几脚。她背冲着翁伟昂，她的后背、手臂、臀部和大腿都露在了外面，只有胸部和腹部隐没在被子里。

翁伟昂凝视着她裸露的身躯，心里不由得重又涌起了柔情。他轻轻地拉起她的手臂，把她压着的被子拉了出来，慢慢地把被她蹬开的被子盖住了她的全身，然后又把被角掖好。姚姬似乎感觉到了他的动作，微微地"哼"了一声，就又睡了过去。

做完了这一切后，翁伟昂站起身来，他走出了卧室，又回头望了姚姬一眼，然后轻轻地把卧室的门关上了。他在沉沉的黑暗中站了一会，不知现在该干些什么。不知过了多久，一丝本能驱使着他向门口走去，打开锁走出了房门，回过身来把门轻轻地带上，然后又用力地推了推，当确认门已经被锁上时，就向楼下走去。他的眼睛已经适应了黑暗，所以懒得去开楼梯里的灯。走出了楼房，清凉的海风向他袭来，他麻木的灵魂重新有了知觉。

这就是那时的翁伟昂所要面对的现实，时光在不知不觉中流走，生命在无声中消耗，可每当他面对现实时，却总有一种一事无成的茫然。年轻时他可以用小小成功来宽慰自己，可是如今已经年近中年的他，仍然看不清未来的方向。

当这种纠结的感觉在他的心胸中奔腾的时候，他感到的只有痛苦和无助。他知道他的内心渴望着一个辉煌的未来，可是却没有能力去创造它。于是他就感到焦躁，不得不问自己，人活着到底是为了什么？难道仅仅是为了活着而活着吗？

他找不到答案，也无法给自己一个像样的解释，他头痛得厉害，他知道如果他不想让自己崩溃的话，那么他就必须放弃这些思考了。于是他开动了汽车，挂上了挡，松了手刹，驶出了院子。将睡梦中的姚姬和那些恼人的心事都抛在了脑后。

翁伟昂开着车钻出了巷子，驶上了公路。特区的除夕夜是这样死气沉沉，整条公路上甚至连出租车都没有，只有他的车在公路上缓缓独行。不过这倒使他的心里轻松了许多，在他的心里涌出了一种主宰般的感觉，仿佛这整个世界此时此刻才是他的。

这些虚幻的感觉给了他一种虚幻的满足，让他的心又重归了平衡。他一直挂着三挡，就这样不快不慢地，在特区的大街小巷里漫无目的地闲逛着。

不知不觉地翁伟昂开着车行驶到了火车站的路口，这里总算有了点人气，能够让他感受到一点特区的气息。在橘黄色街灯的灯光下，他看到前面的路边停着一溜车，还有两辆警车也在路边停着，车顶上蓝红色的警灯在幽幽地闪动着。

这个时候查车，多少让人感到一些奇怪。大年三十的，警察们也真够辛苦的。翁伟昂想了一下，觉得该带的证件都带在身上，晚上喝的那几杯啤酒，折腾了这么几番后，早就该挥发掉了，再说他又没有超速行驶，所以用不着担心什么。

这样想着，于是仍然开着车不紧不慢地向前驶去。通常的情况下，只要警察不拦着的话，尽管开过去好了。可是这一次看到他的车过来，一个交警早早地就迎上前来，打着手势命令他在路边停车，他在心里抱怨了一句就减了挡，在路边停下了。

他的天津大发刚一停稳，那个警察就已经到了翁伟昂的车边，他摇下了车窗，掏出驾驶证和行驶证递了出去，可是那个警察却连他的证件看都没看一眼，就大声地命令他快下车。他的心里涌起了一股怒气，但是理智和本能还是驱使着他马上下了车。

从车里钻了出来，被凉飕飕的海风一吹，翁伟昂混沌的大脑顿时清醒了许多。这才发觉自己已经处在了几个警察的包围之中，不远处还有两个手持冲锋枪的武警战士，他们的对讲机里传来了紧张的对话声。周围笼罩着一种紧张的气氛，他的心顿时猛跳了起来，一种可怕的感觉霎时间包围了他的全身，一个个幻觉在他的脑海里狂闪而过，仿佛有一种末日般的感觉向他袭来。

还没等他清醒过来，一个人高马大的警察就一把把他的身子翻转过去，让他把双手放在车顶上，然后就像警匪片里那样，从上往下将他的身上搜了一遍。搜完后又命令他转过身来，严厉地问他：

"身份证呢？"

翁伟昂这个北方汉子在这南国，平常心里总有那么几分鹤立鸡群般的自鸣得意，可是此时在这位警官面前，就像小学生见了班主任那样，一边机械地摸索着口袋，一边想到这位警官是不是公安机关篮球队的。

这时他才想起他的身份证没带，平常他的身份证都是和证券交易卡放在一起的。这段时间股市放春节长假，所以就放在家里，没有带在身上。他不禁暗自后悔，只得把一直握在另一只手里的驾驶证和行车证递上前去，说道：

"忘了带了，我有驾驶证，不行吗？"

那个警官把他的证件拿过去，一边拿出手电筒仔细地照着，一边不时低头瞅瞅他，然后转身低头对身边一个他几乎没发现的矮个子警官小声说道：

"大陆人。"随后就把证件递还给了他，口气总算和蔼了一点问道，"这么晚了，在街上干什么？"

翁伟昂心里的怒气有些抬了头，于是冷冷地答道："这是除夕夜，转转不行吗？"

那个警官把头扭过去，望着又被拦下来的一辆面包车，看来并没有心思和他纠缠，只是爱理不理地说道："没事的话，就赶快回去待在家里。"

第九章 创业年华

　　1997 年是 20 世纪末不寻常的一年，翁伟昂的人生也在这一年里大起大落。

　　春节过后不久的 2 月 19 日，传来了中国社会主义现代化建设和改革开放的总设计师邓小平逝世的消息。这位几乎伴随了 20 世纪的世纪老人，没有能够亲眼看到香港回归祖国的那一天。

　　1997 年 6 月 30 日 23 时 42 分，中国和英国政府香港政权交接仪式在香港会展中心举行。英国国旗和香港旗降下，英国在香港长达一个半世纪的殖民统治宣告结束。7 月 1 日 0 时整，中国国旗和香港特别行政区区旗在香港冉冉升起，中国政府对香港恢复行使主权，并成立香港特别行政区，中国人民解放军进驻香港。

　　可是紧接着在 7 月 2 日，亚洲金融风暴就爆发了。那一天泰国中央银行突然宣布放弃固定汇率制，转而实行浮动汇率制，迅速引发了一场遍及东南亚各国的金融风暴。当天泰铢兑换美元的汇率就下降了 17%，外汇及金融市场一片混乱。在泰铢大幅波动的影响下，菲律宾比索、印度尼西亚盾、马来西亚林吉特，相继成了国际投机家们的攻击对象。

　　马来西亚总理马哈蒂尔试图阻止林吉特的大幅贬值，猛烈抨击以索罗斯为首的国际投机家。但是到了 8 月，马来西亚中央银行终于放弃了保卫林吉特的努力。一向坚挺的新加坡元也受到了冲击。印度尼西亚盾虽是受"传染"最晚的国家，但受到的冲击却最为严重。

　　到了 1997 年 10 月下旬，以索罗斯为首的对冲基金投机家们移师香港，攻击矛头直指香港联系汇率制。此时台湾当局突然弃守新台币汇率，新台币一天贬值了 3.46%，更是加大了对港币和香港股市的压力。

10 月 23 日，香港恒生指数大跌 1211.47 点；28 日更是下跌了 1621.80 点，跌破了 9000 点大关。面对国际金融投机家们的猛烈进攻，香港特区政府在中央政府的支持下，重申不会改变联系汇率制度，恒生指数总算重上了万点大关。

11 月中旬，韩国也爆发了金融风暴，韩元对美元的汇率跌至创纪录的 1008∶1，韩国政府不得不向国际货币基金组织求援，勉强控制住了危机。但是到了 12 月 13 日，韩元对美元的汇率已经降至 1737.60∶1，韩元危机强烈冲击了在韩国大量投资的日本金融业，导致日本的一系列银行和证券公司相继破产。

东南亚金融风暴最终演变为亚洲金融危机，并引发了一次世界性的金融风波。这场风暴直接冲击下的泰国、马来西亚、新加坡、印度尼西亚、韩国和日本等国的货币大幅贬值，同时造成亚洲主要股市的大幅下跌；给亚洲各国外贸企业以重创。致使亚洲许多大型企业倒闭，工人失业，社会经济萧条，一夜之间打碎了亚洲经济高歌猛进的幻象。

亚洲经济陷入萧条，一些国家的政局也开始动荡。虽然中国大陆由于金融市场没有开放几乎不受影响，但是外向型的特区经济还是受到了一定的冲击，本来就根基不稳的沪深股市也不可能风平浪静。

作为在 20 世纪 90 年代就有房、有车、有"大哥大"的小老板，翁伟昂曾经野心勃勃，有时候甚至有点志得意满，觉得自己似乎无所不能，仿佛在他未来的世界里遍地都是黄金，在他的前方总有一座座的金山银山在等着他。但是已经全球化的金融市场和资本的进化与博弈，就是专门修理他这种不知天高地厚者的。

翁伟昂在 1997 这一年，为了规避亚洲金融危机给他的股市投资带来的风险，同时也是在索罗斯对冲基金投机模式的诱惑和鼓舞下，他趾高气扬地进入了陌生的期货市场。

期货交易实行的是杠杆加保证金结算方式，虽然可以多空双向交易，并且"T+0"，但是每日结算后如果出现亏损，次日就必须追加保证金，否则交易所就要执行强制平仓制度。这与股票交易是完全不同的，股票的公司只要不破产退市清盘，股票如果被套牢，可以一直抱着守回来。

在当年的中国股市，既没有融资融券业务，也没有强制退市制度的情况下，理论上来说股票是没有爆仓风险的，但是期货市场就另当别论了。期货合约如果被强平爆仓了的话，就什么都没有了，没有抱着守回来的可能性。所以K线图虽然看起来相似，但是股票交易和期货交易的本质是完全不同的。

那时候中国的股票期货市场都处于草莽阶段，各路庄家横行，逼仓事件不断。在股票市场上是坐庄炒消息，因为信息不对称，所以投资者们谁也不可能知道满天飞的那些消息到底是真是假。虽然期货交易看起来比较公平，但是由于实行保证金交易制度，所以自带十倍杠杆，这就必然成为以小博大的对赌交易。

而且这个杠杆并不是恒定的，因为每个期货品种的每个期货合约都是有交割期限的，期限都是一年。所以期货投机者通常赌的是主力合约，在未来不到一年时间里的交割价格的涨跌趋势。这样一来就会形成期货与现货的价差，从而引发期货主力与现货主力之间的激烈博弈。随着交割日的临近，经过博弈后的期货、现货价差会逐步收敛趋近，所以每到临近交割月，期货交易所就会逐步提高交割合约的保证金率。

这其实就相当于一个去杠杆的过程，所以如果无法足额追加保证金的话，那么处于浮亏状态的投机者就将被强平。再加上当年的期货市场和现货市场都很不规范，这就给了各路庄家操纵市场，坐庄逼仓，兴风作浪的机会。

翁伟昂终于搞明白了，无论是股票市场还是期货市场，玩的都是丛林法则。当他通过亲身的股票期货交易的残酷洗礼，终于痛悟出了股票期货交易的玄机和风险后，不得不做出了退出股票和期货交易市场的决定。一方面他被那一年的东南亚金融风暴所震撼，另一方面他终于信了那位研究西方经济学的老教授的话，那就是当时的股票期货市场，是连赌场都不如的。

当翁伟昂"割肉"逃离了残酷的股票期货市场，将主要精力重新放在了他的电脑生意上时，他惊恐地发现，用经营这个电脑小店的利润和手头剩下来的这些现金，是根本不可能偿还即将到期的高昂的银行贷款本息的！

翁伟昂在辞职下海创业时，就曾经自己和自己约定了约法三章：一是不碰黑社会；二是不碰黄赌毒；三是不碰高利贷。他对自己发誓，无论创业的道路多么艰难，他都将遵守自己和自己的约定。

这样一来翁伟昂就只能一边拼命地"攒机子"，卖兼容机挣钱，另一边到各家银行去申请新的贷款，希望通过借新还旧来度过危机。但是那时候正处于亚洲金融危机的风暴眼里，虽然境内并没有受到直接的冲击，但是各家银行还是收紧了银根，所以他申请新的贷款屡屡碰壁。作为曾经的银行副行长，他清楚地知道贷款违约的后果是什么，这样一来他就不得不考虑卖车、卖手机，实在不行就只能卖房子了。

"破产？"翁伟昂自言自语道，这个似乎只有资本主义才会有的概念，此时此刻漂浮在他的脑海里。他从来没有想过这样的命运会落到自己的头上，但这就是他即将要面对的现实。

翁伟昂仿佛看见了自己不得不告别他的天津大发面包车、摩托罗拉手机，还有他正经营和栖身着的这套住改商的房子。然而就在令他绝望，度日如年的那一年的那一天，命运之神又开始眷顾他了。

那是一个天色阴沉的上午，台风裹挟着暴风雨即将来临。正在这时，几个身着海关制服的干部，匆匆忙忙地走进了翁伟昂的电脑小店里。

那天翁伟昂正在跑银行，求爷爷告奶奶地四处找门路申请新的贷款。这时文幻从店里打来电话让他赶快回店里，口气紧张地对他说，店里来了几个海关的干部，指名道姓地要找他。

翁伟昂听到这个消息时如五雷轰顶，仿佛即将到来的那台风裹挟的暴风雨就是冲着他来的。虽然腿肚子直哆嗦，但是他还是强装镇定，赶忙开着天津大发往店里赶。一路上他觉得天就要塌下来了，真是屋漏偏逢连夜雨，难道今天就是他的末日？

他们这些在特区做电脑生意的，最怕的一是税务局，二是海关。可是当翁伟昂战战兢兢地回到了他的电脑小店，见了那几个海关干部时，他恍惚间意识到，也许他的"大任"就要来了。原来因为海关电子化建设的需要，海关需要采购一批计算机设备和耗材，而这几位海关干部就是专程到他的店里来采购这批设备的。

政府机关果真是不一样，一出手就订了 80 台意大利好利获得（Olivetti）品牌机，全部配备日本爱普生（EPSON）LQ-1600 系列打印机，并且指定他的公司负责后期的计算机设备保修和打印纸、色带、软盘的耗材供应。

翁伟昂感到有点天旋地转。他都快被这个大单子砸晕了。

为什么？为什么天上掉下来了个大单子？而且还是政府海关的，又偏偏砸在了他的头上？难道是他的人品大爆发？

管他呢！那时的翁伟昂可没有时间细想，他的脑海里只盘旋着一个念头，那就是：调货！调货！调货！

他们这些攒兼容机的小店，平常进的都是水货配件，这是半公开的秘密。翁伟昂创业这几年，还真的没有做过品牌机，也几乎没有和那些品牌机的经销商们打过交道，所以此时他还真没有这些进货渠道，也没有进货资金。

可是更没有让他想到的是，还没有等他去找那些品牌机的经销商，那些消息灵通的品牌机的经销商们就先找到了他，而且还可以先发货后结账。

就这样，大落之后的翁伟昂开始大起。这笔来自政府机关的大单子给他带来的丰厚利润，不但让他喘过了气来，而且后续的打印纸、色带、软盘的源源不断的耗材订单，更是让他的公司有了稳定的营业收入和资本积累。

一阵电话铃声在办公室里回荡了起来，终于使翁伟昂从对往事的回忆中醒来。他努力思索着自己身在何处，所以又让电话铃响了几声，然后才拿起了电话。电话是李钰副总经理打来的，通知他说董事们都到了，董事会议可以开始了，他意识到自己又要回到现实的工作和生活里来了。

这段时间沪深股市热火朝天，他就将需要他参加的会议，都安排到了股市收盘后。这一天正好是 1999 年 5 月的最后一个交易日，这个月对于中国股民们来说是毫无疑问的"红五月"。这个月股市行情先抑后扬的惊天逆转，让中国股民们异常兴奋，而对于正在谋求红宣高科 IPO 上市的翁伟昂来说更是如此。

翁伟昂到办公室自带的卫生间里方便了一下，随后一边匆匆地洗漱了一番，一边盯着镜子中的自己默默端详了几眼。梳妆完毕，他给自己扎上了领带，又将雪白的衬衫拉平，捋了捋头发。然后他回到了办公桌前取出了他的 IBM 笔记本式电脑，将那精致小巧的电脑和几份文件放进了手提包里。他的脑海里浮现出了当年他破解加密软件时用着的那台古老的 286 兼容机。

如今的 CPU 已经进入了"奔腾"时代，让他们那一代电脑人装神弄鬼的 DOS 操作系统，也被靓丽的"傻瓜机"一样的 WINDOWS 操作系统所取代。现在 286、386、486CPU 系列的电脑都已经是老古董了，但他依然对那个 X86 时代充满着深情。他是从 X86 时代开始创业的，那个时代记忆着他对小城故事的缅怀，他对下海潮的梦想，还有他对新恋情的渴望。

翁伟昂匆匆走进了会议室，坐在了他的座位上，随后李钰就宣布董事会议开始了。

"再没有什么比无可奈何更糟糕的感觉了！"翁伟昂坐在他那董事长的位置上默默地想道。他听着董事们的争论，觉得心里有点烦。他意识到他必须立即做出决策，控制住这场辩论，并以自己公司创始人和大股东的意志，统一董事们的不同意见。昨天他之所以指令在今天下午开展这个董事会议，目的只有一个，那就是将自己这段时间，经过反复思考和权衡做出的决策付诸实施。

这个董事会已经开了半个多小时，虽说在这个文山会海的国度里，这只不过是一只小小的插曲，但是作为民营企业，翁伟昂可不想把太多的时间精力都放在开会上。于是他打断了董事们的讨论，不紧不慢地说了起来：

"诸位董事，我一向认为一个成功的企业，首先必须是一个有远见的企业。我从来不否认一个企业最主要的目的就是赚钱。但是对于一个要想赚大钱的企业来说，没有一个长远的目标肯定是做不到的。一个能够取得辉煌成就的企业，必定是一个有着远大梦想，有着崇高的企业精神，有着严格秩序的企业。

"无论是企业的高管团队，还是普通职工都必须清醒地意识到，他们不仅仅是在进行一项赚钱的工作，更重要的是他们在从事着一项事业。在我看来，在这个世界上没有什么能比企业精神更有力，更能激发出全体员工创造力的了。

"我们公司有幸成为我国企业股份制改革的试点企业，所以我们的工作不仅仅属于我们自己，还属于国家和社会。我们企业的成败不仅影响着我们自身的利益，而且还影响着我国今后股份制改革工作的进程。所以作为本公司董事长，我认为我们在本公司 IPO 进程刚起步时，就应该明确我们今后的发展方向。

"当我创建这个公司时，公司里只有我和文幻总经理两个人。我们坚持了下来，我们成功了。因为从那时起，我们就认准了电脑行业是一个前景光明的朝阳产业。现在当我们踏上了一个新的征程时，我认为随着计算机硬件和互联网的普及，软件开发产业，特别是为互联网服务的软件开发产业，将是下一个前程无量的产业。所以我坚定地认为，以软件开发产业为核心，开发我们拥有独立知识产权的软件产品，将是红宣高科今后的发展方向。

"当然了，我不能回避刚才几位董事提出的疑问。的确，我承认在我国目前还没有形成一个规范的软件市场，软件知识产权还得不到应有的保护，正版软件在我国的企事业单位和家庭中的使用率很低。我国的软件开发企业，既面对着盗版软件的挤压，又面对着国际巨头的打压，这些都是非常现实的问题。但是在正视严峻现实的同时，我也想提醒诸位注意，越是危机四伏的市场，越是充满着巨大的挑战，也就越是有着更多成功的机遇。群雄逐鹿，我对红宣高科所具备的实力和市场前景充满信心。

最近我公司软件部，又承接了两套办公自动化软件的开发工作，还有一套网络版的饭店宾馆管理系统也正在洽谈之中。另外我公司计划开发的以 WINDOWS NT 为操作系统平台的超级智能 MIS 系统，也已经完成了市场调查和可行性研究的论证工作。现在在这里，我正式宣布由我公司珠海软件基地投入开发工作，并由曹力副总经理负责具体领导工作。"

翁伟昂环顾四周，他那坚定、自信、不容置疑的语气，使董事们的情绪渐渐稳定了下来。大家被他的热情所感染，他的话收到了他所期望的效果，董事们小声地交谈起来。看到这幅情景，一丝兴奋涌上了他的身心，使他仿佛已经看到了那光明的前景。

"翁董事长，本人对您刚才的讲话充满信心。但是您认为本公司软件销售的那点利润，会使公司在与其他股份公司的竞争中保持优势吗？还有您的那个超级 MIS 系统的开发，需要多大的投入？多长的开发周期？一旦投放市场，又会占有多大的市场份额呢？

"在董事会未对该系统进行充分讨论之前，我认为不应匆忙投入开发，并要求对该系统的任何资金投入，都必须首先征得董事会的多数同意，并对资金的使用情况进行逐项监督。"

新上任的董事兼财务总监王祥突然冷冷地说道，他那貌似平静的话语使会议室里一下变得异常寂静，董事们的目光都集中到了翁伟昂身上。王祥是新海集团在红宣高科派驻的董事兼财务总监。而新海集团在红宣科技有限责任公司重组为红宣高科股份公司后，持有红宣高科的三分之一法人股，是红宣高科的第二大股东。

这个王祥背景复杂，在体制内外都干过，是一位老江湖。翁伟昂本来只是同意让他进入董事会，并不想让他接手本由李钰负责的公司财务工作。但是在新海集团和体改委的压力下，为了 IPO 上市工作的大局，他才不得不同意由王祥出任重组后的红宣高科首任财务总监这一要职。

翁伟昂不动声色。来者不善，善者不来，他对这种情况的发生其实早有准备。从王祥到红宣高科任职的第一天起，他就意识到这个人将是他今后工作中最强劲的对手，他甚至意识到或许有一天，将这个人排挤出公司，也许是不得不为之的事。他迅速调整了自己的思维，准备迎接这个挑战。

"或许这是个机会？"他不禁在心中自问。又仿佛感觉到了那种在比赛前既兴奋又紧张的感觉，就像又回到了大学时代的绿茵场上跃跃欲试，盼望着裁判员的一声哨响，然后向着对方的球门奋力冲去。

"对于王总监的质疑，我做以下答复：第一，我坚信我公司在未来软件业的竞争实力，会使我公司在与其他股份公司的竞争中保持业绩增长。第二，超级 MIS

系统在本公司未重组前已经立项，并进行了初期投资。在本公司重组后，本人控股地位没有变动的情况下，没有必要进行重新讨论。第三，按照重组后的公司条例规定，董事长有权审批并自主决定，对已经立项项目的各项资金投入。董事会只拥有质询权，而无权直接干预。

"作为董事长，我将认真履行我的职责，同时在这里我也提醒诸位董事自律。最近我听说我们董事会的某些成员，违背我公司的有关规定，在社交场合大肆挥霍，吃饭要到五星级宾馆饭店，到了卡拉 OK 厅奢侈消费。在这里我再次重申本公司的财务纪律，今后这类超标准的费用，未经本董事长的批准，一律不得报销。在本公司正在争取 IPO 上市的关键时期，希望各位董事洁身自好，保护好公司和个人的形象。"

王祥的脸发黑，像是在尽力压抑心头的怒火。也许在他官场内外纵横的这几十年间，还没有被人这样揶揄过。他的手微微颤抖，一时之间说不出话来。会议室里的气氛像是凝固了，这时文幻总经理恰到好处地说道：

"关于超级 MIS 系统的调研工作和前期投资，都是由我直接负责的，我会在近期向董事会提交书面报告。如果哪位董事有具体质疑的话，可以直接问我，我会进行详细的答复。从我们聘请的专家组的论证结果来看，我们认为这个系统有着光明的前景。这个系统自翁董事长提出立项到论证结束，历时半年，系统总体设计已经完成。在此情况下，转入实施开发阶段已势在必行。所以我完全赞同由曹力副总经理，负责具体开发工作的决定。"

在文幻总经理表态后，翁伟昂不屑与王祥纠缠，他意识到现在结束会议是个比较好的时机。于是他不等王祥从这两轮打击中缓过神来，就不失时机地说道：

"这次会议结束后，我将去一趟北方，与监管层和各家投资机构，讨论公司路演和上市的有关事宜。在我外出期间，公司的日常事务由文幻总经理全权负责。如果没有其他问题的话，可以散会了。"

开完了董事会，回到了办公室，缓缓西落的夏日里的夕阳斜射进办公室里，给这间淡雅的办公室涂上了一层金黄的颜色，仿佛这里的一切都在画中，给人一种神秘而又悠扬的感觉。

翁伟昂被这景色陶醉，他站在落地窗前，又陷入了那种幻梦似的沉思遐想中。但是刚才在董事会上和王祥的正面交锋，还是让他有几分忧虑。

公司重组后引入新股东是必然的事情，但是国情决定了引入的这几家新股东都或多或少的有着国企背景。这让已经在市场经济里独自闯荡了六年的翁伟昂，似乎有了几分回到了体制里的感觉。但是这种感觉怪怪的，总让他的心里有几分忐忑。毕竟他梦想中的公司，是一家从事高科技事业的国际化的现代企业。

他是从体制里出来的，对于体制里的那套还是带有着浓厚计划经济色彩的管理方式，能否适应未来高科技领域瞬息万变的市场竞争的要求，他深表怀疑。但是在上市审批制下，为了争取公司的上市资格，他又必须这么做。

想来想去，翁伟昂觉得对于他来说，也许引入境外股东，在董事会内形成第三方力量，是他唯一的办法，也是红宣高科身处特区的一个独特优势。于是他给李钰打了电话，让她通知文幻、林森、潭远到他的办公室来一下。

文幻的办公室和他在同一层楼，过来一会就推门走了进来，开门见山地问道：

"哪天走？"

"明天的飞机。"

"这么快？"文幻一边说，一边在沙发里坐下继续问道，"你真的决定现在就开发这个超级 MIS 吗？"

"为什么不？现在不开发，以后恐怕就难了。上个周末我做出的决定。我想对于我们来说，长远目标要比短期利益重要得多，更何况现在已经到了互联网时代。这个项目能够使我们在未来的网络办公时代拔得头筹，为我们公司带来新的概念和估值。对于一家争取上市的科技公司来说，未来能够创造出什么新的价值，要比现在拥有多少价值更为重要。这就是资本运作，它所要求我们的，不仅仅是要付出更艰辛的努力和劳动，而且还得有全新的思维方式。抱歉，事先没有和你商量，就做了决定。星期天给你家里打电话，本来想到你那里聊一聊的，你家里没人。"

"噢，是的。我回老丈人家了。"

"女儿好吗？"

"好，好极了，会叫爸爸了。"一说到女儿文幻就兴奋了起来，正想往下说时，却见翁伟昂的目光已经移到了窗处。于是他知趣地咽下了后面的话，问道：

"大概去多长时间？"

"这次去的时间可能有点长，也许要半个月吧。还说不准。"

"去杭州吗？"

"怎么想起问这个？"

"没什么。我只是感到有点奇怪，咱们搞计算机公司的到处找项目，可每次杭州的项目你都是派我，或是别人去，这么长时间一碰到去杭州你就回避。那里还有你的几位大学同学，现在都当上领导了，每次我去都会问起你。"

"是啊！我的确该去去那里了。"翁伟昂像是在回答文幻，又像是在对自己说道。

这时林森和潭远推门走了进来。分管主机产品部的林森副总经理是一位海归的博士，分管通信产品部的潭远副总经理则来自台湾。公司的主机产品部负责红宣高科的品牌机电脑的设计、生产和销售。其实说白了，就是有公司品牌的兼容机。只不过翁伟昂当年开电脑小店创业时，是进水货配件，然后自己攒机子，安装盗版软件。与那个时代相比，他的品牌机现在用的是行货，攒机子是在厂子里由工人们流水线式组装，安装的软件则是 OEM 专用的。之所以要高薪聘请一位海归的博士负责这么个工作，是因为林子大了，鸟就不好管了。

别小看这么个有品牌的兼容机，一旦批量生产和销售，还真不是一件容易的事，没有点现代管理水平还真不行。就拿批量进货来说吧，CPU 和操作系统用的是美国的，内存条用的是韩国的，主板、硬盘、显示器大部分用的是中国台湾的，其余的都是山寨货。

电子计算机配件的行情瞬息万变，一个主要工厂失火停产，或是运输通关环节出了点问题，就会让整个生产线都停下来，所以必须找像林森博士这样有全球眼光，懂得现代化管理的管理者。一方面要能组织好大规模生产，另一方面还要将产品成本控制在低位，这样才能在与其他品牌机和遍地的兼容机的竞争夹缝中，在竞争激烈的 PC 个人计算机市场中占领一席之地。

公司的通信产品部那时主要做网络终端和复用器，为各家银行和金融机构服务。那时候的 PC 机还很昂贵，所以各家银行和金融机构的营业网点，普遍采用网络终端加复用器与前置机联网的方式进行营业。之所以聘请来自台湾的潭远担任副总经理，一方面是因为大陆比较缺乏通讯方面的专家，另一方面台湾方面的芯片设计和生产能力全球领先，这对于需要大量专用芯片的通信行业来说至关重要。

翁伟昂对他们三人谈了他的忧虑，以及考虑引进境外投资者的想法，他们三人都很支持。林森博士说他可以联系一下他的美国导师，现在美国面向科技行业的风险投资很活跃。潭远副总经理说到，现在有很多台湾企业到特区来投资办厂。他的一位同乡也从台湾过来了，打算投资建设一个模具厂，他可以给翁伟昂引荐一下。翁伟昂听了很振奋，就委托林森和潭远去联系。等他从北方回来，就着手实施引进境外投资者的工作。

送走他们三人后，天色已经黑了。翁伟昂站在落地窗前，望着窗外灯火辉煌的高楼大厦，不禁回想起了几个月前那次说走就走的自驾游。

那次周末，翁伟昂回到了他在望香明居的顶层复式豪宅。他本想自己给自己放两天假，将一将自己纷乱的思绪，为自己，也为公司确立今后的发展方向。可是第二天清晨，楼里的装修工人们一大早就开工了。他知道那些勤劳的装修工人们，是不可能让他在他的豪宅里安静地冥思苦想的，于是就来了次说走就走的自驾游。他本打算先去广州的，但是在路上他调转车头去到中山市，参观了孙中山先生的故居。

当他驾车行驶在虎门大桥上时他不禁感叹：160 年过去了，我们还在追赶。而他们那在 20 世纪末实现现代化的豪言壮语，也只能留待 21 世纪了。那一次自驾游，使他有了一个较为完整的岭南印象，也使他意识到他必须重塑自己的世界观了。

　　毕竟他不是个体户，也不是乡镇企业家出身。他是一个受过高等教育的金融专业本科生，是一个曾经被重点培养过的青年领导干部。如今在这世纪沉浮中，他已经成为一位民营企业家，一家即将上市的科技公司的董事长。他在重塑自己世界观的过程中，需要首先缕析清楚的第一个问题就是人为何物？人类从哪里来？又要到哪里去？

　　这时达尔文的进化论告诉翁伟昂，人类是从人猿进化而来，而他只不过是身为人猿后裔的人类中的一员罢了。他觉得达尔文的进化论和弗洛伊德的心理学为他提供了思考工具。在进化中人类掌握了工具的使用，而工具的使用又促使人类不断进化，而同时被启蒙的则是人类间的商品交换。

　　当人类穿衣服成为必需时，就需要越来越多的兽皮来制作衣服。这样一部分善于捕猎的部落会专门从事捕猎活动，于是他们必然会剩余一部分兽皮。更重要的是在他们猎杀动物的过程中发现，猪马牛羊这些食草动物是可以被驯服的，渐渐的这些部落就发展成了原始的游牧民族。

　　那些不善捕猎的部落，则继续以采摘植物的果实和野生谷物为生。而对于他们来说最重要的是，他们发现了四季更替和这些野生谷物生长之间的规律。当他们有意识地在春天去播种这些谷物时，原始农业也就产生了。于是人类历史上的第一次社会大分工就这样出现了。

　　当农业和畜牧业的第一次社会大分工完成后，人类生产力水平得以大幅提高。从事农业生产的部落会用剩余的谷物和植物果实，去从游牧部落那里交换回所需的动物皮毛，这样食品和服装就必然成为人类最初的两种商品。

　　围绕着这两类已经成为人类生活必需品的商品的生产劳动，人类实际上从那个时候起就已经进入了商品经济时代。食品和服装，这两大类最古老的商品生产，在此后人类的文明历史中一直推动着人类文明的进步。直到今天，这两个古老行业仍然是人类经济生活中，最基础的两个行业。

　　翁伟昂越来越相信，无论人类文明发展到多么发达的阶段，这两类古老的基础商品必然永远存在。商品就是这样被起源的，它源于人类的文明和进化，而不是哲学家们的定义。在此后人类的进化历史中，商品的内涵和外延不断地扩大，同样它也不会因为经济学家们的定义而被限制。

李钰知道今天晚上翁伟昂又要睡在办公室了，派人给他送来了盒饭。这时翁伟昂已经下了决心，他打了个电话给李钰，让她通知办公室的人，将他明天的飞机票签转到杭州，他要先去一趟杭州，然后再去京城。

他一边默默地吃着盒饭，一边决心到杭州向往事道别。同时他也要给自己留点时间，当然了，还有他心底里的那个亿万之梦。

第十章　亿万之梦

特区飞往杭州的航班，在笕桥机场缓缓降落。坐在头等舱里的翁伟昂凝望着舷窗外的景色，心中平静而又感伤。他知道自己终有一天会再次来到这座城市，但是正如文幻所好奇的那样，在这十年里他确实一直在逃避重游这个地方。

转眼之间翁伟昂已经人到中年，那些往事也已随风而去。无论是江春敏还是卫芸，对他来说也都早已无处寻觅。虽然故地重游，品味到的只有"物是人非事事休，欲语泪先流"的感伤，但是对于此时的他来说，这里是他战胜自己的心魔必须重游的地方。

他要在这里向那小城故事道别，为了在这下海潮中取得梦想中的成就，他必须像清理电脑硬盘那样清理一遍他的大脑。还有更重要的是他必须继续重建自己的世界观和价值观，以便在这世纪沉浮中能把握住自己和公司的航向，并在未来的资本的进化与博弈中使自己立于不败之地。

由于所接受的传统教育，翁伟昂过去是商品拜物教的批判者，现在也不是商品拜物教的信徒，但是创业实践和独立思考却又告诉他，人类的现代文明归根结底就是商品文明。只不过人类在漫长的进化历史中，无论是在对自然科学还是社会科学知识的探索过程中，都会出现思想观念上的两极分化现象，对这个商品文明的认识过程当然也是一样了。

其实所谓的拜物教就是人猿的后裔们，把某种事物当作神来崇拜的一个认识世界的过程。在原始社会时期，人猿的后裔们由于对自然现象无法解释，就认为许多事物具有灵性，于是将其赋以神秘的、超自然的，甚至是支配人类命运的力量。拜物教就像生殖崇拜一样，是人猿的后裔们最原始的宗教，也是人类认识世界，最终改造世界必须经历的一个进化过程。

在古代，由于实践经验的不足和科学体系还未建立，人类对于自然界的许多事物和现象，如风雨雷电，水火林木，丰歉祸福，都无法了解它们的起因、结果和运动规律，所以只能从对宗教世界的幻想中去寻求解释。把日、月、水、火、雷、电等自然现象，看作是某种神灵在支配着人类的命运，从而加以崇拜，最终产生了拜物教。这种对支配物质世界和人类命运的神秘力量地探寻，直到今天乃至将来，都在推动着这些人猿的后裔们不断地进化。

在商品经济中，商品所隐含着的人与人之间的社会关系，越来越多地以物与物之间的关系来表现，这样这些"物"就似乎具有了某种神秘的力量。这种神秘的力量似乎控制着商品生产者的生产，支配着商品生产者的命运，从而被人们崇拜和迷信，马克思就将人类的这种行为称之为商品拜物教。

翁伟昂认为货币拜物教则是商品拜物教的发展形式。当金和银这两种特殊商品，以其天然属性从商品世界中游离出来而固定充当一般等价物后，人的命运，就开始由手头的商品能不能交换成为货币来决定了，于是商品的神秘性进而演变为货币的神秘性。货币，这一被中国人称之为"钱"的特殊商品，也就自然而然地具有了似乎支配着人类命运的神秘力量，因为货币是资本的载体。在资本主义生产方式下，在货币转化为资本的过程中又必然出现资本拜物教。

资本拜物教当然就是把资本的价值增殖能力，看作是资本具有的魔力，因而认为资本具有某种神秘而义邪恶的力量。基于所受到的传统教育，翁伟昂必然首先是一个各种拜物教的批判者，但是实践和独立思考却又告诉他，这些"物"本身并没有错，关键是怎么认识这些"物"和如何掌控这些"物"，而不是总是想着如何消灭这些"物"。

就拿商品来说吧，在人类的眼中商品确实是一种很古怪的东西，充满着神秘而又怪诞的色彩。在《资本论》中，商品被定义为"商品是为交换而生产的劳动产品"。可是当翁伟昂面对着他所处的时代时，他发现这个定义已经无法解释他所要面对的这个现实世界了。在现实世界里，商品早已经不再局限为劳动产品了，所以他觉得从广义上来说，其实一切能够用来交换的事物，都应该被定义为商品。

"不是吗？"他自问自答道，"商品是在人类进化的过程中自然产生的，它并不会因为某个定义而作茧自缚。在人类进化的过程中，商品的内涵和外延都在不断地扩大。在现实世界中，商品既包括人类的劳动产品，也包括自然资源，比如土地森林、山川河流、矿产资源等。商品既可以是物质形态的，也可以是非物质形态的，比如专利权、版权、人力资源，甚至于碳排放权等。所以仅仅从为交换而生产的劳动产品这个层面，是不可能全面理解和掌握商品世界的。"

面对着汹涌而来、包罗万象、日新月异的市场经济大潮，在翁伟昂的价值观里，他已经开始用广义商品这个概念来思考问题了。因为他认识到无论是广义的商品定义，还是狭义的商品定义都有着一个共同的支点，那就是商品交换。

翁伟昂觉得交换就是商品存在的唯一条件。也就是说只要有了交换，也就有了商品，至于这个交换物是不是劳动产品并不是关键。人的商品交换肯定是从物物交换形式开始的，比如可以用一只羊去交换回100公斤谷物，至于说这只羊是人工饲养的，还是从荒野里捕获的并不重要。然后用这100公斤谷物又可以交换回1公斤青铜，至于说这100公斤谷物是种植的还是野生的，也不重要。很显然物物交换形式，是一种"多对多"的关系。

随着生产力水平的发展和提高，他们可以用来交换的物品越来越多了。从最初的食品和服装，发展到武器、工具、金属和作为装饰品的贝壳，以及最原始的人力资源形式——奴隶。这时商品交换在人的生活中，已经成为必不可少的一个内容。但是他们很快就会发现，多种商品采取多对多的方式进行物物交换是一项非常复杂的工作。这时他们意识到，他们需要一个中介来作为一般等价物，从而将烦琐的、多对多的物物交换方式，进化为"多对一、一对多"的非物物交换方式，而这个被称为一般等价物的中介就是货币。

随着这个一般等价物的相对固定，货币形式便应运而生了。货币产生之后在人类的进化历史中，就一直处于一种相对固定、长期演化的过程之中。

贝壳在原始人那里主要被用作装饰品，这说明在人类学会穿衣服后，就开始有了爱美之心。后来人们发现贝壳除了作为装饰品外，还便于携带、贮藏、记数，用作一般等价物很合适，便有意识地制作使用贝壳作为货币。中国在西周时期开始用齿贝作为货币，后来又有仿制品如蚌贝、骨贝、石贝等。

这一方面说明了人类的本性：爱美而又虚荣，另一方面也说明了金银天然不是货币，货币天然也不是金银。翁伟昂觉得思考这个问题对他来说很重要，因为他意识到他当年学习到的《货币银行学》，对于现在的他来说已经完全不适用了。所以他必须从独立思考货币的职能开始，解构和重建他脑海里的价值体系。

翁伟昂当然知道马克思在1867年9月出版的《资本论》第一卷中，就对商品价值给予了最高关注，并以此为开篇建立了他那庞大而深邃的劳动价值体系。这就像是在攀登人类思想最高峰的必经之路上建立了一座精神的堡垒，从此以后的一百多年间，每一个攀登这一高峰的人都必须经过这一堡垒，并与他的灵魂进行对话。

《资本论》中认为一切商品都具有使用价值和价值两个因素，商品是使用价值和价值的统一体。缺少其中任何一个因素，都不能成为商品。物的有用性，使物具有了使用价值。这种有用性决定于商品本身的属性，因此商品本身就是使用价值。这样看来理解使用价值并没有什么困难，但令他有点困惑的是关于商品价值的定义。

如果将商品定义为"为交换而生产的劳动产品"，那么商品就只能是劳动的生产物，在商品身上都有商品生产者一定数量的劳动凝结在里面，商品的价值由生产商品所耗费的劳动量来决定。但如果是这样的话，那么土地、水源、矿产资源、人力资源，还有红宣高科的股票，这些人们正在交换、曾经交换和未来将要交换的，非直接生产商品的价值又从何而来，并且形成商品价格呢？

"要知道这些非生产性商品，不但时时刻刻左右着人类的生活，而且还书写着这个世界的历史。显然面对我们今天的世界，我们需要在更广阔的天地里去探索商品的价值从何而来。如果说我们能够比巨人看得更远一点的话，那也肯定是因为我们站在了巨人的肩膀上。"翁伟昂一边这样自言自语地安慰着自己，一边继续思考着：

如果我们将一切可以交换的事物都定义为商品，并将其称为广义商品定义的话，那么我们就会发现我们进入了一片新的、无限的天地，这片天地就是市场。

人类在进化的旅途中一路走来，商品交换也从简单的、个别的、偶然的物物交换方式，一直发展到令人眩目的货币交换方式。当人类的商品交换发展到一定规模时就自然形成了集市，而这些集市发展到一定规模时就形成了市场，当这些市场相对固定后就形成了城市，而城市的出现又为现代国家的建立打下了基础。

当大量的人带着众多的商品进入市场之后，就形成了卖方和买方两个群体，但这两个群体之间是互相流动的，一个牧民在卖出他的羊时他是卖方，而他用卖羊的钱去买谷物时他又成了买方。买卖双方在交易商品前都会首先在大脑中形成一个自己商品的观念价值，而决定这个观念价值的因素又有很多，既包括这个商品的使用价值、成本、利润目标，以及所耗费的生产劳动量，又包括交易者内心的期望和主观想象。而承担着这个观念价值形成的载体，就是货币的价值尺度职能。

货币在执行价值尺度职能时，只是去表现交易者大脑中的那个观念价值，而并没有实现商品价值。也就是说交易者在他的大脑中看到了那些钱，但并没有拿到手里。他要想拿到这些钱，他就需要找到一个交易对手，愿意付给他与他的观念价值相等的钱来交换他手中的商品。

但是他的交易对手的大脑中也有一个关于这个商品的观念价值，而且一般来说卖方希望将商品的观念价值高估以获取更多的利润，而买方则通常希望将商品的观念价值低估以节省购买的成本。显然当双方的观念价值相差太大的话，商品交换行为就不会发生了。

市场的出现解决了这个问题。市场中有众多的卖家和买家，从而引发了竞争行为，当一些卖家急于卖出商品时，他们会降低他们的观念价值，而另一些买家急于购买商品时，他们则会提高他们的观念价值。当最低的卖价和最高的买价重合时，商品交换行为就会发生，从而形成了商品的交易价格。想到这里，翁伟昂据此得出了这样的一个结论：商品的价值来自一个过程，这个过程就是观念价值最终转化为交易价格的商品交换过程。

当交易价格形成并完成商品交换后，这个交易价格又会对市场中买卖双方的观念价值产生反作用。在供求关系的作用下，当市场处于供大于求的状态下，人们的观念价值会下降，从后进一步引发交易价格的下降。当市场处于求大于供的状态下，人们的观念价值会上升，从而引发价格的上涨。但当交易价格过度偏离人们的观念价值时，交易价格则会向相反的方向运行。

也就是说当交易价格上涨过快大幅高于买方的观念价值时，买方会停止购买，从而引发交易价格的下跌。而当交易价格下跌过快大幅低于卖方的观念价值时，卖方会停止卖出，从而引发交易价格的反转上升。这也就是人们通常所说的价值规律。

价值规律不但决定着商品交换，而且影响着社会再生产。就是说当某一种商品的交易价格大幅低于商品供应者的观念价值时，商品供应者会减少生产和供应，从而引发交易价格的反弹。直到这种商品的交易价格上涨到高于商品供应者的观念价值时，商品供应者才会增加生产和供应。

翁伟昂绞尽脑汁地思考着这些枯燥的问题并不是闲着没事，想搞清楚一些理论问题，固然是他这个金融专业出身的人的一点专业爱好，但是对于现在的他来说，他这样身份的人其实在思考着一个有点难以启齿的问题，那就是他会成为亿万富翁吗？

只要一想到这个问题，翁伟昂就兴奋地直冒冷汗。之所以兴奋是因为当年他刚开始炒股，挤在证券营业部里一身臭汗地追涨杀跌时，他哪里想到过自己会有今天？

之所以直冒冷汗，是因为作为一个接受过系统的传统教育，并且也曾经是一个被严格培养过的接班人，他能不冒冷汗吗？

可是无论是身为人的欲望，还是他此时所处下海潮的催人奋进，又都推动着他一路向前、奋勇前进。"我不上刀山火海，谁上刀山火海？"他有点大言不惭地这样偷偷想到。

他要想成为亿万富翁，靠炒股买股票当然没门。得创造股票、发行股票才行，所以红宣高科不但要争取上市，而且还得卖出一个好价钱。这样如何对红宣高科进行估值，就是他现在最关心的问题了。

一方面他渴望着让他的亿万富翁的美梦梦想成真，另一方面他又不能让这个亿万富翁的美梦搞得自己精神分裂。所以他现在确实有必要重新思考一下货币的理论问题了，可是一想起"货币"这两个字，他的后背又开始冒冷汗了。

他清楚地记得，当年在读大学金融专业的第一个学期里，他们的老教授就在大学讲台上斩钉截铁、不容置疑地对他们这些接班人说：他们的最终目标是消灭货币。

可是现在的他怎么可能去消灭货币呢？他不但不可能去消灭货币，而且还得用这个货币的概念，去解决那个对他来说既难以启齿，又魂牵梦绕的难题，那当然就是如何对红宣高科进行估值了，而这正是他此次北上最重要的使命。

货币和股票，这一对难缠的概念折磨着翁伟昂的大脑，此时他才意识到他接受的金融教育是多么的有限。在他们上大学的那个年代，股票还是百分之百资本主义的东西，货币也被说成是要被最终消灭的。可是货币不过是固定充当一般等价物的特殊商品而已，消灭了货币，又如何进行商品交换呢？而且消灭了货币这个一般等价物，又如何对红宣高科进行估值呢？这才是他最关心的理论问题。

马克思研究货币职能的年代，毕竟是在 19 世纪中后期。当 1867 年 9 月出版《资本论》第一卷时，正值中国大清朝的同治六年。那位已经继承皇位六年的中国皇帝，其实只是一位 11 岁的男孩，因为开始当皇帝时还是个 5 岁的小屁孩，所以并未亲政。

当时中国的政权，实际上掌握在垂帘听政的两宫皇太后手里。这三位皇权在握的孤儿寡母，一辈子绝大部分时间都在紫禁城中度过，当然不可能知道在他们生活的那个时代，大洋彼岸有位名叫马克思的洋人出版的《资本论》，会给此后一百多年的中国历史带来这么大的影响。

那时候的中国男人们还留着大辫子，穿着长袍。而女人们则裹着小脚，天天大门不出、二门不迈地在家里看孩子。至于那时候的中国知识分子们就更是不堪回首了，他们天天死读八股文，梦想着有朝一日考取功名，谋得一官半职光宗耀祖。所以他们根本不可能去研究货币，这个中国人称之为"钱"的东西，甚至于一提到这个字就觉得降低了自己的身份。

翁伟昂觉得马克思对货币的研究，在19世纪中期的世界上肯定是最先进的。因为马克思发现了货币在商品流通中的两种形态，一种形态是一手交钱一手交货，被他称之为货币的流通手段职能；另一种形态是赊账形态，被他称之为货币的支付手段职能。可是现在毕竟已经到了20世纪末，翁伟昂觉得这两个货币职能在现实生活中已经很难区分了。

当我们刷卡购物时，我们觉得我们买卖双方已经一手交钱一手交货了，但实际上我们的钱需要在银行结算后再由银行划转到卖家的账户里，所以这其实是一种赊账行为。他又继续想道：

如果我们刷的是信用卡，并且使用透支额度的话，实际上付钱给卖家的是银行，然后这种赊账行为就转化为了我们与银行间的债权债务关系。有朝一日当我们采用网购方式的话，那么这个关系式就更复杂了，因为这将牵扯到第三方支付的概念。

如果以上的交易方式从境内扩展到境外，就发展为国际贸易，而世界货币职能现在也已经很难概括跨境商品流通了。因为在各国间流通的不再是金银铸币，而是现在人们称之为外汇的各国纸币。

这些纸币已经全部都是信用货币了，所以这时候货币在人类的脑海中仅仅是一个支付工具罢了。人们显然更关心的是汇率，因为人类各国所发行的纸币其实都在执行着一个共同的，《资本论》里并没有论述的货币职能，那就是货币的信用契约职能。

翁伟昂在从笕桥机场驶往杭州市区的出租车里，继续思考着他所关注的理论问题。

在社会化大生产的背景下，商品与商品之间会形成上下游关系，从而形成产业链。比如农产品的生产处于上游，食品加工业处于下游。矿产资源的生产处于上游，工业生产处于下游等。

当同样一些商品交易总是在同一些生产经营者之间反复进行时，就会形成一些明显的客观规律，这时商品的销售就会根据这些规律去调节生产，反之亦然，商品的生产也会根据这些规律去调节销售。于是就会出现这种情况，某些商品卖出时不需要买方立即支付全部货款，而只要经过一段周期后，卖者能够收回全部货款部就可以了。

想到这里，翁伟昂开始思考起了中国福利分房制度改革后，现在越来越火爆的房地产市场和商品房交易。这让他又想起了高俊，虽然这让他感到不快，但是他这次到杭州来，就是要剖析清楚他纷乱的生活和思绪的。正在进行中的对高俊和范婵的房地产公司的清算，让他搞清楚了房地产开发的逻辑，也为他验证广义商品的定义和货币的信用契约职能提供了依据。

翁伟昂很快就意识到，这十年的改变是天翻地覆的，从他自己的生活到整个中国社会，都已经发生了巨大的变化。从万元户到百万富翁，再到千万富翁、亿万富翁，这一切不停地刷新着他的世界观，而他现在所要做的是从理论层面去总结和认识这种变化，以便在未来的资本的进化与博弈中把握机遇、躲过风险。

从理论层面上来说翁伟昂已经清楚地意识到，他那来自19世纪的知识体系已经不可能适应这个时代了。因为随着金融创新的步伐不断加快，表现为信用契约职能的信用货币以多种形式存在于人类的现实生活中，并已经占据了商品交易的绝大部分领域。无论是企业间所使用的信用货币如期票、汇票、支票，还是个人使用的信用货币如信用卡、纸币，都将金银铸币永远地挤出了商品交易市场，理论当然也是一样。

不知不觉中出租车已经行驶到了武林广场。在翁伟昂的印象中这里距离西湖很近，昨天就让李钰给他在这附近预订了宾馆。他到宾馆放下旅行箱之后，就向西湖的方向走去。在他的脑海里就像是有台时光机，在他的意识流的驾驭下，引领着他在过去与未来，理论与现实间穿梭旅行。

第十一章　脑海里的时光机

在杭州的那几天里翁伟昂故地重游，他的心境平静而又感伤。除了拜访几个分配在这边工作的老同学之外，就时常一个人流连在西子湖畔。最终他还是决心到管理干部学院去看一看，了断一下小城故事给他留下的心结。

十多年过去了，管理干部学院已经建起了新校区。老校区里基本上还是老样子，但是当年卫芸住过的那一排没有电源插座的平房，已经没有了踪影。

翁伟昂仿佛看见了十多年前的自己就是站在这里，猜测着不辞而别的卫芸会怎么看待他和那个雨夜的拥吻。然而此时已经人到中年的他，品味到的却只有"是非成败转头空，青山依旧在，几度夕阳红"的悲叹。

为了消减心中的压抑和感伤，在从管理干部学院回宾馆的路上，翁伟昂没有坐车，一路上走着回去。他又回想和思念起了江春敏，回味着与江春敏的初恋，回想起了他们相恋的那一天。那时的自己将江春敏送回州歌舞团的宿舍后，也是这样一个人走在回去的路上。

在那飞扬的青春里，翁伟昂曾经觉得自己将拥有他所梦想的一切，然而面对即将到来的中年，从爱情到家庭到孩子他却一无所有。现在他唯一拥有的，也只剩下那个亿万富翁之梦了。如果这就是"天将降大任"于他这个"斯人也"，那么这个"大任"也就是救赎他灵魂的救命稻草了。

他脑海里仿佛有台时光机时常载着他，就这样在过去与未来，理论和现实的时空虫洞间遨游。时空虫洞这个概念是在1916年，由奥地利物理学家路德维希·弗莱姆首次提出的。这为时空旅行打开了想象空间，于是人猿的后裔们在科幻小说中就有了时光机的想象。有些大科学家也预言存在着时空虫洞，这些大科学家可不是等闲之辈。

到了1930年，大名鼎鼎的爱因斯坦和纳森·罗森在研究引力场方程时，假设了时空虫洞是宇宙中可能存在着的连接两个不同时空的狭窄隧道。他们认为通过某些时空虫洞，时光机可以进行瞬时的空间转移或者时间旅行。虽然迄今为止，科学家们仍然没有观测到时空虫洞存在的证据，但是在科幻小说和科幻电影里，时光机已经成为常用的道具。

翁伟昂对高深的天文物理学没多大兴趣，他知道自己不是那块料。他也不曾痴迷科幻小说和科幻电影，可是他觉得其实每个人的脑海里都可以有一台自己的时光机。毕竟在伟大的超常进化的现代人类大脑里，蕴含着无限的想象力和意识流。那想象力就像是时光机，而意识流则像是这台时光机的驾驶员。

他自己脑海里的这台时光机，此时就在他的意识流的引领下，承载着他去探寻他所冥思苦想的那些难题。与先锋派文学家们追求的那些莫名其妙的意识流写作不一样的是，他的意识流是冷静、客观、逻辑清晰的，而那些先锋派文学家们描写的意识流，更有点像是精神失常。

在那段时间里，翁伟昂脑海里的时光机所要探寻的问题，当然就是他能否梦想成真地成为亿万富翁了。而令他感到宽慰的是当他脑海里的时光机，在完成了对纸币的发明与古代中国的五大发明三大商品的探寻后，他就越来越相信他的亿万富翁之梦已经近在眼前了。

在他的内心深处，他既感谢来自西方的现代文明，也感谢老祖宗们创造的古代中国文明。因为纸币就是古代中国人民的一大发明，更是中国对人类现代文明的一大贡献。

博览群书又是金融专业出身的翁伟昂当然清楚，中国纸币的起源可以追溯到汉武帝时的白鹿皮币和唐宪宗时的飞钱。由于白鹿皮币的价值远远高于皮币的定值，因此这种白鹿皮币就成了一种奢侈品，只是作为王侯贵族间的贡赠之用，实际上并未用于商品和货币流通领域，因此并不是真正意义上的纸币，但也可以说是纸币的雏形了。而真正能够行使完整货币职能的纸币，则是出现于北宋时期成都地区的交子了。

翁伟昂在杭州驾驭着他脑海里的时光机，思考着纸币的理论问题时觉得很有穿越感。因为杭州正是公元1126年靖康之变时，金国军队兵临汴梁，掠去徽、钦二帝及大量财物时，赵宋皇族被迫南迁建立的南宋首都。

当年宋徽宗第九子康王赵构幸免于难，在南京应天府（今河南商丘）称帝，史称南宋。而南宋朝廷南迁后的临安府，就是今天的杭州。金军几度南下都未能消灭南宋，南宋名将岳飞的北伐也都无功而返，就这样南宋和金国形成对峙局面，直到13世纪蒙古帝国崛起。

公元1258年，有着600多年历史的伊斯兰封建军事王朝阿拉伯帝国，在蒙古帝国西征统帅旭烈兀的铁血征服下灰飞烟灭。而那时的南宋军民是亚欧大陆上，抵抗蒙古铁血征服的反抗者中最顽强，也是坚持到最后的。

无奈在冷兵器时代，文明很难战胜暴力。在经过了近半个世纪的拼死抵抗后，公元1276年南宋首都临安府被攻占。公元1279年，逃亡到了广东江门的南宋军民在崖山海战中战败，陆秀夫背着宋末帝赵昺与十万军民跳海殉国，宋朝前后300多年的历史就此终结。

翁伟昂脑海里的时光机就这样在历史中穿梭，此时此刻在这南宋临安府的旧地不禁感慨万千。世界上的第一个纸币交子，就发行于北宋天圣元年（公元1023年）。交子是古代中国的重要发明之一，也是人类历史上第一个由政府正式发行的法定纸币。元朝时马可波罗将纸币的概念传播到了西方，直到交子发明的500多年后，欧洲才开始使用纸币。但是翁伟昂无法理解，为什么这一重要发明在中国历史上一直被轻视呢？

这一方面可能是由于中国人的历史观，受到了中国传统文化重义轻财传统价值观的影响，另一方面很可能是由于中国长达数千年的封建等级制度，对中国人重农轻商思想观念上的束缚和禁锢。可是无论从任何角度考察和研究，翁伟昂都觉得纸币的发明对人类文明所产生的巨大贡献和影响，一点都不亚于人们所熟知的四大发明，所以纸币完全可以与这四大发明一起并称为古代中国的五大发明。

"很可能纸币发行固有的通货膨胀问题,是中国人对纸币感情复杂的原因吧！"翁伟昂只能这样感叹。他觉得纸币发明于中国北宋年间并不是偶然的,这应该是古代中国经济发展到一定历史阶段的必然产物。

在杭州的那几天里,翁伟昂在冥思苦想中了断了他这十年来的心结。他一边默默地与那小城故事道别,一边驾驭着他脑海里的时光机,在沉思遐想中缕析着他的世界观。

他要继续北上之行了,去追寻自己的亿万富翁之梦。并驾驭着他脑海里的时光机,继续在历史与未来,理论与现实的时空里自由地探索、遨游。

第十二章　京华烟云

飞往京城的航班起飞了，翁伟昂坐在头等舱里眺望着玄窗外的笕桥机场，在心中默默地向杭州告别，向他的小城故事告别，也向笕桥机场告别。因为他在和江南这边的老同学们的聚会中得知，由于笕桥机场军民混用，所以杭州市在萧山建设了新机场。他下次来杭州，也许就要降落在萧山机场了。

望着远处刚刚降落的一架拖着减速伞的解放军战斗机，翁伟昂觉得此情此景是这样的熟悉。十多年前当他离开这里飞回首府时，等待他的是那个凄婉的小城故事。如今他即将飞往的京城，等待他的又会是什么呢？会是他那个梦寐以求的亿万富翁之梦吗？

京城对于翁伟昂来说，是那样的熟悉，又有点陌生。说熟悉是由于他是在京城上的大学，说陌生是因为一方面京城近年来的发展变化并不比特区慢多少，另一方面随着他博览群书和蹉跎阅历的历练，他发觉自己对那座他本觉得熟悉的京城的认识，原来是那样的肤浅。

让他意识到这一点的，是在他读了林语堂的长篇小说《京华烟云》之后。《京华烟云》是林语堂1938年8月至1939年8月间，旅居巴黎时最初用英文写作的长篇小说。林语堂原本正打算将《红楼梦》译为英文介绍给西方读者，但因国难当头，就决心仿照《红楼梦》的结构写一部长篇小说，向西方人民介绍受苦受难的中国人民和中国现代历史，于是就写出了这部《京华烟云》。

小说讲述了北平曾、姚、牛三大家族，从1900年义和团运动到抗日战争30多年间的悲欢离合和恩怨情仇。并在其中穿插诸多历史事件，全景式展现了现代中国社会风云变幻的历史风貌。

这部小说多多少少有点颠覆翁伟昂的世界观，似乎向他展示出了他们那一代人不太了解的京城原貌，因而强烈地吸引着他去重新探寻中国的近现代历史知识。毕竟对于他们那一代，以在 20 世纪末实现四个现代化为奋斗目标的知识分子们来说，"现代化"这个词是个挥之不去的心结。

　　客机已经爬升到了云层之上，开始了巡航飞行。翁伟昂觉得有点困倦，就放到座椅一边闭目养神，一边胡思乱想着他此次的京城之行。不知不觉中他睡了过去，可是他脑海里的意识流并没有休息，而是驾驭着他脑海里的时光机，在这世纪沉浮中穿越回了 130 多年前的清朝末期。

第十三章　时代交响乐

到了京城之后，翁伟昂一下飞机就约了王真吃饭详谈。也就是看在老同学的份上，王真才在百忙中抽出时间来给他了这个面子。

如今的王真已经是正厅级干部了。在这京城里这个级别虽然无足轻重，但王真可是部委里的正厅级，又世居京城，这个分量就更重了。如果没有他这位京官同学的指点与疏通，他那公司股票上市的事是万万不行的。

想想十几年前，他在西江市宴请王真这位京城来客时，自己那时已经是副处级了，他的心里就多少有点失落。如果他一直在体制里熬下去的话，凭他的学历和能力，这十几年下来，他也早就是正厅级了吧？没准都已经是省委常委了！

然而这是他自己的选择，他不想后悔，后悔了也没用。他只是和王真以及他的老同学们，选择了不同的人生道路而已。虽然"道不同"，但是在这个普遍联系的市场经济中，却必须"相为谋"。而且为了"天将降大任于"他这个"斯人也"的使命，他必须得拿出跑步前进的劲头来才行。

几天下来，在王真的疏通和翁伟昂跑步前进的劲头下，他的"大任"已经有了眉目，这终于使他可以松一口气了，于是就想满足一下自己到京城这几天来，突然冒出来的一个心愿。

原来这几天翁伟昂只要一闲下来，脑海里就总是浮现出他在来京城的飞机上做的那个梦。那个梦里的情景那么的清晰，就仿佛他亲身经历过一样。所以他的心里就突然冒出来了这个心愿，那就是想到恭王府去看一看。

恭王府位于西城区，是清代规模最大的一座王府。1852年恭亲王奕訢成为这个宅子的主人，恭王府的名称也由此得来。恭王府历经清王朝由鼎盛而至衰亡的历史进程，承载了极其丰富的历史文化信息，所以就有了"一座恭王府，半部清代史"的说法。

翁伟昂在京城上大学时就听王真说过，恭王府将要腾退修缮然后对公众开放。20世纪80年代初的恭王府旧址是个被8个单位占用，数百户居民聚居的大杂院。后来翁伟昂毕业离京后，就再也没有关心过这个事情。在这次宴请王真时，他们又聊起了修复恭王府的事。

王真告诉他说，那些单位居民早就搬迁了。1988年恭王府花园就对外开放参观，但是要完成恭王府府邸的修缮工程就没有那么容易了。这不但要花大价钱，而且文物修复还要修旧如旧。

尽管如此翁伟昂还是想去恭王府花园看一看，因为那里可不是只出过恭亲王一位大人物，他听王真说最初建设那个传奇地方的竟然是历史上鼎鼎大名的大贪官和珅。他现在才知道自己的历史知识是多么肤浅，所以免不了又要去探寻一番了。

他了解到在乾隆四十一年（1776年），当年在乾隆皇帝面前红得发紫的文华殿大学士和珅，相中了这块四周萦水、遥接西山，而且又离"皇上家"不远的风水宝地，遂以高价购买下这里的多处地产。开始在这东依前海，背靠后海的位置修建豪华宅第，时称"和第"。

可是好景不长。嘉庆四年正月初三，在位六十年，禅位后又继续训政三年，当了三年太上皇的乾隆皇帝归天。行使最高权力长达六十三年零四个月的乾隆，是中国历史上实际执掌国家最高权力时间最长的皇帝，也是最长寿的皇帝。真是一朝天子一朝臣，乾隆皇帝驾崩的次日，嘉庆皇帝就褫夺了和珅军机大臣、九门提督两职。

抄了"和第"后，估计和珅贪腐的全部财富约值白银八亿两，大约相当于当时清政府十五年的财政收入，所以民间就有了"和珅跌倒，嘉庆吃饱"的说法。同年正月十八（1799年2月22日），和珅被"赐令自尽"。而"和第"则被赐予了"爱豪宅不爱江山"的嘉庆胞弟、庆亲王永璘所有。咸丰初年（1851年），内务府把庆王府从永璘后裔的手中收回后，咸丰帝将这处豪宅赐给了恭亲王奕䜣，这就是今天的恭王府了。

翁伟昂游览恭王府花园时正值隆冬，不过那一天倒是阳光灿烂，穿着羽绒服这样走了一圈后竟然有点冒汗了。再加上这几天在跑步前进的节奏下，疏通各路关系不免有些身心俱疲，头有点犯困，他就在恭王府花园里的一处茶室坐了下来，打算休息一会。他要了一碗大碗茶和小吃，吃喝了一会后，就靠在高背藤椅上休息。

当年在这王府、贝勒府扎堆的什刹海地区，恭王府以其富丽堂皇而被称作"城中第一佳山水"，更因其堪比故宫的府邸建制而声名显赫。

翁伟昂将剩下的半碗大碗茶一口气喝干后想着满腹心事，仿佛时代交响乐在他的脑海里回荡着。的确，每个时代都有每个时代的历史使命，他自己也在完成他们这个时代的历史使命吧？

但是他无法在这时代交响乐中沉思太久，毕竟此次来京的使命只完成了一半。可现在他是继续北上，到东北寻找姚姬，还是直接返回特区呢？

思忖再三，他在这个问题上做出了选择，最终对自己说道："还是先回特区吧，也该去看看她们了。"

翁伟昂在从恭王府花园出来时，看到大门口的小贩在叫卖冰糖葫芦和木刻的"福"字。那个京城小贩口若悬河地用京腔对他说，这个木刻的"福"字是金丝楠木的，挂在家里既可以求财，又可以辟邪。

翁伟昂不知道这金丝楠木的真假，但是看到那个桃心形的"福"字上下用红绳编了挂钩和穗子，看起来很是喜庆，于是就掏钱买了一个。一方面是想留个纪念，另一方面他也觉得自己确实要来点求财辟邪的了。虽然他仍然认为自己是一个唯物主义者，但是他现在已经有点不得不相信命运了。

第十四章　独自泪流

　　翁伟昂凝望着海面上的浮云，心中充满着忧郁和悲伤。天边的白云懒洋洋地在他眼前变幻，慢慢地向着远处的大海飘去。

　　回到特区已经一个星期了，这个星期翁伟昂的大部分时间都泡在了珠海软件基地。在曹力副总经理的主持下，超级 MIS 系统已经进入了源代码开发阶段，这意味着这套新系统的开发工作已经正式开始了。看到各项工作都已经进入了正轨，翁伟昂总算松了口气。到了周末，他打算去看看她们了，于是就来到了这里。

　　陵园里静悄悄的，只有稀疏的几个人。由于刚下过雨不久，所以两座墓碑看起来都很干净。翁伟昂将带来的两束鲜花，一束放到了范婵的墓碑上，另一束放到了赵裳的墓碑上。他凝望着这两座墓碑，两行悔恨而又无奈的热泪不知不觉地流了下来。

　　看到不远处有人走来，翁伟昂擦了擦眼泪。他先向范婵的墓碑三鞠躬，然后又向赵裳的墓碑三鞠躬后，就离开了陵园，驾驶着他的 Jeep213 越野车向着海滨公园驶去。

　　海滨公园里有一片石桌、石凳，翁伟昂找了一处清静点的地方坐下，然后呆呆地向不远处的烧烤区望去。他想起了小城，想起了大西北。在那里，野游的时候人们都是钻进有树有水的山沟沟里，然后一部分人开始游玩，另一部分人就开始埋锅造饭。

　　那里的人们常常把羊肉、黄萝卜、皮牙子（洋葱）和各种调料放在一个大锅里用慢火炖，这种野餐被戏称为"和尔炖"。而这里流行的则是港台风，公园里的野餐区设有用砖块水泥砌成的火槽，人们就像西北那边烤羊肉串一样，用长竹签串上鸡腿、鸡翅、肉肠，甚至各种水果在火上烤，倒也别有一番情趣。

烧烤区那边围坐着的大部分都是成群结队郊游的学生和年轻人，也有全家出来野游度假的。人们显得那么的悠闲、那么的快乐、那么的心满意足，像是没有任何烦恼和忧伤。

"那是多么快乐的生活啊！"翁伟昂在心中羡慕地感叹。他想起了江春敏，想起了十多年前在小城的那次郊游中与江春敏的重逢。他真的没有想到那次重逢，竟然改变了他们两个人以及和他们相关联的这么多人的命运。

他思念江春敏，更为她担心。他不知道江春敏现在在哪里，甚至不知道她是死是活。她会遭遇到像范婵和赵裳这样的悲惨命运吗？还有姚姬，她为什么也要不辞而别，像江春敏那样消失得无影无踪？

一想到这里，翁伟昂又开始独自泪流了，悔恨和无奈压抑着他的心。但是他又能有什么办法呢？这就是他的命运，也是她们的命运。

"在这世纪沉浮中，谁又能预知自己和所爱的人的命运呢？每个人都在或是主动，或是被动地追寻着各自的梦想，可是世界和时代却在不知不觉中发生着巨变。没有人能够预知明天到底会发生什么，难道真是命由天定？"

翁伟昂一边悲叹，一边站起身来向着海边走去。他望着天边的浮云、眼前的海浪、远方的海平线，还有右前方一处不知名的女神石雕。他默默地伫立在那里，静静地眺望着大海，倾听着海浪的声音。

他沉浸在这海天之间，仿佛在向这海天寻求着答案。他的心被过去的记忆折磨，他有时甚至在想，如果他成了一个失去记忆的人，那么他会不会感到幸福？

然而那些记忆对他来说却永远难以忘怀，他正是从那些记忆中走来，走到了现在，走到了这里。那些记忆记载着他的青春、他的奋斗、他的梦想，还有他的爱恨情愁。

"多么难以忘怀、多么难以理解、多么不可思议！仿佛瞬息之间，一切却会改变。就像一场游戏一场梦，难道真是前世注定？"他在心中悲叹，深深陷入对往事的回忆中而无法自拔。

也是在这个海滨公园，也是下过雨后不久，空气清新而又湿润，云雾也在悄悄地散去。一切似乎都是湿润的，湿润的天、湿润的地、湿润的心。与现在不同的，只是那时候的海滨公园还很简陋。既没有这片石桌石凳，也没有那边的烧烤区，只有几条坑坑洼洼的石子路。

他和范婵就并肩走在还有些积水的石子路上，却都一言不发，好像刚刚认识一样。尽管不久前他们还云雨情深，但此时他们之间却已经产生了深深的裂痕。

"为什么呢？"翁伟昂这样问着自己，回想着自己到底做错了什么。他的心里空荡荡的，觉得这世上的一切都是这么的无聊。失落感深深地包围着他，使他的身心感到那么压抑。

前两天他莫名其妙地变得无所事事了起来，内心深处充满着一种难以言说的痛苦。他不想待在他的电脑小店里，来了顾客也爱答不理。如果是在以前，每看到一个顾客都会使他的内心充满兴奋和喜悦。他会认真地询问顾客的需求，热情地推荐各种电脑配置和配件。顾客不买也没关系，只要一闲下来他就阅读各种计算机资料，然后再琢磨和思考经营中遇到的各种困难和技术问题。

可是现在他的脑海里却是一片乌云，创业以来支配着他的精神、理想和热情已经无处寻觅，仿佛这世界上所有的一切，都在处处与他为敌。他的心陷入一种无所适从的焦躁之中，于是只能站起身来，在小店里踱来踱去。

"就这样生活下去吗？仅仅是为了活着而生活？"在他的心中一个声音向他问道。可是如果仅仅是为了活下去而生活，他又何必放弃他曾经拥有的一切来到特区，又何必下海创业呢？难道仅仅是为了活着而活着吗？

有时候，翁伟昂真的怀念小城里那美好而又无忧无虑的时光。对于一个成年男人来说，事业和家庭不就是生活的全部吗？可是现在他却面对着这样一个无奈的现实。他那曾经远大的理想，正似乎不可逆转地滑向一条绝路，而本以为会使他迎来第二个青春的鹏城之恋，又使他感受到了某种屈辱。时间就这样悄悄地逝去，离关店的时间还有几个小时。这短暂的几个小时如果是在以往，他会使它过得紧张而有意义，可是现在呢？

他的勇气、他的热情、他的信念都像是已经失去而不复存在了，于是这未来的几个小时也就变得毫无意义。再在小店里待下去，对他来说简直像是被关在了囚笼里，于是他提前把店门关了。

在特区雨雾朦胧的街道中，翁伟昂漫无目的地走着，不知道自己在干什么，想干什么。雨中的一切都那么宁静而又安详，清新的空气使他的心中不禁涌起阵阵柔情。这阵温柔在他的心中慢慢荡漾，过去的记忆、未来的梦幻、现实的残酷同时在他的心中回荡。

一个影子在他的心中一闪而过。他知道那是谁，但他强迫自己不要去想她，于是只能将视线转移到了街上。小雨使往日颇为繁华的街道冷清了许多，街上的行人寥寥无几。他努力使自己的心向别处去，可是不管怎样，最后却必然回到那个影子上。

"为什么？这到底是怎么回事？"他不禁问自己，"是因为爱，还是仅仅因为心灵的空虚？"可是不知不觉中，他发觉自己的脚步已经不由自主地转了方向，整个身心都仿佛被一股魔力控制着、推动着，去追寻她的身影。

想见见范婵，仅仅是想见到她的身影，并不打算和她说话，也不愿意让她发现自己。又有什么话好说呢？不吵架就万幸了。可想见见范婵的念头却是那么的强烈。这个念头令他无法忍受，心情也不禁为之焦躁了起来，于是他不由自主地向着新潮商场走去。现在离范婵下班的时间还有大约 20 分钟，可是他的脚步又有些犹豫。

是啊！看见了又能怎样呢？不愿意和她说话，因为根本就不知该说些什么。甚至连让她看见都不敢，这将是一个多么尴尬的时刻啊！

"唉！还是不要看见得好。"仿佛下了决心，他转身向对面的街上走去。已经横穿过了公路正打算继续前行，可他的脚步却又慢了下来。心中的渴望又无法抑制地升腾起来在胸膛里激荡，他终于停下了脚步茫然地转过了身去。他的视线越过公路上的汽车和行人，向车站上望去。

"是她，那是她！"他的心中一亮，肯定地对自己说道。

范婵穿着天蓝色的运动上衣,下身穿着黑色的紧身健美裤和白色的旅游鞋。她撑着红色的雨伞,腰身紧致而又优美,给人一种清纯、健美的感觉。由于距离有点远,又是在雨雾之中,翁伟昂无法看清范婵此时的神情。但是从范婵和姚姬、赵裳谈笑的姿态来看,可以感觉出她此时的心情一定很好,可以肯定她脸上的神情也是充满快乐的。

翁伟昂搞不清楚自己的心中到底是一种什么样的感觉,只是觉得心里绞痛、憋闷得难受。他的腿,载着他的身躯已经不知不觉地向她们走去。在那一刻,想和范婵和好如初的愿望是那么的强烈。突然,他看到姚姬拉着范婵和赵裳嬉笑着向前跑去。车站上等车的人们连同他的目光,都一起追逐着这三个欢快跑动起来的女子。

一辆黑色的皇冠轿车在不远处停了下来。车门打开了,一个陌生男子从车里钻出来拉开了后座的车门,这三个女子嬉笑着钻进了那辆豪华轿车的后座里。皇冠轿车飞驰而去,转眼之间就在翁伟昂的视野里消失了。

周围一切如旧:不停滴落着的雨滴,仍然强劲的海风,往来不息的汽车和行人,还有伫立在这大穹下的他自己。但他却觉得这世界似乎空了,周围的一切也都空了,他的心也彻底得空了。一切似乎都是空的,这世界、这情、这景、这人、这物。

翁伟昂的脑海里生出了许许多多的幻觉,他仿佛想打什么人,拳头握得紧紧的,心底里的愤怒似乎要将胸膛崩裂。过了很久,他终于使自己的情绪稍稍稳定了下来。于是不由得对空长叹,深深地吐了一口气,然后猛地一拳向身边的一棵老榕树上砸去。

一阵钻心的疼痛几乎使他的泪流了出来,疼痛使他麻木的神经又似乎有了知觉。他仰望着灰蒙蒙的天空,总觉得在周围似乎有一种神秘的东西包围着他,那东西从四面八方向他压迫过来。

雨还在不停地下着,他似乎觉得这世上的一切都越来越黑暗,越来越无聊了。虽然已经到了吃饭的时间,但他一点胃口也没有,现在就连吃饭对于他来说,都成了一件痛苦的事。他在街上漫无目的地游荡，直到自己整个身心都已经疲惫不堪了，才在一座立交桥上停了下来。他趴在桥栏上茫然地向桥下望去，望着那各种各样的汽车从桥下奔驰而过、飞驰而去。

他忽然羡慕起了这些驾驶着汽车四处奔忙的司机。他们是多么自由啊！仿佛能够随心所欲，可他们并不能永远这样奔忙下去，总是还得寻个归宿。但哪里是归宿呢？是事业？是爱情？是婚姻？是家庭？

思索并没有给他带来解脱，反而使他的身心更加痛苦。他的心胸仿佛被什么东西压抑着。这时一幢正在建设中的宏伟大厦映入了他的眼帘，他整个身心都仿佛被吸引了过去。那座大厦矗立在不远处，雄伟的气势使他不由得想象起了它未来的富丽堂皇，于是他的心胸渐渐地开阔了起来。

无论如何，这拔地而起的正在建设中的大厦的确给了他一种震撼，使他隐隐约约地意识到，尽管现实是残酷的、灰暗的，但这个世界毕竟是广阔的、博大的、无限的，而他自己的未来也将是漫长的，充满着希望的。

"是啊！我才三十多岁啊！"他不禁感叹了一声，心情也渐渐轻松了一点，许多美好的希望、美好的情感又在心中升腾、激荡。

"为什么不告诉她呢？为什么不？既然对她充满着眷恋，又何必这样埋藏在心中呢？"这个声音使他的心沸腾了起来，这个想法重新使他的心充满了勇气，于是今天他们来到了这里。

"哎，好不容易休息两天，你带我大老远地坐海轮，漂洋过海地来到这里，不会只是要我陪着你漫无目的地四处闲逛吧？"范婵这样问道。

"当然不，我是有许多的话想跟你说。"

"是吗？那就说吧，我听。"

"怎么说呢？其实，我要对你说的话，你都可以猜出来的。"

"未必吧？你心里的话，我又怎么会知道？"范婵似笑非笑地反问道，在夕阳的照耀下，范婵美丽的容颜显得愈发的娇美了。

翁伟昂凝望着范婵在这夕阳下美丽的脸颊，一时间心里暖意融融、柔情似水。

这情、这景，永远地留在了他的心底里。这是范婵留给他的，最后一个最美的记忆。

范婵就那样似笑非笑着向他问道："喂，你怎么不说话？"

翁伟昂仍然没有回答，就像没有听到。他总觉得在范婵似笑非笑的神情背后，似乎有什么瞒着他。而这两天，他又一直在心中猜测着那天看到的，那个从皇冠轿车里钻出来的陌生男子的身份。一想到这里他的心就紧紧地纠在了一起，种种预感使他这些天一直心神不宁。那人性中所有的弱点，此时在他身上暴露无遗。他的心直往下沉，痛苦而又屈辱的神情已经浮上了他阴云密布的表情里，而这一路上范婵其实已经猜出了他此时的心情。

"伟昂，我觉得我们两个在一起不太合适。"最终还是范婵把话挑明了。

翁伟昂像是听见了，又像是没有听见。范婵的声音仿佛来自遥远的天际。他呆滞地凝望着范婵那美丽的容颜，此时他的肉体、心灵、思想、情感都陷入麻木之中，他想说点什么，可却怎么都说不出来。

"所有知道我们关系的人，都说我们在一起不合适。其实一开始咱们好上时，赵裳就跟我说你太木讷了，我们两个的性格根本就合不来，就算以后勉强结婚了，也会离婚的。姚姬对你本来是可以的，可是现在也说你太木讷了，见了人家连话都没几句。"

"是吗？可是她们对我都很好啊！"

"是呀，她们对你是很好。因为你是我的男朋友，她们能不对你好吗？可是这并不妨碍她们说你呀。她们那样做只不过是给你点面子，你以为你是谁啊？！"

"她们可真够尊重我的，"翁伟昂小声地说道，"我难道真的那么不好吗？"

"你这个人根本就不行，待人一点都不热情，你总是顾着你自己，干什么事都那么自私，总是想着自己，就惦记着你那个小店，根本就不会照顾别人。"

翁伟昂惊愕地望着范婵的面孔，难以置信的一句话都说不出来。

"咱们恋爱这么久了，我晚上加班的时候你接过我一次没有？一个星期只打一次电话见一次面，你把我当什么啊！跟你说实话，我要想出去玩，只要随便打个电话就行了。需要你的时候根本见不上你的面，人家赵裳的男朋友一加夜班就来接她。下雨了送雨伞，天冷了送衣服。姚姬的老公虽然飞来飞去，可是那时候每天都给人家打长途……"

"可是他遇难了。"翁伟昂的眼前浮现出了单晓的身影。

"是的，他遇难了。人家在的那时候，隔三岔五地给姚姬送这送那。倒不是那些东西有多么值钱，可起码说明人家会来事。这么长时间了，你又给我买啥了？"

"我是想给你买的，可逛商店的时候，你总是说这也不好那也不好的……"

"我是那样说的，可不管我喜欢不喜欢，只要是你送我的，我都会高兴的。我生日时你送我的这只烂手表，又宽又厚连日历都没有，我一直都戴着。"

"对不起，也许我的确是太不了解女孩子的心理了。"

"你不是不了解，你是根本不愿意了解，不想了解，你的心里根本就没我。那次周末说好了到我叔叔家里吃饭，可等到天快黑了你才来，气得我一晚上没睡好。还有一次星期天，你接我到你那里去，你让我坐着，说累了躺一会，可你一躺下就睡着了，一睡就是好几个小时……"

"可那都是有原因的啊！周末那一次，有个商场的计算机出了毛病，人家周末结不了账，我必须去修理，我也是没办法啊！星期天那一次是我不对，我也很后悔，可我当时真的不是故意的。那前一天晚上，我改一个程序，一直改到夜里三点钟，我当时实在是太累了，我只是想躺一会缓一会，可不知怎么的就……我也是因为工作啊！"

"工作、工作，你就知道工作，可你挣大钱了吗？"

翁伟昂觉得自己的心又被重重地戳了一下，他久久地说不出话来，他们之间陷入到了死一般的沉寂中。夜色已经悄悄降临了，翁伟昂觉得四面的黑暗向他压来。他感觉到了一种绝望般的痛苦，他那曾经的"天之骄子"的傲气已经荡然无存了。他未来的理想、事业和前途都变得一片黑暗。

他已经不是体制里的人了，也没有了福利和保障，现在无论是他自己，还是他未来的家庭，都需要他的这个电脑小店养家糊口。可是这个电脑小店的确难以挣到大钱。范婵说得没错，因为上次进货缺一些钱，还是范婵借给他的。难道他付出了这么大的代价，这么多的心血，仅仅就是为了养家糊口吗？这与他当初的愿望相比，相差实在太远了。他从来不曾想到，他的一腔热血，换得的却仅仅是养家糊口。难道未来已经没有希望了吗？那么以后的生活还有什么意义呢？

望着范婵那不屑一顾的神情，翁伟昂真有点不敢相信自己的耳朵，但是范婵却依然有点挑衅地继续说道："你这次约我出来，是不是想得到我对你的一些怜悯和同情呢？"

翁伟昂不禁一惊，随口说道："不！你以为我是什么人？如果我真是想得到怜悯或是同情的话，随处都可以得到，完全没必要跑到你的面前来。"

"是吗？那么到底又是为了什么呢？"范婵的脸上似乎浮起了一丝嘲讽的笑意。

"我只是想寻求一种理解，仅此而已。"

"可这又和怜悯同情有什么不同呢？不是都一样吗？"

"一样？"翁伟昂茫然地反问，"怎么能一样呢？理解怎么能与同情和怜悯画等号呢？"

范婵的脸上露出了一阵不耐烦，茫然间翁伟昂似乎感觉到范婵在故意激怒他。他的心里不禁有些害怕，因为他发觉现在的范婵和以前的范婵已经判若两人了。

他的心直往下沉，于是勉强说道："是的，我承认同情和理解之间是有联系的，但我总觉得理解并不等于同情。我觉得理解应该是建立在共同的理想和彼此的信任基础之上的，一种经过了升华的美好的感情。与同情相比，那应该是一种更美好的情感。"

"是吗？真看不出来，你还蛮有诗意的。看来，你真的应该回到那座小城里，继续当你的副市长。"范婵的语气中带着明显的嘲讽。

翁伟昂的心继续下沉着，失望和屈辱的阴影笼罩着他，他茫然地望着范婵美丽的脸颊，真想一眼看穿她此时到底在想什么。于是在心中揣摩道，"为什么我的心，再也无法与她共鸣了呢？她说的这一切是真话，还是仅仅在跟我开玩笑？也许她还仅仅是个孩子，她虽然有着成熟的身躯，可她的思想却与孩子并无二致，也就根本无法理解我此时的心境了。"

不知不觉中天色渐渐地黑了。他们就那样并肩走着，低沉的气氛预示着不可避免的结局，范婵问道："既然你仅仅是为了得到理解，那又为什么一定要来找我呢？"

"我总觉得在这特区里，你是我唯一的知己，唯一的朋友，如果你都不能理解我的话，别人就更无法理解我了。"

"难道除我之外，你就连一个朋友都没有了吗？"

"我不知道。直到今天我也搞不清楚，到底什么才算是真正的朋友。"

"可我总觉得没有朋友的人是一个不正常的人。"

"就是说你认为我是一个不正常的人了？"

"我并没这样说啊。不过一般来说，我相信所有的人都会认为一个没有朋友的人是怪癖的人、变态的人、不健康的人。"

"未必吧？这话似乎有些过分了。人与人之间对朋友二字有着不同的理解，所以也就有着不同的需要了。人们有着不同的思想观念、价值尺度和思维方式，所以人们相处起来就自然会有许多隔阂。所谓物以类聚、人以群分，说的恐怕就是这个道理了。何况这里又是特区，三教九流的，所以还是谨慎一点比较好。"

"所以也就做不成朋友了？"

"也不全是。有很多在思想观念上存在差异的人，却有着深厚的友谊。"

"可你却没有朋友，这又是为什么呢？"

"不知道。我想或许是没有遇到志同道合的人吧！"

"那么你需要的朋友又是些怎样的人呢？这么难遇。"

"我一直都在寻找，但肯定不是那种只是在一起抽烟喝酒、喝茶聊天的酒肉朋友，我真的没有那么多时间。"

"那你想干些什么呢？我真不知道你一天到晚都想干些什么！"

"这个世界是如此博大，要做的事情太多了，可我们的生命又这么的短暂。一天里除去工作和日常生活外，剩下的时间只有几个小时。如果不把这仅有的几个小时用来提高自己的话，那么理想、事业、成功又从何谈起呢？"

"是吗？那我就更不理解了，既然如此，你又为什么没有取得成功呢？"

翁伟昂愣在了那里，是啊！为什么呢？他不禁也问起了自己。

"你是不是有些自命不凡、好高骛远了？你有没有想过，也许你的能力根本就无法去实现你所谓的理想。你又何必把自己看得那么高呢？你不觉得你自己有些太狂了吗？"

翁伟昂哑口无言，范婵继续冷漠地说道："谁见了你都说你这个人太傲了，到我叔叔家里也是那样。除了我之外，我家里没有一个人喜欢你的。"

"可，可我每次到你叔叔家里去，他们，他们都待我不错啊。"

"没错，他们待你是不错，可待我就不一样了。我叔叔老实巴交的，不说话也就罢了，可我婶子一天到晚在我耳边说，找了你这么个不会来事的人，非跟你受一辈子苦不可。她就是找了我叔叔，一点本事都没有，所以受了一辈子窝囊气。邻居们见了你后都跟她说，'你外甥女找来找去，怎么找了个这么样的人'。你想一想，我的心里是啥滋味？"

"对不起，我对这一切一无所知。如果不是你今天说起的话，恐怕我这一辈子都不会知道。"

"哼！你不知道的事情多着呢，没有一个人说你行的。谢总经理要给我介绍对象，安华也说有很多人托她给我介绍。我一直对他们说我觉得你人好、老实，可是现在就连姚姬也开始给我一会介绍这个，一会介绍那个了。"

"那么你自己呢？"

"我觉得我们不合适。"

"可我是真的爱你！在这个世界里最爱你的人是我。"情急之下，翁伟昂似乎脱口而出了一句歌词。

"你别那么自信。你说你爱我，那不过是时间长了日久生情而已。也许你现在是很痛苦，可是过一段时间就会没事的。你会有新的女朋友，很快会把我忘了的，这个世界是很现实的。"

"我会吗？"翁伟昂在心中问道，他茫然地向夜色中望去，像是在对范婵说，又像是在自言自语道："我过去都是骗你的，行了吧？我知道你跟我在一起，让你受了许多委屈。我们的性格也的确很不一样。我总有很多的事情要做，我也不喜欢社交、跳舞之类的活动，所以我从不限制你的交往。我并不是不可以改变，我也想带你去卡拉ＯＫ，可你并不让我带你去那种地方。"

"我那是为你好啊！你以为那些地方是好去的地方吗？特区里的娱乐场所都是高消费。你辛辛苦苦开店挣到那些小钱也不容易，何必打肿了脸充胖子呢？所以我就是想去玩了，也宁肯跟别人去。我是不想让你花这些冤枉钱。"

"是啊！我真该谢谢你的。我真不知道别人是怎么活的，那些花花公子们哪来的那么多钱。可我的确很想改变这一切，改变这个现实。"

"得了，你现在说这些又有什么用呢？这么长时间了，你要能改变的话早就改变了。那些话你以前不是没有对我说过，可那不过都是些虚幻的事。我看你是改不了的，再改还是这个样子。"范婵那冰冷略带愤怒的神情中，又增加了几分对他不屑一顾的语气。

翁伟昂在夜色中注视着范婵。这还有什么意思呢？一个念头闪现在了他的脑海里，"范婵，我觉得你变了，已经不再是以前的你了。"他不知不觉地说道。

"是吗？这不是很正常吗？大家都在变，这个世界也在变。在特区，不变反而不正常了，就像你一样。"

"可那要看怎么变，向哪个方向变啊！你现在一天到晚和姚姬缠在一起，这对你不会有好处的。单晓遇难后，我让你多陪陪她，让她散散心，可我不想你变成她那个样子。现在单晓不在了，她更需要有人陪着她玩，何况她本来就是那样的人。你现在的样子简直就是她的翻版，你也许自己没有意识到，可你的确已经被她改变了。"

"喂喂喂，别说那么难听好不好？！"

"你为什么要和我分手呢？难道仅仅因为那些个站不住脚的理由？你可以这样

对别人解释，可你以为我会信吗？我太了解你了。是因为想过得更自由呢？还是因为那个男人？"

"是又怎么样？我就是喜欢他，不可以吗？"

"看来要做个纯情女孩太难了，是吗？"

"哼，做个好男人也不容易。"

"听着，我记得我第一次拥抱你时就对你说过，你是自由的。你可以去做任何你想做的事，我说过的话是绝不会反悔的。真对不起，天黑了，已经没有轮渡了，我先送你去旅店吧。"

他们不再交谈，只是一起走出了海滨公园，向着不远处的一片旅店走去。翁伟昂明白他的鹏城之恋已经结束了，就像一首歌里唱的那样："所有的故事，只能有一首主题歌，我知道你最后的选择。所有的爱情，只能有一个结果，我深深知道，那绝对不是我。"

但是说来奇怪，有那么一刹那，他仿佛又看清楚了自己未来的道路，心中反而有了一种悲壮而又如释重负的感觉。海滨公园里依然是一对对的情侣，但是已经不再包括他们了。夜色笼罩了大地，可以听到远处的海浪声。除此之外，如果不去想刚才的那一番无情的对话，似乎一切都未改变。

"我先坐夜班车回特区了，明天天亮后你再回去吧。我们什么时候能够再次见面？你不要误会，我只是想把借你的钱还给你。"翁伟昂将范婵送到了旅店的房间时，这样问道。

"再说吧。"范婵说完，就关上了房门。

望着范婵那不屑一顾的神情，翁伟昂的心终于沉到了底。他突然意识到，这个结局也许正是范婵所需要的，或许也是命运再一次在冥冥中给了他指引。他转身坚定地离去，向着车站走去。

从那以后，范婵美丽的双眼对于翁伟昂来说，就成了他人生记忆中已经过去了的一部分。隐约中他的眼前似乎仍能看到范婵艳丽的容颜，还有她那娇美的，洋溢着青春气息的身体。那一切仿佛仍在他的身旁，近在咫尺，伸手可及。然而他知道已经有一堵无形的墙从苍茫中升起，隔在了他们之间。那堵墙若隐若现，已经将他们的心隔了开来，使他们灵魂之间的距离越来越远。那的确是一堵墙，一堵看不见、摸不着，但却又的的确确存在着的无形的墙。

"独自泪流，独自承受。然后继续去追求理想和真理吧！这是我唯一的出路。"翁伟昂再次对自己说道。这就是他在和范婵分手的那个夜晚，看清楚的命运再次给他指引的未来之路。

夕阳西下，潮涨潮落，潮水开始再次侵占海滩。翁伟昂站起身来，走下海滩，脱了鞋，然后挽起裤腿、提着鞋，迎着潮水走去。海水快漫过膝盖时翁伟昂才停下脚步，他望着眼前的海水和暮色中已经闪现了天边的点点星光，体验着与这大海接触的感觉。他的心中涌动着发自内心深处的震撼，他感受到了海洋的博大，宇宙的浩瀚和人生的神秘莫测。在这一刻他不再怨恨，不再悲伤，他感知着冥冥之中那命运之神给他的指引，这使他的心中始终充满着美好的遐想和继续前行的力量。

翁伟昂转身上岸，在水池里洗干净脚，穿上鞋，然后沿着海边的木栈道向着右前方的那座女神雕像走去。他走近了女神雕像，站在那里默默地凝望。那女神雕像就这样静静地伫立在这里，经受着风吹、日晒、雨淋，无怨无悔地守望着大海，一天、一月、一年，或许直到永远。翁伟昂就这样注视着这座女神雕像，心中仿佛有一个永远也无法解开的情结。

"一切都在改变，又像是没有改变。只要活着，命运就无法逃避，只有去征服它了。"走出了海滨公园，又回到了红尘中的世界，翁伟昂对自己这样说道。

他驾车在海滨公路上不快不慢地行驶。这段海滨公路因为是情侣们谈情说爱的好地方，所以被戏称为情侣大道。他在内心中祝愿那一对对情侣们幸福美好，而他现在信仰的却是"不在乎天长地久，只在乎曾经拥有"。

独处现在是他不多的快乐之一。独处使他的身心能够沉浸在冥思默想之中，使他的精神和情绪得以平衡和协调，而这正是和范婵分手所赐予他的。

当他告别了他的小城故事，也告别了他的鹏城之恋后，单身生活给了他充裕的时间和自由的空间。他不用再去理会人间烟火、家庭琐事。没有人能够再占据他的心灵，这样他的大脑就可以在他梦想的天空里遨游，他也就可以全力以赴地投入到创业的忙碌中了。

但这并不等于说，在那以后翁伟昂就过上了圣徒般的生活。他只是换了一种活法而已，他知道从此以后他的生活里只有一个主题，那就是挣钱。因为只有钱，也就是学名叫作货币的那个东西，能够转化成为资本。此时他已经非常清楚地意识到了，他的命运之神给他降临的大任是什么了。所以他开始雇用店员，当他觉得可以将看店的任务交给文幻后，他就去了一趟京城。

在从京城返回特区的硬座座位上，他决心去贷款融资，去投资炒股，去给自己开辟出一条资本之路。虽然有关资本的一切，在他上大学时的课堂上都是作为反面教材被批判的，但是反面教材也是教材，不是吗？

从那以后资本就像是一剂苦口的良药，在快乐的时光使他的身心充满着幻想和活力；在痛苦的时候，又使他倾覆的心得以平衡；在他迷茫的时候，又会在冥冥之中给他带来意想不到的灵感。他开始喜欢资本、迷恋资本了，就好像一个教徒需要教堂那样。

此时此刻他要驾车连夜赶回特区，就是为了参加明天商会的一个Party。显然参加商会的Party，并不是为了去吃吃喝喝。作为一家即将上市的科技公司的董事长，翁伟昂仿佛看到资本正向他迎面而来。

第二天的天气很好，正午的阳光照耀着特区，翁伟昂不由得对此时的北方人民有了几分同情。在参加商会的Party时他姗姗来迟，作为商会里的新贵他并不想引人注目。

来到Party后，他和认识的会员、来宾简单地打了招呼，随后更多的是倾听各位会员和来宾们的高谈阔论。时间不知不觉就到了傍晚，彩霞映满了半个天空。景色是美好的，可是翁伟昂的心里又泛起了几分无奈和忧伤，他还没有从昨天给范婵和赵裳扫墓的忧伤中恢复过来。当他想离开，独自去疗养他内心的创伤时，他的后背被轻轻地拍了一下。他本能地回过头去，看见金强不知什么时候站在了他的身后。

一看见金强，翁伟昂的心里就涌起了一阵莫名的愤怒，但是他并没有表露出来，只是冷淡地望着他，礼貌性地随口应酬道："没想到在这里遇见你，幸会。"

他的脸上显得若无其事，但他的心里却对金强有几分怨恨。因为正是由于姚姬认识金强，范婵才认识了高俊。但是在高俊和范婵先后遇害，最后清算高俊和范婵公司的过程中，金强又确实帮了一些忙，所以他又不得不对金强心存几分感谢。再说金强现在已经是支行行长了，以后和他打交道的时候还多着呢。

"商会这里都是大老板，我们银行要做好金融服务工作嘛！怎么样翁老板，这次去京城想必收获很大吧？来来来，机会难得，咱们聊一聊，喝几杯，翁老板一定要赏光呦！"金强对翁伟昂热情地说道。

翁伟昂不便拒绝，只得随着金强来到了楼上的酒吧间里。酒吧间里烟雾缭绕，迷雾般的灯光笼罩着大厅，乐队已经开始做开演前的准备了，就这样翁伟昂和金强攀谈了起来。

在进入了管理序列后，金强早已经不再到社会上兼职了。因为从1993年下半年开始，各家银行一方面普遍实行了奖金激励制度，另一方面兴办了各类公司，所以自那以后银行员工的收入普遍上涨，而各级领导的收入更像是坐上了火箭一般直线上升，很快就成了名副其实的金领阶层。对于嗅觉灵敏的金强来说，回归老本行就成了顺理成章的事。但是那几年在社会上兼职的经历，对于金强来说还是大有裨益，正是凭借着那几年积累的人脉关系，他才能够在完成银行每个月经常性的各类任务指标时在单位里拔得头筹。所以在银行进入了绩效考核时代后，金强很快就晋升为支行行长。

"来一瓶轩尼诗XO。"金强潇洒地对酒吧侍者说道。

招待翁伟昂这样的科技新贵是不能掉价的，再说这是商务接待，反正最后埋单的是银行，所以金强自然很有派头。善于察言观色的金强望着翁伟昂阴沉的脸色，也确实觉得有必要和翁伟昂好好聊聊了，而且他可能是最了解翁伟昂这几年都经历了什么痛苦的人。

"怎么？你的兴致好像不高啊。姚姬还是没有消息吗？"

翁伟昂没有回答，只是觉得心里闷得发慌。

"我想我能理解你，我也有过和你类似的遭遇啊！天南地北、五湖四海，只要是背井离乡来到特区打拼的人，哪个心里没有酸甜苦辣？谁的人生不是伤痕累累？老实说，我也觉得很对不起你呀！"

听到金强这么坦率，翁伟昂似乎对金强产生了几分信任感，而能够了解他这些年都经历了什么的人，似乎也只有金强了，所以就有了几分遇到知己的感觉。于是他半是客气，半是真心地说道：

"没有什么对不起的。要怪的话，也只能怪我自己了。"

"不能这么说。之所以会有这样的结局，还是我考虑不周。我不该让范婵和高俊相识。如果他们不走到一起，也就不会有这么多变故了。"金强诚恳地说道。

翁伟昂的心里一阵躁动，长久压抑着的情感化为一阵委屈，几乎将他的泪逼了出来。他心头的火气直往上撞，真想大发一通脾气，可是理智约束着他。他默默地喝下了一杯 XO，金强给他递烟，他也没有拒绝。

翁伟昂平常并不吸烟，只是偶尔在应酬时抽上几只装装样子。抽烟的时候也只是在嘴里含一下就吐出来，很少吸进肺里。他其实是一个很爱惜自己小命的人，自打上高中时听到尼古丁危害健康的宣传后，他就悬崖勒马，没有成为铁杆烟民。但是这一次，他深深地将一口烟吸入了肺里。

在白兰地和尼古丁的共同作用下，他觉得浑身燥热，全身的血液似乎都涌到了头上。这时候酒吧的乐队开始暖场了，慵懒而又欢快的爵士乐在酒吧里回响。

当他们喝完了第三杯 XO 后，金强说道："翁老板，你是一位很有才华，也很有勇气的企业家。坦率地说，我很佩服你。真的！因为在你的身上，我看到了我无法实现的梦想。刚强、自信、充满智慧，所以你一定会创业成功的。我就不行了，所以只能继续干老本行啊。"

翁伟昂望着金强不置可否，不知他到底想和自己聊些什么。

"我刚来特区时也是不吸烟、不喝酒。白天上班，晚上读书充电。我就这样生活了两年，我觉得特区的生活很有意思。虽然也时常感到孤独和寂寞，但美好的幻想始终伴随着我。可后来有件事刺激了我，使我知道了来到特区意味着什么。

"那是春节刚过，开始上班后的第一天，我乘大巴车去上班。返乡过年的人都回来了，那车里挤得就跟沙丁鱼罐头一样。我就琢磨着我什么时候，能像外国人那样有辆私家车。这时车厢里一阵拥挤，把一位姑娘正好挤到了我的身边。这是一位高个子的漂亮姑娘，一看就是北方人。她美得让人无法忽略她的存在。按理说在这特区也没少见过美女，可是我就觉得这位姑娘是那么完美。白白的皮肤，大大的眼睛，薄薄的嘴唇，美丽的脸上露出一副高傲的神情。我本能地护住了她，她就在我的面前，我闻到了一股淡淡的清香。

"但她根本就没有注意我，我和她一前一后地下了车。我紧紧地盯着她，心里充满了惆怅和向往。但令我惊奇的是她向我们银行走去，原来她是我们银行新来的员工。这让我的内心充满着幻梦，我梦想着与她共度未来时光。但我却没有对她表白的勇气。我整天都想与她相见，可是见到她后又不知该如何是好。想说的话一句也说不出来，而且还得用对她视而不见来掩饰内心的慌乱。

"这时一件意外的事给了我勇气。那一天我们主任把我留了下来，她告诉我最近要对基层领导进行一次大调整。上级领导已初步决定由我担任主任，以接替即将退休的她。这件事就像一支强心剂一样给了我勇气，一刹那间我觉得眼前一片光明。奇妙的是那天她的账目不对，我就在门外等她。在那一个小时里我的心里充满了勇气。

"她终于出来了。那天她穿着一件蓝色的连衣裙，高挑的身段使我心潮澎湃。我鼓起勇气走上前去，我想我一定能得到她。我觉得自己是大学生，且正直善良、才华横溢，所以我一定能得到她，她应该爱我才对。

"可是没有，她拒绝了我。我无法相信，她望着我难以置信的神情轻蔑地笑了。就像是要向我证明，从此以后总是有一个小伙子经常来接她。天哪！你能想象得出我当时的心情吗？"

翁伟昂摇了摇头，觉得有点不妥，紧接着又点了点头。

"那是一个矮个子的小伙子，长着一双铜球般的眼睛，但是每次来接我的心上人时，都开着一辆丰田轿车。那些天里我就像是生活在噩梦里，怎么也无法相信这就是我所要面对的现实。

"那些天里我就像是困在牢笼里的狮子，我想不通这到底是为什么。我想去打人、去高声呐喊、去砸烂这个世界。我就那样苦度着时光，后来我想明白了，这里可是特区。为什么要叫特区？因为这里和其他地方不一样。不一样在哪里？不一样就在于你没钱只能坐大巴，他有钱就可以开丰田轿车。就这么简单。"

像是在重温旧梦，金强又喝下了一杯 XO。满满的一大杯白兰地，使他的脸更红了起来。他一边给他们俩斟酒，一边又继续说道："这是个多么虚伪的世界，可我却必须面对它。我就这样生活着，但我忘不掉她。我不得不承认，她的确是美丽的。对于我来说，她就是这现实世界里最有魅力的女子。只要我的心里稍有空间我就会想起她，我在幻梦里梦想着拥有她，我的未来只能是她。

"可她呢？她不会知道。即便知道了也不过一笑置之，甚至还会得意扬扬，和女友闲聊时津津乐道。对她来说，她自己的快乐和满足自然是第一位的，而我的痛苦只不过是别人的事而已。她玩得很开心，那就是她的生活。我为她守住一颗心，我不是那种视爱情如儿戏的人。我始终坚守着我的这一信念，可是换来的却只是无穷的痛苦。我不禁问我自己，我是不是太傻了？你是不是也觉得我很傻？"金强冲着翁伟昂问道。

翁伟昂说不出话来，只是含笑望着金强红红的脸。他们又喝下了一杯 XO，金强接着说道："我那时的确是太傻了。在我身边有很多还算说得过去的女孩子。过去我和她们保持着距离，可现在没有这个必要了。时间过得太快了，一年时间转眼就过去了，可我又得到了些什么呢？我觉得我不能那样平平淡淡地生活下去了。

"就这样我开始琢磨着怎么去兼职赚钱了。在我的大学同学里，高俊是做得最好的。他在珠海拿了一块地做房地产，所以我就拉着他开始做梦罗马了。在那之前我就认识姚姬了，我们是在一次朋友聚会上认识的。我们相处了一段很短的时间，因为我的心里还有那位心上人，姚姬不久又认识了单晓，所以我们都没认真。也正因为如此，我们都没有觉得伤害了对方，我们还是朋友。梦罗马开业后，我请姚姬带她的朋友们过来玩。姚姬过来玩时，带来了范婵和赵裳。正好那一天高俊也在，就是在那一次，高俊看上了范婵。"

"金强，你喝多了。"翁伟昂实在不想听这些。

"不，不，我没喝多。"金强一边说着，一边让酒吧侍者又上了一瓶轩尼诗XO。

"你让我把我知道的都说完，你才能开始新生活，我也一样。"

"金强，你真的醉了，不要再喝了。"翁伟昂阻止道。

"我……我不会醉的。就是因为我有这个酒量，我才能当得了这个行……行长的。来……再喝……"

翁伟昂看到无法制止金强，索性就任金强继续说了下去。这时乐队奏响了《潇洒走一回》的序曲，随后传来了一位女歌手高亢的歌声："红尘呀滚滚，痴痴呀情深，聚散终有时，留一半清醒，留一半醉，至少梦里有你追随……"

第十五章　红尘滚滚

那是很平常的一天，正当金强快要下班的时候，接到了高俊的电话，约他一起去吃晚饭。高俊是金强大学时代的同班同学，他们互相欣赏却又互相看不顺眼。毕业了以后更是同人不同命，金强进了银行，高俊进了保险公司，可是不久就辞职下海，很快就发家致富了。

高俊发得不清不楚。他进了一家房地产公司，后来不知怎么的就成了那家公司的老板，于是就买起了地皮，然后盖起了商品房，再卖给全国各地到南方来淘金挖银的人。听说高俊挣了几百万、上千万，所以金强想参股梦罗马的时候，自然就想起了要把高俊拉进来。

梦罗马开张以后，就成了他们一帮朋友大吃大喝、狂欢买醉的据点。可是那一次，高俊请金强去了一家西餐厅。饭吃到一半，高俊坦言想请金强介绍他与范婵认识。金强没有什么现成的理由可以对此加以拒绝，所以他就请姚姬邀请范婵和赵裳周末一起吃饭，姚姬自然是一口答应了。

金强记得当时范婵就坐在高俊的身旁，文文静静的，又美艳照人。偶尔的轻言谈笑间透出了几分聪慧。他向范婵介绍道："我们一起上大学时，高老板就是青年才俊。现在创业了，又是成功人士。高老板对你很欣赏，特意让我介绍你们认识。"

范婵对高俊粲然一笑，眼眸里射出一片崇拜的目光。久经沙场的高俊很快就和范婵谈笑了起来，他用那大款的派头向范婵发起了诱惑。金强有点看不下去，借故将高俊拉到了一边。高俊像是看出了他的心事，不待他问，就悄声对他说道，这位范婵非同一般，他要花大价钱把她挖过来。要的就是她那清纯而又聪慧的气质，用来讨好那些官场上装腔作势的达官贵人正合适。

"你这不是美人计吗？你把人家当貂蝉了？！古人已经用了不知多少回了。再说人家愿意吗？这么下流的招数，真是让人恶心死了。"金强不无气愤地说道。

高俊却笑道："谁不愿意？我一个月给她五千，包吃包住包玩，还有专车一部。你在银行里挣多少？"

金强一时语塞。他承认这个待遇如果是他，没准也会心动的。他真不知道他应该怎么做，只能随他们去了。随后他们来到大厅去唱卡拉OK。范婵唱了一曲《东方之珠》，引得满堂喝彩。于是大厅里就有人起哄了起来，闹着点歌与她共唱一曲。真难为了这个范婵，你歌你的、她唱她的。那些人一个个五音不全，却都面不改色。范婵只是偶尔掩口一笑，一副欢场女杰的大家风度。这使金强感到惊奇，他没有想到范婵既不怯场，又很大方。

高俊望了望他笑道："怎么样？我眼光不差是不是？她一定能行。"

"是吗？那你太太不要误会才好！"金强的话像是打趣，又像是讥讽。

"不会，"高俊拖着长音说道，"别人不知道我，难道你还不知道我吗？"

金强苦笑了一下算是回答，于是他们就各忙各的了。可令金强百感交集的是，高俊果然是"姜太公钓鱼，愿者上钩"。过了不久范婵就从新潮百货公司辞了职，到高俊的房地产公司上班了。范婵一走，她的那两位女友也都各奔东西了。姚姬用单晓的抚恤金开了一家发屋，赵裳不知去了哪里。

金强虽然对高俊的做法有些不齿，可也无可奈何，再说高俊这棵大树还是得靠的。范婵到了高俊的公司似乎如鱼得水，不久就开始独当一面了。有一天范婵陪一群客人到梦罗马来玩，金强自然得应酬。或许是因为大家都有点喝高了，正所谓酒后吐真言，所以他们进行了一次意外的对话。

"听高总说你在银行工作，银行里的人都像你这样斯文高雅吗？这真让我感到惊奇。"范婵问道。

"那当然。你身在交际场，成天所见都是些酒色之徒，这也就自然了！"金强不知是喝多了，还是内心深处有点看不起范婵，总之他冒出了这般尖酸刻薄的话语。

这话一说出去后，他就感到一阵紧张和后悔，因为这一失言，如果是一般的女孩子听到这话定会反唇相讥，弄不好就会容颜大变，伤了和气，那样大家都会感到没趣。他自己在这里应酬，也不过是一个凡夫俗子而已。范婵似乎微微一愣，那双媚眼暗淡了下来，但她不但没有生气，反而像遇到了知己一样轻轻地说道：

"你说得太对了。我本应该上大学，进单位的，可是你不会知道我的难处的。考大学时我只差了十几分，我们家乡的录取率太低了。如果是在别的省市，我肯定就考上了。如果能让我复读一年的话，我也一定能考上的，但是我家里没有这个条件。弟弟妹妹还得上学，我爸妈的身体都不好，所以我必须出来工作。可是在县里无依无靠的，正好我叔叔在特区，我就来到了这里。这么多年来，家里等我寄钱，我又不能一直住在我叔叔家里，所以我就……"

范婵正要说下去时，一个长得有点像唐老鸭的男子，醉意朦胧地来到了她的面前请她跳舞。范婵半推半就地起立，脸上似乎是一副受宠若惊的样子。

跳舞时那个男子一个劲地往范婵的身上、脸上贴。那个男子的个头很高，使穿着高跟鞋的范婵显得娇小玲珑。那个男子为了贴近范婵的脸颊，把腰弯着。金强看得心都要提起来了，可看那范婵却像没事人一般。

那支半死不活的舞曲终于停了下来，范婵风姿摇曳地回到了金强的身旁，冲他笑笑，但却没有再说什么。可是过了几天，金强竟然接到了范婵打来的电话，说她那天没什么社交应酬，想请他一起出来走走。

她在电话里说道："和你聊一聊，也许能让我心静一点。"

金强虽然感到意外，但也只能欣然前往了。很奇怪，他们就像是一对恋人一样走进了儿童公园。虽说名义上是儿童公园，可是除了一些简单的游乐设施外，其余的天地就是青年人的了。

此时正值盛夏，公园里的树木枝繁叶茂，草坪绿油油的，花园的花都盛开了，一条小河从公园里穿过，发出了潺潺的流水声。好在已经到了下午，太阳已经渐渐地落下去了，虽然仍是很热，可没有了太阳的暴晒已是不错了。

开始时他们都无话可说，这使金强感到很是尴尬，于是多少有些后悔起来，真不知道和这个女子这样出来，到底是什么意思。后来才知道，他那时也许是范婵唯一信任的人。

范婵过了不久就开始向他滔滔不绝地讲起了自己的故事，他也很快就猜测出了为什么范婵要和他聊天。因为在范婵的谈话中，谈得最多的人就是高俊。偶尔也会轻描淡写地讲讲她在风月场里受到的轻薄、非礼什么的。但是突然间范婵却问金强，觉得上次请她跳舞的那个像唐老鸭的男人怎么样。

这使金强大感不解，一时之间竟不知该说些什么好。他觉得那个像唐老鸭的男人是他所见过的最世俗、最油滑、最让人感到恶心的一个。他实在不敢相信范婵会看不出来，于是他来了个以攻为守，反问起范婵觉得那人怎么样来。

"他挺有本事的，可以说神通广大。他告诉我，最近正要和省政府一个部门的领导去趟美国、加拿大。在那边看看地皮和房子，如果一切顺利就留在那里不回来了。他叫我和他一起去。"范婵就像是说着一件非常平常的小事一样，随便地说道。

"那你去吗？"金强问。

"不知道，所以我才想请你出来聊一聊，我有些拿不定主意。"范婵诚恳地说道。

范婵的话语使金强非常意外，甚至有了点受宠若惊的感觉。他的热情在那一刹那间被激发了，于是他几乎没怎么思考，就开始慷慨陈词了起来。他先分析了一番现实社会和范婵所要面对的这些人，他希望通过自己的分析，能使这个女子认识到这些人虽然有钱，但是却不学无术。

在他们的脑子里有的只是些阴沟货色，是绝对不会产生什么真情实感的。他们只知道去死皮赖脸地追求，但却绝对不会怜香惜玉。他的所有话语都只为了一个中心，那就是希望范婵好自为之。但是范婵却一脸满不在乎的神情，听到后来竟然有些不耐烦地说道：

"说实在的，你说的这些我都知道，甚至比你知道的还要多。我当然是不会和他们这些人去讲什么真情实感的，我的计划是先到那边落脚、谋一条生路，然后再去寻求发展。所以我现在所要做的就是去寻找机会，哪怕是一个很小的，或者是很危险的机会。"

范婵那在冰冷中却又透出几分狂野的话语，使金强的心一下冷了下来。他有些被气糊涂了，恨不得想给范婵一记响亮的耳光，然后再大骂她一通。可是一旦他的心静下来，他所感到的却不再是愤怒，而只是一种深重的悲哀。

金强在那一刹那突然对范婵同情了起来，这同情很快就压过了那愤怒，几乎使他的泪流了下来。他想起了前几天范婵所说的家庭情况和经历，他当然知道这样一个年轻女子，要在这红尘之间生存和发展有多么艰难。他自己不是也在这红尘滚滚中依赖着各种资源吗？

那么像范婵这样一个姿色超群又品味极佳的女子，她的资源也许就只有她自己了。在这个现实中，要想保持那至纯至善的清纯就更不容易了。

金强在茫然中像是隐约预感到了什么，于是忧心忡忡地对范婵说道："范婵，不知怎么的，我有一种不祥的预感。真的，我真怕，真怕你会掉进深渊，落入那些男人们的虎口。"

"谢谢你。可我早已经落入过虎口，掉入过深渊了。"

金强心中一震，他呆呆地站在那里，一句话都说不出来。

范婵第一天来到高俊的公司上班时，心情激动却又惶惑不安，她的情绪始终无法平静下来。她毕竟是高俊请来的，这使她总觉得在她面前的世界一片光明。仿佛这个世界就是她的，处处都充满着机会和财富。她自信自己聪明干练，在那二十多岁的年龄，她很容易相信自己一定能够闯出个名堂来。

高俊的公司气派非凡，对于生长在江南水乡的范婵来说，简直像是一座宫殿。她睁大眼睛四处张望，对那里的一切都充满着兴趣，恨不得一天就学会所有的新业务。

范婵的确比公司里的年轻人要幸运，那些年轻人大都分都被分派到了销售部，要到街上去发宣传单、拉客户，而她凭着她那清纯的美貌气质和老板的吩咐，去了公司的客服部。她是唯一获此殊荣的新人，但是她也就天真了一个星期。

很快范婵就听说要接待一位重要的领导，总经理助理陈菲煞有介事地四处巡查。然后陈菲就把范婵叫到了她的办公室，不由分说地指定范婵负责接待那位领导。陈菲要范婵立即去换一个发型，一定要化妆。这使范婵紧张万分，就像是要去接待一位国王一样。

那天范婵整个下午，都在一家五星级的酒店大堂等待着。等到晚上九点多，陈菲才陪着那位领导来到了酒店。范婵立即迎上前去，落落大方地与领导握手。她举手投足都恰到好处，言谈也非常得体。她们陪着那位领导吃过饭后，又去跳了舞。看得出范婵的表现，让陈菲非常满意。领导当着陈菲的面把范婵夸赞了一番，临了陈菲给了范婵一个红包。

范婵的心中充满着兴奋，回到了宿舍，她打开了那个红包。她有点不敢相信自己的眼睛，于是仔细地数了数，那里面确确实实包着二十张崭新的一百元面额的人民币！

范婵惊得几乎噎住了气儿，这使她整整一夜未眠。第二天一上班，范婵就把钱放到了陈菲的办公桌上。陈菲怪怪地望了她一眼，然后话里有话地微笑道：

"既然给你，你就收了吧。退还，我认为是很不礼貌的。再说，这是老板交代的！"

"老板？"范婵紧张了起来。

陈菲冷冷地盯了她几秒钟，然后淡淡地说道："老板说，那位领导最近会经常来这里的。老板这么关照你，我认为你也一定会为老板着想的，对吧？"

范婵不知所措地点了点头，然后收起钱低着头退出了总经理助理办公室。她并不是那些什么事也不懂，刚从山沟沟里出来的村姑。她透过她的月薪、待遇和那个红包，以及陈菲的暗示，已经看到了即将发生的一切。

还在情窦初开时，范婵做过一个梦：她会有一个温柔高雅，能理解她、爱她、欣赏她的意中人。她想要一座建在小河边树林里的小屋，她和他就生活在那里。

那是一个多么美妙的梦啊！就像是一个童话。但是对于她来说，那的确只是一个童话而已。

此时此刻在范婵的现实生活里，她要生存，她要去追求梦想，她要给家里寄钱。而且她已经从叔叔家里搬出来了，不可能回去住了。她也已经从新潮商场辞职了，就算打碎牙往肚子里咽，她也不可能再回到新潮商场上班了。

再去找工作？那和在新潮商场又有什么区别？回家乡去，然后就那样安分守己地在农家小院里终老一生吗？

想到这里，范婵愣住了，她不敢再想下去。她想起了翁伟昂，可是她知道那时候的翁伟昂帮不了她，那时的翁伟昂有时连进货的钱都不够，还得问她借钱。更何况她也已经不是过去的那个范婵了，正像她和翁伟昂分手时，翁伟昂痛苦地说出的那样。

范婵自己也知道自己变了，她能不变吗？她知道自己不可能有还珠格格那样的好运气。来到特区的这几年里，她看得太多，也想得太多了。她已经不愿意，也不可能心甘情愿地去过那种贫贱夫妻百事哀的生活了。所以她对自己发誓一定要在这里站稳脚跟，她绝对不会打道回府的。可是眼前的这一切又让她心有不甘，她就这样犹犹豫豫，似懂非懂地等待着与那位领导的第二次握手。

第二次握手时，那位领导一见到范婵就开心异常、兴高采烈，跟她无所不谈。那位领导谈他所去过的国家，他所游览过的名山大川，他早年从农村到城市的经历，他在城市里的奋斗，当然更多的还是他在官场里的步步高升。

范婵觉得那位领导的话就像磁石般地吸引住了她，甚至让她觉得心里有些自卑了起来。那位领导所讲的内容使她大开眼界，那位领导所描述的那种生活经历，既使她激动，又使她向往。她觉得那位领导俗中有雅、粗中有细，并不像她想象中的那么讨厌。临走时那位领导问范婵，对这里的生活满不满意，有什么需要。她说这个工作使她感到厌倦和无聊，她想干一些有意思的事情，那位领导轻轻地点了点头。

没过几天范婵就坐进了客服部经理办公室，头衔是经理助理。从此以后，客服部的一部分接待活动就由她独当一面了。那段时间也许是范婵一生中最美好的日子。她就像是一只奋飞的鸽子，张开翅膀在天空里自由地翱翔。她热情地学习着新的一切，企业管理、接待运作、公共关系。她似乎终于可以高傲地站稳脚跟了。

几个月后高俊派她去了澳门，但却没有告诉她派她到那里去干什么。但是一到澳门她就明白了，她预感到她将要为这几个月的潇洒生活付出代价了。

几位老板陪着那位领导在酒店迎接了她，但她又觉得自己是在杞人忧天。因为接下来就是游玩歌舞，灯红酒绿。当她给高俊打电话问及她此行的任务时，高俊极宽容地说：

"不忙、不忙，还有的是时间。"

纸醉金迷使范婵不愿再去费神思考，她在随波逐流中享受着那一切物质的诱惑。高档的珠宝，华丽的时装，豪华的娱乐场所，当然还有澳门的赌场、赛马场。她生活在一片享乐的海洋里，她觉得自己的身心都是那么的愉快和满足，甚至还有那么几分梦想成真的感觉，她真的有点感激那位领导了。

终于当他们参加完了一个酒会，那位领导把她送到了她下榻的饭店。但他并没像前几天那样离去，而是来到了她的房间里，脱去了衬衣。她吞吞吐吐地哀求了起来，但她那哀求和反抗却是那么的软弱无力。那位领导抱住了她。

事后她没有哭。她本来是想哭的，但她哭不出来。她很奇怪自己在这人生关头所表现出来的冷静与麻木。

这时她已经明白了，对于她来说，知识无价，但是美貌有价。她绝不能把那位领导作为唯一的靠山，何况既然已经有了第一次，又何必再去在乎第二次、第三次呢？

在社交场里范婵与各色人物交际应酬，与这个总经理、那个董事长跳舞、兜风、打高尔夫球。这使得那位领导气急败坏地质问道：

"是不是我出的价不够高？！"

范婵一听这话愣在了那里，然后她很冷静、很有风度地说道：

"今生今世我不会做谁的情妇、小三，我只做我喜欢做的事。"

范婵轻描淡写地对金强叙述着这一切，仿佛在说着一个无所谓的，并不是在她身上发生过的故事。

"他怎么想我不管，我有了这一切，就要利用这一切。你知道吗？我的确很喜欢这个地方，因为这个地方离我的家乡很远。过去的一切，现在对我来说只是一片空白。我也不想去管，在我的面前到底是虎口，还是狼窝。"

金强惊愕地听着范婵平静的叙述，心中充满着一种难言的感觉。望着眼前的这个美丽女子，他的心中不禁涌起了深重的悲哀。他的脑子里一片乌云，他不知道应该如何理解所听到的这一切，也不知应该如何理解眼前的这个女子。是认为她坚强、洒脱，还是应该认为她放荡。可是这样想时金强又有几分心虚，他自己做人的原则又是怎样的呢？

"你认为你现在的这种生活好吗？"他只能这样茫然地问道。

"好，当然好，因为我喜欢。我不想为了那些所谓的美好而封闭自我。我是有选择的，但绝不是毫无底线。我从不认为男人们有多么强大，多么坚不可摧，他们不过是和飞禽走兽没有多大区别的动物而已。难道你不这样认为吗？"

金强有些尴尬，说不出话来。

"哼！真正的男人，好样的男人，多么可笑的字眼，你见过吗？"范婵斜视着金强轻蔑地问道，就好像金强不是个男人一样，然后继续向他倾泻着内心的愤懑：

"放心吧，别为我担心，我不会有什么事的。人以群分、物以类聚。我不会去招惹那些流氓烂仔，也不会和底层社会发生联系。那些底层的人才是真正的不幸，她们无力评判，无力选择，也无力反抗，她们不再会有灵魂，也不再会有精神和理想。"

金强听着范婵这冰冷的话语，身体不禁有些颤抖了起来。他的心中充满了恐惧，可他越是害怕，那范婵却越是不停地说了下去：

"你知道不知道，我不是在这里吓唬你，我说的都是真的。我知道很多女孩子觉得在工厂里打工不容易，挣钱又少，所以干什么事的都有。"

金强觉得自己的身子冷冰冰的，他愕然了。他怎么可能不知道呢？他的心中甚至涌起了一股无名的愤怒，就好像范婵故意在戳他的脊梁骨，于是冷冷地问道：

"既然你早就知道了这些，那还为什么要来问我呢？！"

范婵没有回答，只是停下了脚步，转过了身来默默地望着金强，过了许久才缓缓地说道：

"因为我能看出来，你是一个好人，而且你有点像我过去认识的一个人。"范婵这样说着，泪水顿时流了下来。

金强的心中感到愈发凄凉了，在这一瞬间他的心中涌起了一阵冲动、一股柔情。他的泪水也不禁悄然地落下，他真想冲上前去紧紧地抱住这个可怜的女人，与她一起恸哭一场。可他又不禁有些奇怪起来，既然范婵早已经历了那样可怕的一切，她就肯定早已学会了近似残酷的洒脱，她是完全有能力保护自己的。

如果她真的需要，她是完全可以自己做出选择的。从她所讲述的自己的经历，她所采取的行动来看，每当她有新的想法，新的打算，她就会以柔中带刚的行为方式，向她所面对的现实做着默默地反抗。

就算不可能去进行报复，也可以悄悄地走开，独自去舔净自己身心的伤口，独自去愈合自己灵魂的创伤。可这次范婵却没有这样做，她这样突然地来找自己，又是为了什么呢？

过了不久他就明白了。那是第二个星期六的傍晚，金强照例到梦罗马兼职看场子。正当他渐渐淡忘了上个星期那番惊心动魄的交谈时，范婵却又一次出现在了他的面前，并请他到街对面的梦露咖啡厅去喝咖啡。

这是一个很大的咖啡厅，以前是个菜市场，经过了装修后，已经摇身一变成了一个豪华娱乐场所。他们在一个昏暗的角落里坐了下来。范婵点了两杯咖啡，然后就开始一支接一支地抽起了烟来。尽管范婵表面上一脸满不在乎的神情，但透过她的眼神，金强却总觉得她像是有什么心事，像是有什么很烦恼的事情。

"你到底怎么了？"金强冷不防突然问道。

范婵愣在了那里，但她似乎下定了决心，终于平淡地说道：

"我怀孕了。"

金强以为自己听错了，于是睁大了眼睛盯着她望，像是蒙了。

"真的，已经三个多月了，我拿到了化验报告。"

"怎么拖到了现在？"

范婵没有问答，而是冷笑道：

"你还记得上次我说过，想跟那个男人去国外吗？"

"当然记得，难道是……"金强愕然地问道，心里难过得揪在了一起。他的脑海里浮现出了那个像唐老鸭一样的男人丑陋的形象，心里一阵恶心，差点一口吐了出来。他无法想象眼前的这个娇美女人，竟愿意和那样的男人去生孩子。

"不，不是他。我和那个男人套近乎，只是想气气我的那个高老板。"

金强的脑子里"轰"的一下，他觉得自己的大脑就像是要炸开了一样。他在瞬间就想起了当初高俊对他说过的话：

"别人不知道我，难道你还不知道我吗？"

可笑的是他还真的信以为真了，可如今范婵却怀上了高俊的孩子，这说明他们……

过了许久，金强才明知故问地冒出了一句：

"你和他，你们怎么了？"

"我爱他。"

"他呢？"

"我本来以为他会爱我的。"

范婵实在没有想到，自己不顾一切抛弃翁伟昂，就像脱缰野马一般闯入的高俊的房地产公司，对她来说竟是一个陷阱。

她当然知道高俊有妻室，但她只是认为高俊是看中了她的聪明与机智，而完全没有想到高俊是要利用她的姿色和肉体，但是她已经迫于生计或是虚荣，而不得不寄人篱下了。

既然在哪里都是寄人篱下，那么范婵就打算豁出去了。所以从此以后她见了高俊，只是不卑不亢冷冰冰地公事公办，然后就将计就计、全力以赴地去做她所要做的事情。

当那位领导给她寻了一个经理助理的头衔后，她每天更是打扮得艳光四射，对高俊更是有点视而不见了起来。就好像高俊从此以后不再是她的老板，而只是她的合作伙伴一般。此后她更是洋洋洒洒，在那位领导那里大显身手，高俊对她也是无可奈何，因为范婵真的为高俊的房地产公司，打开了一个全新的局面。

高俊虽然心里不爽，但是看到他的房地产公司开始顺风顺水，也就笑逐颜开了。范婵就这样在高俊的公司里站稳了脚跟，但是范婵的目标显然不止于此，她其实在为自己建立关系网。每个夜晚她都周旋于各个酒店、舞厅之间，为她捧场的人也越来越多。她甚至可以影响这里的新闻媒介，使高俊的房地产公司的社会知名度越来越高。

"好一个范婵！"高俊在对范婵赞叹的同时，又有了一番新的雄心壮志。他开始头脑发热，通过融资加杠杆，进行了更大规模的投资。建商业大厦，投资开发区，他的日程表变得越来越繁忙了起来。在不知不觉中他开始迷恋范婵了，范婵确实给他带来了好运气。

可是他又发觉，这个范婵越来越不那么简单了。他当然知道范婵凭的是美貌，那本来就是他要利用的。可他越是知道，心里就越是不甘。他在自己的心目里，努力地将范婵看成是他圈养着的一只宠物，是一只花瓶、一个摆设、一个玩物。在他的江湖中，他对这类女人从没有过多的注意和同情，他只知道一件事情，那就是她们迟早都会红颜褪去，如昙花一现，从此安分从良，做每一个女人都该做的事情。

可是对于范婵，他的心理防线竟然失守了。为什么会这样？他似乎知道，又似乎不知道。但是有一天，高俊终于非常明确地知道了。

那天在夜总会里，又要接待一批贵人。高俊自然得带着他的头牌范婵，亲自出马了。很快范婵就喧宾夺主，成了这欢场的中心。她时而狂歌豪饮，时而奉承讨好着那几个贵人。她已经喝得脸色绯红，春风荡漾了。

高俊坐在一旁默默地注视着这一切，他的心不知怎么的，始终处于一种低落的心境中。客人们在与范婵狂歌共舞，这倒使他被晾在了一边，可也使他的思想在这嘈杂之中有了一个清静的空间。他的心在惋惜和为自己开脱这两种感觉之间不停地摇摆。

不知怎么的，他开始对范婵在那一群酒色之徒间纵情欢笑感到愤怒。他神不守舍、不由自主地注视着范婵的一举一动、一颦一笑。这才感觉到范婵身上的每一处线条，每一个细致之处都使他心动，都使他渴望。当他看见范婵与别的男人嬉戏调笑时，他的心开始颤抖，他的情绪开始愤怒。

不知不觉中他的脑子里一片混乱，他不知道自己该如何是好。当他注视着范婵那梦露般热情似火的表演时，他的七年之痒终于使他站了起来，走到了范婵的面前。

"请你跳个舞，赏脸吗？"高俊脸色不开扬，声调低低地问道。

范婵礼貌性地随他旋入那银色的小舞池里，还是那么冷冰冰的，不卑不亢。曲终之后，范婵打算回到那几个贵人中去，继续完成她的工作。可是这一次，高俊却挽着范婵快步向门口走去。一出舞厅门就冲着范婵严厉地说道：

"听着，从现在起，我认为你没有必要再去做那一切了。从此以后，陪酒、陪舞都是那些小姐们的事情。而你，仅仅是我的高级助理，仅此而已，明白了吗？"

范婵好像早就预料到了这一天，还是那样冷冰冰、不卑不亢地说道：

"高总，你喝多了。我很感谢你让我到你的公司来，我也很喜欢你给我的工作。没有你，就不会有我的今天，不是吗？"

高俊那副严厉的神情不知跑到哪里去了，低声下气地说道：

"首先我必须感谢你。我知道你是为了公司着想，你的表现的确十分出色。我知道很多人喜欢你，甚至有些与我周旋的人，也是为你而来，为你而疯狂。可是从现在起，我不想让你再扮演这样的角色了。从现在起，你只需要担负你的总经理助理职务就足够了。别的事由别人去做吧。"

在这一刻，范婵发觉高俊的脸上充满着柔情，于是她心中的委屈，倏然之间仿佛包围了她的身心。她的眼眶里充满了泪水，鼻子里只觉得一阵阵地发酸。

"来吧，我们走，我送你回去。"高俊的声音，就像是来自天外的回音。范婵还没有反应过来，就已经随着高俊走出了夜总会。

当投入了高俊的怀抱后，范婵的心中有一种难言的感觉。几分受宠、几分欢喜，更有几分茫然与不知所措。可范婵是个个性极强的女子，一旦一个决定统治了她的内心，她就会破釜沉舟、我行我素。可是高俊的突然转变，既使她惊喜，又使她难熬，这使她陷入了一种惶恐的期待之中。

当她预感到了自己可能怀孕时，她就想找金强聊一聊，因为她是通过金强结识高俊的，金强也是最了解高俊的。她想把孩子生下来，和高俊有一个崭新的开始。她幻想着做一个贤妻良母，然后快快乐乐地生活。她相信高俊对自己的爱，她相信自己的魅力。

但是，她错了。

"范婵！你难道不知道避孕吗？怎么这么巧？偏偏是和我！真没想到你会是这种人。"这是高俊的第一反应。

"我是什么人？我是一个女人，我怀着的是你的孩子！我要让这个孩子健康地生下来、活下去。"

高俊目瞪口呆。他开始害怕了起来，他知道在他眼前的是一个火一样热情，铁一般刚强的女人。他就要承担因为嫉妒和情欲而带来的麻烦了，这将使他面临一个复杂的局面，从此陷入家庭纠葛之中。在这一刻，他内心深处的自私、残忍、冷酷，如开闸的洪水般在他心中奔流了起来。

"别把我的生活搞得不伦不类！"他对范婵斩钉截铁地说道，"如果你真的爱我，就请你为我着想。你是自由的，但是我有家庭，有着已经无法改变的一切。我们为什么要自寻烦恼、自讨苦吃呢？"他的语气是那样的决绝。

范婵在痛苦和迷茫中抬起了头来，茫然地说道：

"我的确是自由的，但我已经有了你的孩子！这不也是无法改变的一切吗？"

"可那是你自己的事。我一直以为，你会采取必要的措施，你又不是第一次。我的意思是说，你是一个成熟的女人，你应该知道该怎样保护自己的。"

"是吗？这么说，当你在勾引一个女人之前，就早已考虑到将来该用什么借口甩了她，对吗？"范婵愤怒地反唇相讥。

"请别把咱们之间的这一切说得这么恶心。我们不是少男少女。我们是成年人，难道你不认为，成年人应该有成年人的生活态度和思维方式吗？"

"所以成年人就可以做一个没心没肺，没有感情的行尸走肉，玩弄别人之后还可以理直气壮的伪君子吗？"

高俊无法回答，范婵的话像尖刀一样，句句都扎在了他的心上。他的良心似乎在冥冥之中受着谴责，他知道确实是自己对不起眼前这个柔弱的女子。可他真搞不明白一向精明的他，怎么会掉进了这样一个深渊里。他不知所措，不由自主地抱住了头坐了下来，他闭上了眼睛，但是泪水还是从他的眼眶里渗了出来。

此时的范婵也早已泪流满面了，她觉得她所渴望的一切都已破灭。她本以为当自己将这一切告诉高俊时，高俊会欣喜若狂，把她当成了宝贝，疯狂地亲她、吻她，让她兴奋得喘不过气来。可是眼前的情景使她的幻梦破灭了，她的心被痛苦煎熬着。所以她就这样来到了金强这里，对金强说道：

"求你一件事，明天陪我去趟医院吧。"

尽管范婵很坚强、很洒脱、很有主见，但她灵魂深处的悲哀和创伤却是不言而喻的。这使金强感到有生以来从没有过的自责，他厌恶自己在这段孽缘中所扮演的角色。他觉得无论是理智和良心，都使他应该去做点什么。这一信念给了他信心、勇气和力量，他要去找高俊，他要去给这个可怜的女子评评理去。

金强终于忍无可忍了，第二天他来到了高俊的公司，把高俊的秘书推到了一边，闯进了高俊的办公室，开门见山地质问高俊为什么那样对待范婵。高俊反问道：

"是她让你来找我谈的吗？"

"不，是我自己。范婵很坚强，但我觉得你不能这样做人。"

高俊冷冷地点点头："这很好，说明一切正常，那么还有什么好谈的呢？"

这使金强更加愤怒了起来："一切正常？你竟然这么说，你这样无动于衷、无情无义，可这个女人的心正在流血，在痛苦中煎熬。你知道吗？她要去做人工流产。"

高俊垂下了眼皮，沉思了一会才说："如果真是这样的话，那么我只能说我感到很遗憾。"

金强真有点不敢相信自己的耳朵，他冷冷地一笑，站起身来转身就走。他觉得没有必要再说了，他终于看清了他这位同学的真面目。这个拥有亿万家财的人，在他的眼里已经是这般的丑陋和渺小了，他觉得自己竟然还将他视为知己，真是太不值了。

"喂，等等。你何必生这么大的气？来来，你听我的解释。"

高俊起身紧紧地抓住了金强的胳膊，然后将他按到了座位里。

"我知道，你帮范婵，是你的心里过意不去。可我和她的关系是完全平等的，我们一开始就根本没有过什么承诺，所以现在自然也就没有什么义务可言了。现代人，谁还会把性爱与结婚扯在一起？"

"你住口！你这是为了玩弄你感兴趣的女人，才说出来的这一套歪理邪说！"

"是吗？那么我请问你，那个范婵她又玩弄了多少男人呢？"

金强一下子愣在了那里，哑口无言。他只觉得范婵是受害者，迷途的羔羊，却实在没有想到，高俊会突然提出这样一个问题。

"是你错了。因为她是在从与男人们的交易中获得她所需要的一切，所以她的行为才导致了今天的这一切，是不是？她现在的痛苦仅仅在于，她不能完全占有像我这样的一个男人。一个既合她心意，又能满足她各种欲望的男人！如果她一旦占有了，满足了，她就完全不会是现在这个样子了对不对？"

"不对，不对，你胡说，你强词夺理。"

"你才强词夺理呢，这些欢场上的女子都是些欲望复合体。"

金强愣在了那里。范婵的出现，对于他来说也完全是不可思议。范婵的开放与性感，这也是事实。他自己的那位梦中情人，不也是这样吗？

这样一想金强完全失去了信心，他本来想说服高俊的，可现在他也确实觉得高俊的话并不是没有道理。金强的眼眶一阵潮湿，他不知道他是在为范婵伤心，还是在为自己伤心。最后高俊对他说道：

"请你转告范婵，维持那种关系，已经不可能了。我希望以后能够与她合作愉快，希望她能梦想成真。我将会支付给她一笔钱，除此之外我没有别的什么能够给她了。"

当金强将这一切告诉范婵时，范婵只是坐在那里静静地听着，在她的嘴角挂着一丝怪怪的微笑，就像是在听着一个可笑的故事。她的神情显得恍惚而又疲倦，眼圈发黑，没有了往昔的那分光泽和妩媚。也许她永远都不会再恢复到以前的状态了，这一结局的阴影也许将影响这个女子今后一生一世的生活。可金强只能装出一副很镇定的样子，忍住内心里那无名的酸楚，对范婵说道：

"我陪你去医院吧。"

范婵听到这话沉默了一会，她的神色是那般凄凉，她轻轻地点了点头，然后小声说道：

"麻烦你了，谢谢你。我要离开这里，离开这里的一切。"

从那以后金强再也没有见过范婵，自那以后他也不在梦罗马兼职了，开始安心地在银行上班，所以和高俊的联系也越来越少了。可是有一天，高俊突然约他一起吃饭。不知怎么的，高俊整个人都消瘦了许多，平时那趾高气扬、少年得志的狂傲之气已经减了不少。他们点了马天尼，默默地喝着。

"你怎么了？"金强本能地问道。

"昨晚她找过我。"高俊阴郁地答道。

"啊？是吗！"金强似懂非懂地说道。

高俊笑笑，苦涩地说："奇怪吗？在睡梦里，我看见她拿着一束好美好美的鲜花，突然出现在了我的面前。她就像是一位仙女，头戴花冠，手捧花束，还有一双天使般的翅膀。"

"她说了些什么？"金强像是在听一个神话故事。

高俊痴痴地望着他，没有回答。

"她究竟怎样？"金强急迫地问道。

高俊皱了皱眉，终于抬起了眼睛说道："她问我相不相信报应。"

高俊这样说道，眼睛里噙满泪水。金强吓了一跳，连忙安慰道："不！这太荒唐，太荒谬了。我告诉你，这世上的心魔十有八九是自己编的。"

高俊苦笑着说道："生活就像是在爬一座螺旋形的楼梯，转了一圈，你还是回到了你刚才出发的那个垂直点上，尽管你站的地方稍稍高出了过去的那个垂直点一点点。"

金强莫名其妙地忍不住哈哈大笑了起来，说道："你将来的继承人肯定不会像你一样去做生意，一定是一个哲学家。高俊，你不觉得你的话很无聊吗？你已经惹出了那么多的风波和麻烦，现在又要扮演一个这样无聊的角色吗？不过我感到很奇怪，非常的奇怪，我本来觉得我是了解你的。范婵在世界各地游荡，而你却是在你的梦中游荡。"

高俊默默地听着，他似乎想说，但终于没有再说什么，而只是慢慢地喝完了半杯马天尼。像是自言自语道："唉！这难道真是报应？"

金强笑道："你叹什么气？也许用不了多久，你就会在那美女如云的欢场上，找到你所需要的新的女人的。"

高俊凄然苦笑着摇了摇头："不会的。"

"为什么？！"金强皱了皱眉问道。他本想大笑，可看到高俊那神魂颠倒的样子没敢笑出来。

后来金强才知道高俊的妻子到医院检查不孕不育的问题时，检查出了卵巢癌。他们夫妇到美国进行了手术治疗，可高俊是一个人回来的。

第十六章　东边日出西边雨

　　范婵兴奋地摇摆着，她体验着酒精与云雨之事相伴所带来得这般疯狂。在她的幻梦中，仿佛自己已经进入了极乐世界。她在飘飘欲仙中感到筋疲力尽，整个身心都仿佛在这极乐中融化了。

　　她沉浸在这原始的快乐之中，除此之外似乎一切都不再需要。她晕晕乎乎地睡了过去，记忆深处那些零散的碎片，在遥远的地方无序地漂泊着。

　　这几年纸醉金迷的生活经历使她相信，所谓的男欢女爱实在是人类臆造出的一种快乐，那其实是女性命定的不幸。所以对于她来说，那一切只是一种手段而已，是她为了某种目的而必须付出的代价。

　　她有时也会感到快乐，但更多的时候她是在演戏，演一场污秽的戏。她时常奇怪这个世界里的人们为什么需要看电影、看电视、看着别人去演戏。其实生活本身就是一场戏，他们每个人都是演员，社会就是个大舞台。

　　只要他们费点心去观察一下，就会发现在这个社会大舞台上，哪怕是最蹩脚的演员的演出，也要比那些所谓的天王巨星们的表演精彩得多。她厌恶那一切，她认为那只不过是社会舞台剧中的一些短暂的、污秽的片段。所以她需要用酒精来麻醉她的身心，这样当第二天清晨一觉醒来后，她就可以将那一切忘得一干二净。即便此时她已经梦想成真，心想事成地嫁入了豪门，她也并不认为那有什么不同。

　　范婵对于自己能够嫁入这个所谓的豪门，在内心中其实也是麻木的，因为这只不过是一个个手段和一系列代价的一个必然结果而已。她对那些在荧屏上大红大紫的大明星们已经有点不屑一顾了，在她看来在社会这个无限广阔的舞台上，她才是这个大舞台上最好的演员。而且现在她已经不再满足于自己去表演给别人看了，在她的内心中已经有了一种新的欲望、新的需要，那就是她也要看一看那些社会演员们，怎么在她的面前给她表演一幕幕的荒诞剧。

"嘿，我的大美人，我想我该走了。天快黑了，别让他起疑心。"仿佛从遥远的地方，传来了洪晨的声音。洪晨的国语说得还算标准，不比南方的大陆人说得差。

"嗯，给我留几支烟。"范婵像是在睡梦中这样答道。

几分钟后，她听到了洪晨离去的声音。销魂的时光总是如此的短暂，梦醒时分这么快就来到了。范婵慢腾腾地坐起身来，披上睡袍走到了露台上，向着室外黄昏中的花园茫然地望去。

"为什么？为什么会这样？"一旦清醒过来，她又在心中不知所措地向自己问道。

也许是她心中的愤怒需要得到发泄；也许是天性的虚伪驱使着她故弄玄虚；也许她就是喜欢看到被自己用性感和魅力所操纵着的男子；也许这就是大千世界里最有趣的社会戏剧，因此人类历史中才会有那么多的人间悲喜剧。

可是自古以来，男人们却又偏偏离不开这久演不衰的一幕幕生活大戏，不知使多少英雄豪杰尽折腰，而这正是美貌的力量所在了！人们常说在每一个成功男人的背后，都有一位伟大的女性，但他们似乎没有注意到，在每一个青史留名的女子背后，都得有一位声名显赫的男性作为阶梯。

范婵就这样胡思乱想着，她的心情是这样的复杂，她的灵魂又是这样的空虚，这使她总是心神不宁。在她的心中不知此时此刻到底是痛快、是压抑、是兴奋，还是有些后悔和不安。翁伟昂、高俊、洪晨，这三个男人的身影在她的心中纠结。

当范婵在这纸醉金迷、醉生梦死的生活中堕落而无法自拔时，翁伟昂在下海潮中终于进入了创业黄金期。随着海关等政府部门和各大银行的计算机设备采购合同纷至沓来，红宣科技有限责任公司的业务规模快速扩大，资本积累也越来越丰厚。

这样一来一向嫌贫爱富的各家银行的信贷部门也对翁伟昂露出了笑脸，就这样翁伟昂终于稳住了阵脚，在特区牢牢地站稳了脚跟。再加上亚洲金融危机后政府出台了一系列经济刺激政策，所以对宏观经济颇为敏感的翁伟昂看准时机，抓住机会开始了快速扩张，很快红宣科技有限责任公司就在行业里崭露头角了。

那一天热带风暴刚刚过境，特区又沐浴在了灿烂的阳光里。阵阵海风轻轻吹来，在这盛夏季节里真是很难得。翁伟昂走进了科技城大厦，走到他不久前买下刚装修好的营业区前停下了脚步，凝望着科技城大厦里他占领的这片领地。从这里望去，这片 500 平方米的营业场地就像是他的城池，城门就是紧邻这座大厦主通道的销售区。在销售区的后方左侧是兼容机 DIY 组装流水线，右侧是办公区。

DIY 是 Do It Yourself 的英文缩写。最初兴起于电脑的组装，到了 20 世纪 90 年代，对于电脑发烧友们来说已经逐渐演绎成一种流行的生活方式。简单来说，DIY 就是电脑发烧友们自己选购电脑配件，然后或是自己动手组装升级、安装软件，或是由电脑工程师们代劳。这样既价廉物美，又没有品牌机的那么多限制。

红宣科技有限责任公司的 LOGO 和宣传牌，在灯光的照射下熠熠生辉，在科技城大厦里宣示着自身的存在。翁伟昂望着属于自己的这片领地，本来觉得心中应该充满着诗情画意才对，可他的心底里感觉到的却是更多的紧迫感。因为那是一个催人奋进的时代，而且他也已经不再年轻，所以他必须紧紧追赶时代的步伐前行，除此之外对于他来说没有第二条路可走。

这座科技城大厦就是当年翁伟昂与范婵分手的前几天，他在街上漫无目的地游荡，站在立交桥上感到绝望和身心俱疲时看到的那座当时正在建设中的宏伟建筑。当年科技城大厦拔地而起的气势，激发了翁伟昂对未来美好前景的想象，使他在失恋的痛苦和前途暗淡的绝望中又看到了一丝希望。也正因为如此，翁伟昂对这座大厦有着特殊的感情，所以当他的公司进入了高速发展期，需要扩大营业面积时，他毫不犹豫地选择了这里。

翁伟昂走到办公区，走进了自己的办公室，他的心境里有着那么一丝淡淡的兴奋。虽然记忆深处那些惨痛遭遇的伤痛仍然不时向他袭来，但他已经接受了命运给他的这份"大任"。或许这就是为什么命运之神，偏偏要让他遇上范婵这个堕落天使的原因吧！

本来完全没有这个必要的，他到特区来就是为了追寻理想、追求真理的。他本不应该去喜欢范婵的，可他偏偏爱上了她。他也并不是为了碰到艳遇才来到特区的，尽管在特区这里要想清心寡欲确实比较难。在大部分时间里，他都更愿意沉浸在独立思考和新知识的天地里，那种充实而又宁静的感觉是那么的美妙。

可是他却偏偏遇见了范婵，更糟糕的是他们竟然鬼使神差地爱到了一起。当他告别了他的小城故事，义无反顾地孤身来到特区时，他并不曾想到自己会有这么一段刻骨铭心的鹏城之恋，可范婵那江南女子的青春靓丽和娇美风韵，却着实令他心甘情愿地陷了进去。一切都像是命中注定，像是有一个神灵躲在冥冥之中注视着他们。那个神灵有着神奇的魔力，那神秘的魔力最终使这对曾经的恋人的命运，在分手五年后又阴差阳错地纠缠在了一起。

那一天下午，翁伟昂去参加一家国际科技巨头的新产品发布会。发布会后这家国际科技巨头的中国分公司，邀请来自全国各地的代理商们晚上在一家五星级酒店聚餐。这样的高档聚餐会，已经成了翁伟昂必须参加的商务活动。一方面他需要为自己的公司寻找合作伙伴，快速扩大公司经营规模；另一方面他又需要提高他本人和公司的社会知名度，以便于尽快引入资本和战略投资者。所以参加这样的聚餐会，可不是为了散散心、吃吃喝喝的。

翁伟昂在这个高档聚餐会上与各路人士交换名片、自我介绍、寒暄交谈。这是他在告别了小城副市长的身份后，近十年来再一次出现在了公众场合里。当然了，如今时过境迁，这个公众场合已经不是过去的那个公众场合了，他也早已经不是过去的那个他。当他意识到这一点时，一丝兴奋掠过了他的身心，精神里有了一种焕然一新的感觉。

这座五星级酒店的装修风格中西合璧，酒店旁的美食街颇有几分江南古城的风韵。也许是特区自身的历史文化底蕴，在古城如林的大陆显得实在有些单薄，所以特区这里反而更加青睐古典中式风格的装修。这片美食街的装修风格就有点模仿珠海的九州城，而珠海的九州城其实模仿的是天安门。

这片美食街被划分成了几个小街道，街道两旁是一家家的小店。只是那些店主们一个个城市派头，使这古城情韵失了几分风采。翁伟昂还记得当年他和卫芸游览西湖时，西湖边有处不错的景观，好像叫作"黄龙吐翠"。杭州人把那里建成了一个仿古园林。园林中水声潺潺，绿树葱郁，茶座戏台，情趣悠悠。

园林中的服务员们都穿着古装，虽然那些服务员们身着古装，嚼着口香糖，卖着可口可乐、香烟打火机，多少有些怪诞的感觉，但却颇能使人产生几分时光倒流，忆古思今的感觉。尤其是在杭州那著名的黄梅天里，这种情调就更多了几分真实的感觉。在灰蒙蒙、湿漉漉的天地间，空中飘浮着的不知道是雨还是雾，分不清哪是梦、哪是真、哪是虚、哪是实。

聚餐会进入高潮后，翁伟昂反倒想让自己静一静。所以他走到了美食街这里，在一家工艺品小店前驻足观赏。小店里各种小玩意琳琅满目，由于来特区这里的人中很大一部分是来自全国各地的游客，都喜欢买一两件小玩意留个纪念，所以这个小店的生意看起来还不错。

翁伟昂的目光停在了货架上一个不大的玻璃盒上，那个玻璃盒里有一只小小的、精致的竹雕帆船，在那饱满的风帆上刻着"一帆风顺"四个字。这是一个良好的祝福，也是一个美好的希望。

"可是一帆风顺哪有那么容易啊！"翁伟昂不由得在心中顾影自怜道。比如说他在体制里曾经算是一帆风顺的，可是他的创业年华却彻底改变了他的人生轨迹。

在特区的这些年里，他历经了这么多的风风雨雨，直到人到中年才在一定程度上实现了自己的理想，总算是有了一片属于自己的天地。如今用人民币计算的话，他也算是有了千万家财，历经了这千辛万苦，才在这座城市、这个行业里有了成为座上宾的资格。

"可是我又该如何慰藉受伤的心灵，祭奠那逝去的青春，了断那凄苦的爱恨情愁呢？"他不禁又向自己这样问道。

即将人到中年时他才真真切切地明白，要成为一个追求理想、追寻真理的人，真的好累、好寂寞。尽管痛并快乐着，但那确实是以燃烧自己的青春，消耗自己的人生为代价的。

一个灵魂的游子，游荡在这曾经陌生的地方。在这个世界上有着那么多的人，但却没有一个人能够理解他。这使他在这志得意满间，又感到了一种黯淡的凄凉，一种无奈的悲哀，他的心中充满了深深的疑惑，不禁自问："这是一个怎样的世界啊！它到底是公平，还是不公平呢？"

每个人都是不由自主来到了这个世界上，然后又不由自主地去完成自己作为一个自然人和社会人，在这个世界里所担负着的各种各样的使命，最终形成了这个形形色色，无奇不有的大千世界、人生百态，也就注定了这个社会的天然复杂性。

人类社会中的每一个人，作为一个独立的生命，都有着各自的理想、追求和感情，正是这些现实的物质和精神需要，才使人类在这无边无际的是是非非和爱恨情仇中不离不弃。也正是这些普通的人们，在寻找、追求着那些人类所共有的理想和价值观的过程中，才使人类终有一天能够获得幸福和安宁。

这番感叹使翁伟昂的心再一次从迷茫中醒来，随后他又回到了聚餐会上，继续扮演着他的社会角色。当他再次抬起头来，向着眼前热闹的人群中茫然地望去，在宾客中寻找着他认识的人时，他看到了洪晨正和两位女士眉飞色舞地交谈着。

洪晨是一家香港金融机构的投行项目经理。当红宣科技有限责任公司在业界崭露头角后，洪晨专程拜访了翁伟昂，并对他的公司进行了调研。

翁伟昂热情地接待了洪晨，因为对于他来说引进资本、谋求上市机会，如今已经成了当务之急，就这样他们认识了。所以在这里当翁伟昂看到洪晨时，洪晨也正好看到了他。并且立马向他走来，热心地将他引领到那两位女士面前介绍道：

"来来来，我给你们介绍一下。这位是来自台湾的歌手和主持人周薇小姐，这位是高太太，这位是翁老板……"

当翁伟昂与范婵四目相对时，他们都无言以对，惊愕地愣在了那里。洪晨望着翁伟昂，颇为诧异地问道：

"怎么？你认识高太太？"

翁伟昂揭开菊黄色的绸布，取出那本精美的蓝色硬壳日记本翻了开来。一层泪花在不知不觉中盈满了他的眼眶，他闭上了眼睛，让那泪水在眼眶中渐渐消散。这么多年来，他一直保存着这个日记本，但却一次都没有打开过。这里蕴藏着的是他那心酸的往事和记忆，但此时他却不得不打开它了。

他翻到了夹着那张照片的那一页。已经过去五年多了，可五年前与范婵分手的那个夜晚却恍然似昨日。五年前当他将范婵送到旅馆，自己乘夜班车返回特区后彻夜难眠。就将范婵送给他的这唯一一张照片放进了这个日记本里。

他望了这张照片里的范婵最后一眼，然后默默地合了起来，用一块菊黄色的绸布轻轻地包好，从此以后再也没有打开过，但却一直将这个菊黄色的绸布小包珍藏着。仿佛这是他的护身符，又似他心灵的寄托，精神里一块不可缺少的基石。在那之后他就只能带着这心酸的记忆、破碎的梦，默默地继续走自己的路了。从那以后他再也没有写过日记，因为他已经没有时间沉湎于往事之中了。

愿赌服输。对于他来说只能拿希望赌明天，在他的面前只剩下了那个虚无缥缈的梦想和对探寻真理的执着。好在这五年里他九死一生、涉险过关，取得了一定的成功。他也的确曾经感到过快乐，但那快乐却从未能够达到覆盖他遭受过的痛苦的程度。而这次与范婵的意外重逢，对他来说又意味着什么呢？他凝视着范婵的照片不禁自问。

照片里的范婵穿着蓝色碎花长裙，戴着一顶俏皮的圆帽。她静静地低头沉思，美妙的身影笼罩在一层淡淡的、朦胧的色调中。望着照片里范婵那似沉思默想般的神情，翁伟昂的全身都麻木了。他的心里堵得难受，觉得自己的理智又似乎到了崩溃的边缘。

往事如烟，那些原以为已经被他埋葬在心底的往事，又一幕幕地飘浮过他的脑海。一个个疑问萦绕在他的脑际，那命运之神如此的安排令他百思不得其解。

"现在的范婵已经成了高太太，既然如此又何必让我们相见呢？"他苦笑着问天、问地、问自己。

与范婵再次相遇后的那几天里，翁伟昂又生活在了随波逐流、失魂落魄的生活状态中。他萎靡不振，整个身心都疲惫不堪，对一切都失去了兴趣，仿佛这现实中的一切只能使他感到痛苦和愤恨。如果没有和范婵的这次久别重逢，他完全可以一边享受着他孤独而又自由自在的生活方式，一边在这样的生活方式中继续追寻他的梦想。

可现在他平静的生活和思想都再次被打破了，他无法集中精力，也无法控制自己的思想和感情，他的心总是不由自主地回想着与范婵的这次久别重逢。可是与此同时，另一个窈窕的身影也不时在他眼前晃动。

浓密的披肩长发，高雅时尚的衣裙和充满诱惑的身影。这一切都向他发出了另一番召唤。他似乎又嗅到了那个美妙身影散发出的香艳气息，又听到了那个柔美的声音。那个柔美的声音不时在他的耳旁回响，他甚至觉得那双脉脉含情的眼睛不时地注视着自己。他总觉得在那双美丽的眼睛里，有很多很多他所渴望的东西。

"到底是什么呢？"他不禁问自己。

周薇给他带来的这些幻觉和范婵给他带来的痛苦，就这样纠缠着他的大脑，真是剪不断理还乱。他觉得自己的身心就像一座压抑着的火山，曾经觉得早已经偃旗息鼓的心中的火焰又开始熊熊燃烧了起来。这一切使他无法平静，难耐的情感深深折磨着他。他真希望这些都不曾发生，就让他在寂寞和安宁中去追求他的梦想和彼岸。

"可是在我的现实生活里，为什么这样一个简单的梦想都成了一个奢望呢？！"他在心中悲叹道。

理智告诉他，他必须尽快从这样的纠结中挣脱出来，因为市场经济是无情而又变幻莫测的。如今的他已经不是一个人在战斗了，他的公司和员工都需要他引领着前进，他必须为自己的感情寻找到出路，他知道自己是不可能这样接受失败的。

那几天的天气又变得时阴时晴，海洋型气候真是变幻莫测。翁伟昂的情绪也和这天气一样时好时坏，飘忽不定。和范婵邂逅之后已经过去了一个星期，在那个星期里他就像是生活在太空中。在他的眼前一切都飘忽不定、模糊不清。虽然他知道自己这样下去不行，可就是无法振作起来。最终他终于意识到与其这样痛苦地逃避，还不如勇敢地正视这一切，就当是那冥冥之中的命运之神，对他的再一次"苦其心志，劳其筋骨"吧！

说来奇怪，当翁伟昂这样想时，他竟然很快就控制住了自己的思想和情绪。于是他的心也不再总是在范婵的身上转来转去，不知是有意还是无意，周薇的身影越来越多地占据了他的心灵。更奇妙的是仿佛心有灵犀一点通，当他的手机响起，看到了一个陌生的来电显示时他犹豫了一下，但还是接听了电话，这时他的手机里竟然传来了周薇柔和甜美的声音：

"翁老板您好。能够认识您很荣幸。这个星期六有我主持的一场晚会，我想冒昧地邀请您以嘉宾的身份莅临这场晚会，不知您是否肯赏光？"周薇开门见山地问道。

"当然，当然，周小姐的场，我肯定是要捧的。我一定会准时到场的。"

"谢谢你。我这几天有点忙，因为要赶档期必须抓紧时间。等这场晚会结束后，我一定当面向你致谢。"

翁伟昂呆坐在那里，他不知自己怎样挂断了电话。他就那样拿着手机，眼睛盯着地板，像是失去了知觉。不知过了多久，当他终于清醒过来后心里就开始打起了小鼓。他不知道他那样称呼周薇是否合适，因为这些年里，"小姐"这个词已经有点变了味。不过无论如何，对于此时此刻的他来说，这确实有点像是奇迹。

星期六下午，翁伟昂来到了停车场。他打开车门，坐到驾驶座上。越野车、大老板、美女良宵的感觉，又使他有些飘飘然起来，仿佛这世界又对他露出了笑脸。可是当这感觉稍稍平复，他的心胸就又感到了压抑，一阵莫名的惆怅和彷徨又开始在他的心底隐隐作痛了。当他不得不意识到他那生命中最宝贵的青春时光，已经永远地离他而去的时候，他只能用理智去祭奠那些失去的时光和情感了。

他已经彻底地失去了江春敏、卫芸和范婵，如果这就是最终的结局，那么他也只能接受了。如果这就是命运的话，那他又能有什么可说呢？如果等待有意义的话，他甘愿去等一万年，可是事到如今，那又有什么意义了呢？

无论是范婵和卫芸，还是杳无音信的江春敏，她们都已成婚，有了自己的丈夫和家庭。她们现在都过着各自的生活，而他自己又是如何熬过了这许多年的呢？

翁伟昂无法自制地又感到了难以名状的无奈和空虚。一时间仿佛这世上的一切都失去了意义，觉得自己这样的生活，也实在没有什么可以得意扬扬的。这种感觉在他的心中持续了一会，但很快他就让理智重新控制了自己。他发动了那辆Jeep，一踩油门冲上了公路。

他一边驾驶着汽车，一边冥思苦想着他所要面对的这个现实和未来。而且他所要面对的还不仅仅是久别重逢的范婵和初次相识的周薇，还有在这五年里与他若即若离的姚姬。又有两三个月没有和姚姬联系了，而在这五年里，他和姚姬保持着一种奇特的关系。

当年在翁伟昂和范婵分手后不久，范婵就从新潮商场辞职，去了高俊的房地产公司。范婵一走，姚姬和赵裳也从新潮商场辞了职。姚姬用单晓的抚恤金开起了发廊，自己开店创业当了小老板。而赵裳和她的男朋友一起，到东莞的手机组装厂去打工了。

他们听同乡的老乡说，东莞那边的手机组装厂不但包吃包住，而且工资和加班费都很高。对于他们这样的农民工来说，一个月干下来，手头能存下多少现金才是最重要的。这样一来在这三个女人里，翁伟昂还能经常见到的也就只有姚姬了。

虽然翁伟昂的心里对姚姬有几分怨恨，但是因为他们俩都是自己开店创业的小老板，相同的身份又使他们有了一种同是天涯沦落人，惺惺相惜般的感觉。翁伟昂知道开店不容易，小店开张后最需要的就是人气，所以在姚姬的发廊开业后，他就成了姚姬发廊的常客。

姚姬劝他理个毛寸发型会更精神些，他就一狠心告别了坚持近 20 年的偏分发型，又回到了这个当年的男孩发型。真是风水轮流转，当年为了留长发、穿喇叭裤，他们那一代男孩，可没少和老一辈们对着干。

换了毛寸发型后，翁伟昂更是得经常去姚姬的发廊了。发廊的生意好起来后，姚姬也雇了店员。为了打发空闲时间，姚姬就到翁伟昂的电脑店里买了一台兼容机，放在家里专门玩游戏。姚姬是个电脑盲，只要家里的电脑有毛病，翁伟昂就得随叫随到，全心全意地为顾客服务。

有一天天气不好，看到店里没有顾客，姚姬就留下店员，自己回家玩电脑游戏去了。那段时间姚姬玩电脑游戏有点走火入魔，从《大富翁》玩到《俄罗斯方块》，又从《明星三缺一》玩到《推箱子》。正当姚姬玩得兴致勃勃时，电脑却突然黑屏了，她立马给翁伟昂打了电话，翁伟昂过了不久就来了。

在翁伟昂修电脑时，姚姬就去做饭了。电脑修好后，翁伟昂吃了姚姬做的饭。那一天翁伟昂留宿在了姚姬家。毕竟天已经黑了，又是孤男寡女。

汽车在公路上飞驰，夕阳染红了大地。翁伟昂从驾驶座向外望去，觉得眼前的特区街道似乎宽阔了许多，仿佛这个世界也变得博大了起来，这使他的心胸开阔了一些。他知道这是周薇给他带来的美好感受，如果他还年轻，这一定是个美妙而又轻松的时刻。在这样一个美丽的傍晚，他可以无忧无虑地驾驶着越野车在这宽阔的公路上飞驰，去梦想着明天。

可他知道自己已经不再年轻了，而且他距离自己所梦想的成功还有很长的路要走。想到这里，他对再次见到周薇不禁有些紧张了起来。他觉得对他来说，周薇近在眼前，又似乎遥不可及，他甚至觉得这是一场新的冒险。

"可又有什么办法呢？这是早晚都得面对的一个现实啊！反正只是个迟早而已。"他又一次意识到，他该改变自己的生活了。

翁伟昂来到了电视台。参加文艺晚会不再去礼堂剧场，而是去电视台，这是那个年代发生的一个新变化。随着有线电视和彩色电视机的普及，各级电视台很快就喧宾夺主，由文艺晚会的录像转播者，摇身一变为了大部分文艺晚会的主办者。当翁伟昂经过了一道道盘查，好不容易得以进入了电视台新建的那套豪华的演播大厅时，他终于见到了他所渴望的那个身影。

周薇见到翁伟昂时嫣然一笑，寒暄了几句之后，将翁伟昂引领到嘉宾的座位上坐下，然后就忙碌起其他的事情去了。周薇一副很认真的样子，显得专业而又敬业。她似乎不在意翁伟昂的存在，也没有再和翁伟昂说什么话。

这多少有点让翁伟昂感到自己被冷落，觉得心里有些不是滋味。在他的心中，初来时的兴奋和此时的尴尬形成了一点落差。他觉得自己也许又有些自作多情了，对于周薇来说这只不过是她的工作罢了，而他不过是一个普通的嘉宾而已。

很显然几乎所有的人，在自己的意识深处都把自己看成生活的主角，翁伟昂当然也是如此。眼前的景象使他的心中感到一阵淡淡的失落，但是周薇的存在，又使他隐隐约约地意识到他未来的生活也许会有另外一种可能。

翁伟昂努力使自己镇静下来，毕竟男子汉最基本的素养就是要隐藏自己的软弱，特别是在自己心仪的女性面前。而且还要故作轻松，不露痕迹地卖弄和表现自己。他越来越深地感到就虚伪的本性而言，他和普罗大众之间并没有什么太大的差别。

他觉得周薇那秀色可餐的美貌和气质，足以使他那有点受伤的自尊心得以补偿。因为周薇可以使他意识到在他的心底里，并非只有范婵。对于刚刚从痛苦的深渊中挣扎出来的他来说，意识到这一点是他保持身心平衡的救命稻草。他命令自己不要再去想范婵，而且此时他的心灵确实正在被眼前的这个女子夺去。所以他的视线不时追随着周薇忙碌的身影，倾听着她那悦耳的声音。

周薇招呼完了翁伟昂之后，确实没有时间再去搭理翁伟昂。但是在自顾自地做着自己的事情的时候，在她那专注的神情里还是不时地向嘉宾席扫上一眼。这使翁伟昂的心中不禁又有些飘飘然了，他一边想着自己的心事，一边正襟危坐，装着没有看到周薇的目光。但是他的心中，却对周薇越来越敬重起来。

一个看起来如此柔弱的女孩子，竟有这般的组织能力和这样专业的职业素养，的确是令他佩服的。在这个现代化的演播大厅里，这位来自台湾的女艺人，给他带来了一种现代的、时尚的感受，使他终于有了一种与新时代同步的感觉。

当翁伟昂意识到自己正沉浸在周薇给他带来的美妙感受的时候，他的身心不禁兴奋了起来，那兴奋就像是一股清泉，瞬间涌遍了他的全身。这样一来，他仿佛觉得他过去所受的那些苦难都是值得的，当他不由自主地联想起了过去那些不堪回首的往事时，他不再感到痛苦和怨恨，因为那一切仿佛都被他对周薇的柔情所融化了。

一个个美妙的幻想又开始充满着翁伟昂的身心，使他又感觉到了自己心中那奔涌着的激情，这既使他感到兴奋，又有几分慌乱，有些坐立不安起来。好在过了不久，这场文艺晚会终于开始了。周薇和一位很帅气的男主持人，共同主持了这场文艺晚会。多才多艺的周薇除了担任主持人外，还演唱了几首港台歌曲。

翁伟昂觉得周薇美妙的声音，对于他来说有着一种无法抗拒的力量。这使他的身心既感到兴奋，又有些神不守舍。可这又使他想起了姚姬来，心中不免感到了几分愧疚。

演播大厅里的声光影像，头顶上移动着的摄像机，使他的心迷乱了起来。直到周薇和那位男主持人开始介绍嘉宾时，才将他的思绪拉回到这现实之中。

当介绍到翁伟昂时，他只是对着摄像机傻笑了一下，好在这不是综艺节目，不需要互动。他回想起了他在西江市刚担任副市长时，一回家就在本地新闻里寻找自己一闪而过的几个镜头时的快乐。但是转眼之间他就已经人到中年，这使他陷入到了茫然之中，因为在面对他心底里对新的情感的渴望时，他却有些犹豫不决了起来。

他开始怀疑自己有没有能力和运气，将这美好的希望转化为自己所梦想的快乐和幸福。会不会又像以前那样，反而在自己孤苦的心上徒增了一份新的痛苦？一想到这里，他就打算离开了，因为他的心里乱得很，根本无法确定这一新的渴望正确与否。所以当完成了嘉宾介绍这一环节，作为一场文艺晚会，嘉宾的任务也就差不多完成了时，翁伟昂已经决定离去了。

"忘记吧！忘记这里的一切。这也许只是一场梦而已。"他对自己说道。但是当他走出演播大厅后没多久，他的手机就响了起来，电话是周薇打来的。

"那天是怎么回事？"周薇抿了一口咖啡，饶有兴致地望着对面的翁伟昂，像是很随便地问道。

翁伟昂其实已经料到了周薇会问起这个问题，所以明知故问地反问道："什么怎么回事？没有怎么回事呀！"

他们两人果然是棋逢对手、将遇良才，就像两个博弈高手一样揣摩着对方。他们的心思都那么缜密，目光却又那么活跃，似乎要看透对方的心灵一样。

"你和高太太的关系，不那么简单吧？"周薇一边轻松而又愉快地问道，一边仔细观察着翁伟昂表情的变化。

翁伟昂早有防备，所以装作心不在焉地答道："我们的关系很简单，只不过很久以前认识而已。我倒觉得你和高太太的关系挺不一般的，对吧？"

现在轮到翁伟昂仔细观察起周薇的表情变化了。他隐隐约约地觉得在周薇轻松愉快的表情下，她的神态中又仿佛有几分心事重重的感觉。他总觉得周薇对他这个人其实并不是很感兴趣，而像是要从他这里寻找些什么。

"哪里，我和高太太也是通过洪老板认识的，他们两个人的关系才不一般呢。我总觉得你们大陆人很神秘，我听说你以前是从政的，现在却成了大老板，真有意思。"

翁伟昂听到周薇聊起了他过去的身份，不禁有些警觉了起来。电视台演播大厅旁的这家咖啡厅的光线有点暗，不过和这样一个神秘的女子在一起，翁伟昂颇有几分入戏了的感觉。不过令翁伟昂感到忐忑的是，周薇的眼神中有一种他一时难以形容出来的神情，她似乎有些什么心事。

"难道这和洪晨、范婵有什么联系吗？"翁伟昂的心中升起了一个疑团。于是他开始思索着怎么试探周薇和洪晨、范婵的关系，但是恰在这时，一个记者找到周薇要做采访，于是周薇向他表示了感谢后，就回到了演播大厅里。

一种直觉使翁伟昂似乎感觉到了什么，他望着周薇的背影，回味着她那神情里难以察觉的变化。他仿佛有些明白了，他的心急剧地跳动了起来，他的情感又坠入了苦恼的深渊里。

"命运啊命运！你为什么对我一定要这样？难道你就是要折磨我的心吗？"他痛苦地自问。那难言的压抑又向他袭来，压得他透不过气来。但他仍然强作镇静，悄然离开了咖啡厅，向着自己的越野车走去。

第十七章　致命陷阱

范婵的心情坏透了，一是因为这些天来她的身体很不舒服，二是因为她邂逅了翁伟昂这位既让她眷恋，又让她深深烦恼的初恋情人。事实上这一次翁伟昂和范婵的重逢给范婵带来的烦恼和痛苦，要远远大于给翁伟昂带来的烦恼和痛苦。

翁伟昂的意外出现，使范婵再次萌发了与洪晨一刀两断的念头，在她清醒的时候，她意识到与洪晨保持这种关系对自己来说是个泥潭虎穴，但是她又无法自拔。

洪晨三十多岁的年纪，一张白净的脸在一头弯曲卷发的映衬下，显得清秀而又高深莫测。他有着迷雾一般的经历，曾经在欧洲和美国学习国际金融，据说还有过华尔街的工作履历。后来他回到了香港，开始在中环打拼和钻营。

中环是英国殖民时期的维多利亚式建筑与现代高科技大厦的混合体。那里大厦如林，超级市场和摊贩市场并存，东、西文化兼收并蓄，既是购物的天堂，又是冒险家的乐园。中环也是香港的金融和商业中心，几乎所有的世界顶级银行和跨国金融集团，都在中环设有分支机构。在投行业里钻营的洪晨很清楚，挣大钱是他的唯一目标。所以在从事着投行工作的同时，他也投资于当时蒸蒸日上的香港房地产和股票期货市场。

本来顺风顺水的，可是1997年爆发的亚洲金融危机粉碎了他的美梦。由于使用了融资杠杆，大起大落的香港房价和恒生指数不但血洗了他的资本积累，而且还使他负债累累，于是他将视线从香港转向了大陆。他觉得改革开放后已经积累了一定资本的大陆钱多人傻，显然更对他的胃口。虽然香港没有带给他他所梦想的财富，但是毕竟给了他"香港金融界人士"这一在当年非常显赫的身份。

很快洪晨就盯上了范婵，不仅仅是因为她的美貌，还有她那特区房地产大佬高俊太太的身份。于是洪晨频繁出现在范婵的身边，并且很快博得了范婵的好感。除了他的儒雅和善解人意，显然就是他那香港金融界人士的背景了。

范婵当年从江南水乡来到特区打工时，每当夜晚眺望着香港那边灯火辉煌的高楼大厦时，就觉得那边简直就是个天堂。那边的人一个个都时髦新潮、趾高气扬，总之那边的一切都仿佛近在眼前，却又遥不可及。再加上那时候的影视屏幕都被香港明星霸占了。

那时还是个纯情少女的范婵没有想到，自己有朝一日会嫁入豪门，那些曾经在她眼里时髦新潮、趾高气扬的港台人士也会围着她团团转。与高俊结婚后，她真的体验到了财富和社会地位的荣耀。她觉得自己应该理所应当地享受这个天赐良机，包括洪晨在她面前的表演，可是后来事态的发展远远超乎了她的想象。

这些天来，翁伟昂的影子仍然时常困扰着她的心，使她的身心无法安宁。现在她也只有借助酒精，来忘却或是麻醉这难言的情感了。在她的神态里似乎有着一丝哀怨的美丽，在她的神情里又有了一些使洪晨难以理解、无法琢磨的感觉。她那因为捉摸不透而显得高深莫测的这些变化，让洪晨的心里忐忑不安。

以前范婵给洪晨的印象是高傲、多情而又性感。洪晨对女性有着极高的鉴赏力，他从见到范婵的第一面起，就觉得自己遇到了一位不那么一般的女子。不过不要以为这位男子是一位好色之徒，他更需要的其实还是金钱。

洪晨对金钱本来就有着无限的渴望，而在亚洲金融危机之后，金钱已经是决定他生死存亡的问题了。所以在他寻猎美女的时候，更多的还是紧盯着她们的钱袋。对于爱情他早就看开了，在他大学毕业后不久，当他的心上人嫁给了一位纨绔子弟之后，他那理想中的爱情就已经结束了。所以在那以后他就封闭了自己的心灵，从此以后他的灵魂里只剩下了对金钱的极度渴望。

可是在见到范婵的第一面起，他又隐隐约约地觉得自己心里的那块禁区，正在被一种新的渴望冲开了一个口子，于是不知不觉地开始在心里谋划了起来。他想要完全地掌控范婵，不仅仅是她的金钱，还有她的全部。

儒雅的形象和香港金融界人士的公开身份，很快使洪晨和范婵的关系密切了起来。范婵在与高俊结婚后，还从没有与其他男子有过这么密切的接触。可是洪晨的表演，使她很快消除了拘束的感觉，又开始渴望起了那种自由自在、无拘无束的放荡生活。

这时突然出现的翁伟昂和范婵的复杂关系，使洪晨那本就慌乱而又忐忑的心，变得更加焦虑不安起来，洪晨觉得自己此时的心里很不是滋味，他心慌得厉害，当他想象着范婵那美妙的双腿和洁白的玉体时，他的目光里又充满着欲望和疯狂，他无法控制自己的痴迷欲望。

他感叹着转过了身去望着窗外，可他必须赶快离开返回香港。于是他一语不发地穿好衣服向门外走去。

洪晨回到了香港后继续策划着他的阴谋。那些不堪回首的陈年往事又冲进了他的脑海，像过电影一样在他的脑海里飘浮着。他想起了亚洲金融危机，想起了他曾经的辉煌和爆仓清盘时的心灰意冷、天昏地暗。真希望那一切只是一场梦。

这时一个男子的身影不时地在他眼前晃动。他像是知道那人是谁，又像是不知道，但是最终那个影子还是越来越清晰了起来。翁伟昂的身影的出现，使他意识到自己遇到了又一个严峻的挑战。他已经将范婵和她的财富看成了自己的一切，而这个被他一不小心引荐给了范婵的男人，真没想到却是范婵久别重逢的初恋情人。

这使洪晨感到了深深的懊恼，他本认为自己并不是那种头脑简单的男人，可事实上他却一直在干蠢事。他无法接受这样的现实，他命令自己必须改变这一切。他绝不能允许任何人妨碍他的计划，他必须完成那个计划，否则就是死路一条。对此他已经深信不疑了，所以一旦下定了决心，他就深信自己只有这条路可走了。

时光不饶人，面对现实洪晨发觉自己已经过了而立之年。他开始在自己的头上看到了白发，当一天的工作结束之后，他会感到一种以前从未有过的疲惫和厌倦。这种情况的出现，使他不得不承认自己已经走上了未老先衰的道路。在这而立之年，他必须将过去那曾经的豪情万丈埋葬，来应对这危机四伏的生活。所以无论是成功还是失败，他都要再赌一把了。

可是这次一旦失败，对他来说就将是彻底失败了。过去的失败还可以用时间来弥补，可这次如果失败，他将没有机会再去翻盘，他也不可能再有充裕的时间和旺盛的精力了。在香港这个弹丸之地，就更使他愈发感受到了这一点。在过去的那些岁月里，他总以为自己站在胜利与成功的边缘，离那成功的顶点只有一步之遥。如果没有那突如其来的亚洲金融危机，或许他所盼望的那种使世人瞩目的、巨大的成功已经实现了。

他觉得命运待他太不公平了，成功的天平似乎总是倾向于他，可是到头来，等待他的却又总是失败。随着岁月的流逝，他已经渐渐地失去了耐心。假如他是一个平常人的话，他也许还可以在香港做一个幸福快乐的小市民，然后就这样随波逐流地度过一生。虽然这样的生活不能说没有意义，可是对他来说却已经是不可能的了。他已经陷得太深了，要想改变这一切对他来说已经太晚了。

现在他只能在脑海里盘算着他的阴谋，虽然开着空调，可他的身上仍然不时地冒着冷汗。他胆战心惊，但是他的内心又迫使他不择手段地去占有他所渴望的那一切。这时范婵的身影激发着他男性的欲望，只要一想起范婵那迷人的身子，他就足以断定已经没有人能够阻止他了。想到这里他侧过身去，仿佛范婵就在他的身旁静静地熟睡。

一种勇气开始在洪晨的内心中升起，他觉得范婵就是他的女人，而要彻底地占有她和她的财富，他就只能那样做了。一想到这里，洪晨的身心又开始兴奋了起来，他回忆着触摸范婵的身体时，那本能的兴奋和渴望。他仿佛又嗅到了那种女性的气息，他真有点不敢相信这就是昨天他所享有过的一切。

这样一想，洪晨就觉得自己已经完全想开了。他感到自己全身的血液都在加速流动起来，似乎随时都有可能从他身体里奔泻而出。他头痛得厉害，就一杯又一杯地喝起了洋酒。酒精渐渐麻醉了他的大脑，使洪晨的身心获得了暂时的满足，他又开始得意扬扬地回忆起了他占有范婵时的情景。这使他的虚荣心得到了满足，空虚惶恐之情得到了松弛和宽慰。

在这幻觉中洪晨仿佛觉得此时的自己就像古代的武士一样，骄傲地望着对手落荒而逃。他的心灵和肉体都不由自主地冲动了起来，就好像用有些颤抖的双手，从背后搂抱着范婵一样。洪晨在对范婵的幻梦中寻求着解脱和勇气，他闭上了眼睛，不知怎么的这时他的心中已经没有了恐惧。

他明白他必须在这短暂的平静和勇气中去实施他的计划。否则过不了多久，他那已经接近于崩溃的身心，又会被那恐惧的感觉紧紧地纠缠。他似乎又做了一个梦，他梦见自己正不顾一切地向着那黑天白地中跑去。

清晨，范婵醒来得很早。她坐了起来，见还不到四点钟。她盯着那石英钟发着呆，眼泪不知不觉地流了下来。四周死一般的沉寂，薛姨还没有起床。她披上了衣服，失魂落魄地走到了窗前，拉开了窗帘。

天色已经渐渐发白，剩下的那一些夜色也正在悄悄地退去，她觉得身上冷冰冰的。她转过了身来想回到床上去再睡一会，可她的心里总是有着几分惶恐的感觉，这种感觉使她心神不宁。

"到底是为了什么呢？又有什么好怕的呢？"她这样开导着自己，想转移注意力去想别的事情。

坐到长沙发里，她又拉了一件衣服盖到了腿上。周围依然宁静，她真想享受这安逸的时光，她多么希望生活就静止在此时此刻。可这却是不可能的。想着自己现在的这种生活，她总是感到有些恐惧，不知这样的生活到底是为了什么。这种恐惧的感觉并不仅仅是这两天的事，可是这两天却是这样的强烈，使得她仿佛对一切都怀疑了起来。

以前她总以为自己心中偶尔产生的这种感觉，随着时光的流逝，会很快地消散。所以她并不去注意这种感觉，而总是将希望寄托在某种神话般的希望中，并不去做太多的思考，可是现在她心中的这种感觉却越来越强烈。

"难道这种感觉真的仅仅是一时之间的感觉吗？"她问着自己，对自己过去的生活终于产生了许多的怀疑，但她却找不到答案。她的脑海里飘浮着一段段杂乱的记忆，在那一个个纷繁的画面里总是夹杂着一个少女的身影。

和她一样，那是一个娇小的江南女孩。留着好看的披肩发，瓜子脸上有一双乌溜溜的黑眼珠。娇小的身材虽然单薄，却又十分的女性化。她知道那是谁，可却不敢去想那个女孩。但是这些天来那个娇小女孩的身影总是浮现在她的眼前，她不愿去想那过去的一切，但她越是这样那个女孩的身影就越是纠缠着她。

那是赵裳，她的江南老乡和最好的朋友。当年她是从安华那里听到了赵裳的死讯。当安华找到她，告诉了她这个噩耗时，她哭成了泪人。尽管她们早已各走各路、天各一方，但毕竟曾经在一个宿舍里生活了那么久。从安华那里，她了解到了她们各奔前程后赵裳遭遇的不幸。

赵裳和她的男朋友吴晓离开深圳后，就到了东莞的一家手机组装厂打工。可是干了没多久，他们就有点受不了这家工厂的高强度劳动和没日没夜的加班了。虽然可以挣到一些钱，但是那条似乎永远也看不到尽头的流水线，让吴晓看不到希望和梦想。于是干了没多久，吴晓就跟着一个老乡去开长途货车了，剩下了赵裳一个人在手机组装厂里打工。

这时她认识了一位名叫郭兰的大姐。郭兰的目标正是像赵裳这样在各家工厂里打工的漂亮女孩。郭兰对赵裳说，像她这样的漂亮女孩在工厂里打工太可惜了，她可以给赵裳介绍客户代表的工作，既轻松体面，收入又高。郭兰态度诚恳，赵裳也早有此意，所以她们一拍即合。很快郭兰就坐在一辆赵裳叫不上名来的豪华轿车，把她从工厂里接走了。不由分说地将赵裳带到了环宇大厦，还没等赵裳明白过来怎么回事，她就已经在环宇大厦的桑拿城里上岗了。

环宇大厦是一座五星级大酒店，以前赵裳只是路过时仰望过它的宏伟尊容。如今她尽然在这里工作，她被一种兴奋、幸福、受宠若惊、不知所措的感觉包围着，茫然地听从着郭兰的安排，对郭兰言听计从。那天郭兰安排赵裳和几个客人在餐厅里吃饭。

坐定之后，赵裳的情绪才总算渐渐平静下来，这才有心思打量起了身边的这几个人来。郭兰打扮得花枝招展，她谈笑风生，挥洒自如，赵裳总算明白了一些。她已经听出了一些名堂。那个粗壮结实的男子，是位名叫钱艾的大老板。郭兰带着她，显然是要接待好这位钱大老板的。

一桌子山珍海味摆了上来。赵裳觉得自己从来没有吃过这么好吃的东西。菜后是酒，那酒赵裳叫不上名来，只听他们说是什么XO。尽管她没怎么喝过酒，但是在慌乱之中，他们让她一起喝，她也就只能喝了。其实她对酒很感兴趣，还在上小学时，逢年过节她就总是喝红酒。出于对白酒的好奇，有一次她乘大家不注意，拿起爸爸的酒杯喝了一小口。这一小口不要紧，辣得她半天说不出话来，只觉得嘴里、嗓子里、胸膛里都像是火烧火燎一般，眼泪止不住地往下流，可又不敢让大家看见。

可是这个XO，看起来像红酒，喝下去又像是白酒，但是在这里不喝是不行的。看那郭兰一杯杯仰脖而下，赵裳简直惊呆了。一时间她对郭兰崇拜得五体投地。过了不久，她也喝得脸红起来。酒精使她的脸上散发着迷人的红晕，渐渐地手、脚、眼睛都开始飘了起来。

郭兰和那几个男人的谈笑越来越放肆，赵裳真不敢相信，她对郭兰越来越崇拜了。他们乘电梯扶摇直上，片刻间已来到了大厦最高层。这是一间豪华舞厅，舞厅里弥漫着朦胧气息。透过巨大的茶色落地玻璃墙，可以鸟瞰整座城市。置身其中的赵裳像是来到了一个新世界，这新世界给了她一种奇妙的感觉，这奇妙的感觉向她发出着神秘的召唤，这神秘召唤仿佛使她看见了某种未来。

她喜欢这个世界，喜欢这种感觉，喜欢那神秘未来。她需要一种全新的生活，刹那间她那么强烈地意识到了这一点。这新的希望照亮了她的心，她整个人都为之兴奋。那个钱老板满口酒气，一个劲地往她身上蹭，前言不搭后语的，不知在说些什么。

"小赵，钱老板选了你，你可得让钱老板满意呦！"

郭兰的声音在赵裳的耳边响起，赵裳吓了一跳。但是很奇怪，她不但没有打算拒绝，而且心中反而有着某种渴望。她忘记了吴晓，她几乎不觉得她曾经爱过他。

在这里，时光就像是流水，还没等赵裳清醒过来，她已经被钱艾搂进了怀里。酒精使得赵裳兴奋地说笑着，刚来时的那份拘谨早不知丢到了哪里。现在她觉得自己已经成为他们中的一部分，就连那几个男人，也仿佛都成了她的老朋友。

"哎呀，真是热死人了。才六月就这么热，以后的日子可怎么过啊！"郭兰对着大家娇滴滴地感叹。

"那咱们去游泳吧！"钱艾说道。

"对，现在就去游泳。"赵裳跟着起哄。这使她越发兴奋起来，身为江南女子，她的游泳水平还行。

"对，马上去游。"钱老板发着颤音，表示了强烈的赞同。

他们很快来到了这个桑拿城的游泳区，赵裳整个身心都沉浸在兴奋之中。她没想到现在的生活这么有趣，一切都像是在梦中。当她在手机组装厂打工时，她只想着赶快下班后回到宿舍里，躺在木板床上好好地睡一觉。

可现在的生活已经是另一个样子了。她的身体、精神、情绪都荡漾在幸福的海洋里。她的身心里涌动着一种她还从未体验，但却又一直很想体验的那样一种难言的感觉，她的脑海里不停地闪动着种种美好的幻想。

"喂！你怎么了？快脱啊。"在豪华的套间里，钱老板从淋浴间赤身裸体地走了出来，冲着赵裳急急地嚷道。

赵裳在茫然中听见了这个声音，她不想这样，可是一种神秘的力量控制着她，竟使她不知不觉地脱去了衣服。她的心乱得厉害，脑子里乱糟糟的。

在那之后，她最不想见到的人就是吴晓。可是吴晓却一次次地来找她，但却不是请求她回心转意的，而是向她不停地要钱。刚开始时，吴晓对赵裳哭着说他开货车跑长途是多么的不容易，不是被交警罚款，就是被路政扣车。可是后来赵裳才知道，吴晓开始吸毒了。

赵裳终于后悔了，她觉得她这样下去，既害了自己，也害了吴晓。可是半年后一个晴天霹雳的消息传来，吴晓因为参与了贩毒被抓了，在严厉打击涉毒犯罪的高压态势下，被判处了死刑立即执行。吴晓在监狱中放弃了上诉。

"他为什么不上诉？为什么不上诉？"赵裳听到这个消息后喃喃地说道，"为什么一定要他死呢？为什么一定要他死？他为什么不上诉？为什么……"

这件事很快就过去了，生活中的一切都在继续。贩毒犯的死刑，对这个世界来说好像并不算什么大不了的事，生活很快就会恢复平静，时间将荡涤人们的记忆。可是就在吴晓被执行死刑后的第一百天，人们发现赵裳失踪了。几天后，人们在下游的河道里发现了一具女尸。那是赵裳。

回想到了这里，泪水从范婵的眼中涌出，冥冥之中她终于做出了一个决定。她知道自己不能再这样堕落下去了，她要和洪晨一刀两断，她要开始新的生活。她终于从往事中醒来，这么多天了，她第一次感觉到了一阵轻松和快乐。

翁伟昂觉得有些口渴，于是买了一瓶可口可乐。他倚在护栏上，一边喝着可乐，一边眺望着浦东那边通体明亮、直刺夜空的东方明珠电视塔。

他记得在 20 世纪 80 年代，这里有外滩著名的"情人墙"。那其实是一段全长约 1700 米的钢筋混凝土防洪墙，建于黄浦公园至新开河的黄浦江边。那时候的观光台，就是建造在伸向黄浦江上的空箱式结构防汛墙上，地面则是用彩色地砖和花岗石铺成的。

老一代的上海人，大多有过到外滩的这段情人墙边"轧朋友"的经历。以前上海人家住房紧张，所以谈对象只能去户外。于是外滩的这一段墙边，就成了上海老一代情侣们的恋爱圣地。没去过情人墙谈恋爱，就像没有谈过恋爱一样。如今时过境迁，那道"情人墙"如今已不复存在，代之的是这样的沿江栏杆。

对岸那宏伟的东方明珠电视塔，犹如一艘正待发射的宇宙飞船，只待一声令下，便直上云霄，升腾于九天之外。这座电视塔见证了 20 世纪 90 年代开发浦东新区的历史，已经成为上海新的地标。而外滩这块风水宝地，更是见证了大上海的世纪沉浮。

对于上海的历史不太了解的人，一定会感叹上海的变化是如此之大，几年不见就有了一番焕然一新的感觉。翁伟昂还记得自己当初来这里出差时，这座电视塔还没有踪影，外滩正在整修，南京路的翻修也未进行，浦东的开发也刚刚提上议事日程。而此时的浦东新区已经生机勃勃了，跨江大桥飞架两岸，摩天大楼拔地而起。似乎只有那静静流过的黄浦江水，默默叙述着这两个世纪的沧桑。

当20世纪已经接近于尾声，翁伟昂站在黄浦江边环顾着外滩两岸时，他的内心里既充满着悠悠怀古的感慨，又激荡着一个个的世纪之问。

在邂逅了范婵，又结识了周薇之后，翁伟昂的内心深处难以平静。而他现在唯一能做的，只能是利用自己民营企业老板的自由，以考察上海市场为名来这里换换心情了。他将公司事务交代给了文幻，自己就这样来到了上海。上午他去了浦东新区，查看了分公司新址。下午又拜访了几位专家和政府官员，咨询了公司股票在上海证券交易所上市的可能性。

傍晚翁伟昂沿着外滩的观光走廊信步走去，这里到处都是来自全国和世界各地的游人。许多人拿着傻瓜相机在那留影拍照，闪光灯不时地亮起。一群身材高大、西装革履、衣冠楚楚的外国人站在那里交谈。

翁伟昂穿过地下通道，来到了南京路。他的脑海里飘浮着《霓虹灯下的哨兵》里的电影镜头，他还记得那是小时候刚刚有电视那会在电视里看到的。虽然是黑白的，却也感受到了南京路的繁华、新奇。近代有许多著名的文学作品和影视戏剧描写了外滩，或是以大上海为背景。殖民者的资本从这里涌入，使这里的十里洋场不知上演了多少人世间的悲喜剧。

资本给人们带来了财富，却又撕碎了无数个灵魂。资本使人辉煌，又使人失落。资本使人迷恋，又使人彷徨。这里曾经是资本的天堂，又曾经是资本的墓地。

如今的上海正以一种新的姿态迎接着新资本的到来，在这世纪沉浮中再一次接受资本的洗礼。这里是资本天然的乐园，因为这里位居环太平洋经济圈中心，这里是长江出海口，中国的经济金融中心，又是东方第一大港。

这一切无不预示着一个新的时代即将到来。就像这条翻修后的南京路一样，路还是那条路，却已经是一条现代化的路了。它像是一个象征，预示着这座大都市将奋起直追，去追寻本来就应该属于它的再度辉煌。

高俊回头望了一眼斜放在后座上的油画，发动了汽车。他朝恭立在车外的中年画家挥了挥手，然后驾驶汽车驶出了画院。这是一幅人体油画，画得相当传神。他在画展上一看到它，心里就勃发起了一种本能的冲动。于是他决意将这幅画买下来，一万块并不算是个大数目。

那个中年画家在国内有点名气，不过离大红大紫的程度还差得很远。高俊驾驶着他的克莱斯勒轿车在闹市区里穿行，他一边不时注视着滚滚车流中的豪华轿车，一边思考着下一次该换什么车好。道奇、法拉利、宝马、奔驰，一连串世界名车品牌在他的脑海里闪过。他已经换过五次车了，可是换车的欲望还是这么强烈。

刚考驾照时他开的是标致轿车，那辆标致车与现在的这些名车相比，简直像是丑小鸭。他喜欢那种有着美妙曲线的轿车，正好像一个美丽的女子，高贵的出身、艳丽的容颜固然重要，但真正使男人们欲火中烧的还是那婀娜的腰身。

一辆大宇轿车从他车后超过，在他的右前方行驶。他盯着那辆轿车优美的流线、饱满的车身和翘起的车尾，使他联想起了自己现在的老婆和已经相好了一段时间的又一个小妞。轿车渐渐地驶出了闹市区，高俊的心里回味着这个新相好。说是小妞，可也已经二十五六岁了，只不过那女子生得娇小玲珑，总让人觉得像是个十八九岁的纯情少女。

那女子一双秀目，瓜子脸，披肩长发，身材窈窕。不知怎么的，跟她在一起时总有一种特殊的冲动，竟然能让他将范婵都抛在脑后。高俊的心中充满着对那个小妞的思念，可是老婆也是自己的，总不能当个摆设吧？

春风得意的感觉是如此美妙，似乎能将这世上的一切都变得美好。高俊轻握着方向盘，他看到一辆大货车从远方迎面驶来，于是将方向盘向右边打了打。

转眼间那辆大货车已到眼前，可是那辆大货车猛一侧头迎面冲来，他大叫一声不好，话音未落他的轿车已经滚翻了起来，他觉得他的双腿像是被一双铁钳夹住了，手臂似乎已经折断，钻心的疼痛使他大叫了起来，脸上、眼睛里都火烧火燎的。随着一声巨响，他的世界就这样消失了。

　　这是一条拓宽不久的公路，路面平整光滑，一马平川地向前延伸，在远方画出了一道弧线。

　　天色已经渐渐暗淡了下来，遇难的轿车在离路基很远的地方仰面躺着。火已经被扑灭了，克莱斯勒的辉煌早已不复存在，只有几缕清烟从已经烧焦的车壳里飘荡出来，像是在向空气讲述着这场交通事故的惨烈。

　　矮个子的牛蒙警官掏出一支香烟，叼在双唇之间，他一边找着打火机，一边若有所思地望了一眼不远处的那个悲哀的丽人。

　　篮球运动员出身的高个子警官苏东走过来，一边掏出打火机给牛蒙点烟，一边招呼道："来了，队长。"

　　"嗯。本来正想回家吃饭呢，我老婆孩子等了我不知多少回了，这次又只能说对不起了。这里真够惨的，那是谁？"他朝那个丽人指了指。

　　"是他老婆。"

　　"他是谁？"

　　"是高俊。"

　　"高俊？这个名字有点耳熟。"

　　"是的，就是那个房地产业的大老板，虽说不能一手遮天，却也是一呼百应、八面威风。"

　　"难怪！怪不得上面这么重视。一次交通事故，也让咱们过来。"

　　"这场严重的交通事故确实有点蹊跷。这条路刚通车不久，车不多，路况又好。按道理说不应该会车时相撞的，而且那个肇事司机既未停车抢救也未报警，是过路的司机报的案。从这辆被毁汽车侧前部被撞的痕迹看，肇事车辆很可能是一辆卡车，我们已经组织追查肇事汽车了。"

　　"这个高俊有仇人吗？"

"还不清楚，你也认为这是一起……"

"是的。这是一条四车道，就算是高俊占道行驶，也不会被撞出路基那么远，显然是那辆卡车跨线逆行了。从高俊的车被撞出的距离看，撞击的力量很大，而这段路又几乎是一条直线。显然高俊看到那辆卡车时并未意识到危险，也就是说那辆卡车是在会车前的一刹那，越线侧撞了高俊的车，所以高俊的轿车才会被撞下路基那么远。"

"嗯，我也很怀疑，可是谁要置他于死地呢？"

"这正是我们要解决的问题。首先去调查他的业务关系和社会关系，其次还要仔细地调查他的发家史，这点一定要搞得水落石出，很可能这就是问题的关键。还有……"牛蒙望了一眼已经哭得死去活来的范婵，冷冷地说道，"要仔细地查一查这个女人。"

"嘿！什么时候回来的，怎么不通知我一声？"翁伟昂推门进来时，文幻站起身来惊喜地问道。

"昨天下午。这里还好吗？"

"还好，还算顺利。怎么样？这次上海之行收获大吗？"

"差强人意。浦东分公司的筹备已经基本完成，各项手续也已办妥，现在就等这个拳头产品了。只是公司股票上市工作还是困难重重。没办法，审批制，狼多肉少啊！"

"是啊！这个超级 MIS 系统是我们的希望，未来公司股票的估值就寄托在这个软件工程上了。"

"晚上我们一起吃饭。把郑晨叫上，咱们两个是土鳖，在软件工程方面还得看他的洋枪洋炮。"

"好啊！咱们很久没在一起吃饭聊天了。我看就去海港酒家吧，那里的海鲜不错，肉菜也做得可以。很适合你的北方口味，还挺火爆的。"

海港酒家像是个大排档，什么菜都有，就像文幻说的还挺火爆。店内已经没有了座位，他们三个人就在室外的加桌坐了下来。他们先点了凉菜，又要了几瓶啤酒，就这样边喝边聊了起来。几杯啤酒下肚，翁伟昂的兴致很高，一吐为快道：

"浦东新区的发展真是令人刮目相看，与咱们特区不同的是人家那里不需要边防证。咱们特区模式是个创举，而这种新区模式也是个创举。那里制定的一系列优惠政策辐射面广，有利于吸引投资。这对内地僵化的机制是一种倒逼，特别是对于国有大中型企业就更是这样……"

"是吗？看来你这次上海之行真是收获不小，好久没有看到你这么开心了！"文幻看到翁伟昂的心情难得这么好，就又半开玩笑地说道，"对了，听说你最近和那个港台女明星混得不错，不简单啊！怎么样？把经验也给哥儿们介绍一下？"

"你得了吧！她身边的男性朋友多着呢，又不是我一个。"

"得了，你也别谦虚了。像你这样的钻石王老五，又能有几个呢？"

翁伟昂虽然笑着，但是心中的滋味好不复杂，他那一肚子的苦水是不可能对他们说的，所以言归正传道："公司要上市，我哪有那么多闲工夫。现在管理层对上市公司的要求越来越高，也越来越复杂了。上市工作牵扯面这么广，又是政策原则，又是法律法规，已经够我受的了。上下左右的各种关系这么纷繁，我能把这些应付好，就已经谢天谢地了。

"这十年来，我也是硬着头皮去闯去干的。不知道前面等待我们的是什么，也没有多少关系可以依靠，凡事都得靠自己啊！未来的事情还很难说，肯定还会有很多失败和挫折的。不过我相信我们最终是会成功的，我们要相信我们自己的努力、能力和胆量。只要有机遇，就绝不要轻易放过。"翁伟昂有点自负地说道。

他本想随便地说说，可是不知不觉地就把心里话吐露了出来，不过这倒使他感觉到这就是"天"将降于他的"大任"了。文幻和郑晨在一旁频频地点头，郑晨望着这个在他眼里有点冷漠的老板，对翁伟昂多了几分了解。

郑晨从小到大，在一大堆同学中都是当仁不让的学霸。他不仅学习成绩很好，而且他的体育才能也很出色，在学校里一直是品学兼优的翘楚。郑晨虽然是翁伟昂用高薪挖来的，可在他看来个性鲜明的翁伟昂简直是傲慢和莫测高深的化身。

但是现在郑晨有点欣赏他了，郑晨觉得翁伟昂有着与众不同的一面，有时候就像是一个谜。他和公司里的人一样，都很想了解这个个性鲜明的老板的内心世界，可是一直以来他觉得自己都白费了力气。

翁伟昂一直将心锁得紧紧的，即使文幻也无法窥视，所以在公司里翁伟昂不怒自威。无论是员工还是管理层，都不敢接近这个冷冰冰的老板。就好像他那里蕴藏着一种巨大的、神秘的能量，随时都有可能爆炸一样。

可是对于翁伟昂来说，他所追求的除了实现自己的理想，实现对美好生活的追求外，他的内心世界里还有对真理的渴望和探寻，所以他选择了自己孤傲的行为方式和思维方式，并不在乎旁人怎么看他。所以对郑晨和公司的员工来说，翁伟昂的行为方式和思维方式都是那么难以理解，而对于他自己来说却是自然而然的事情。

他觉得自己的思想和行为方式正是他所需要的，这也是他并不后悔离开了体制的原因。他本可以在体制里一步步地向上爬，但在体制里他不可能体会到这样一种如鱼得水、挥洒自如的感觉。虽然他也曾经怀疑过自己，怀疑自己告别小城的选择是对还是错。他内心中的这一切，无论是对于文幻、郑晨，还是公司其他员工，显然都是不可能理解的，所以他总是和他周围的人有意无意地拉开着一段距离。

作为文幻，虽然他一直跟随着翁伟昂，可却从不去触动翁伟昂的内心世界，或许这也是他一直能和翁伟昂走到一起的原因。如今看到翁伟昂即将功成名就，他觉得应该为翁伟昂高兴。

朋友嘛！虽然心里偶尔也会有那么一点不舒服，可还是为有这么一个老板感到庆幸和骄傲。他也只能将自己不能实现或没有勇气实现的理想，寄托到了翁伟昂的身上。或许这是一种最好的，也是最简单的搭档方式吧！

特区的生活看来是如此的美好，夜色渐渐地降临，这夜色和那海风吹来的大海的气息混合在一起，汇成了南国浪漫悠闲的气息。在这美妙的海滨暮色里，仿佛蕴含着神秘和诗意。那美丽的夜色与灯光辉映，融为了一副南国画卷。翁伟昂不由得又回忆起了小城的时光，在心里无奈地感叹这一切无法兼得。他的心里不禁感慨万千，不知不觉地问道："最近特区有什么新鲜事吗？"

"有，也没有，看怎么说了。特区政府又出了一些招商引资的优惠政策，所以又有很多新公司开张了。外资持续流入，经济高速增长，房价继续高歌猛进，物价连连上涨。很多人发了财，可发了财的人却又突然间离开了人世。"

"哇！这么刺激，告诉我是怎么回事？"

"前几天发生了一起车祸，当然了特区这里每天都在发生车祸。不过这次车祸使这个城市里的一个暴发户转眼之间离开了这个世界，留下了一大堆的钱和一个年轻美貌的小寡妇。"

"噢，那暴发户何许人也，名气大吗？"

"大名鼎鼎，号称房地产业的大佬。"

"房地产业？是谁？叫什么名字？！"

"姓高名俊。噢，对了，高俊和我还是老乡呢。怎么，你认识他？你干吗这样看着我，你以为我是在开玩笑吗？"文幻望着翁伟昂目瞪口呆的样子，惊诧地问道。

第十八章　幻梦

　　翁伟昂坐到了办公桌前，他打算一个人静一会。一整天他都在不停地忙碌，打不完的电话、开不完的会、签不完的字。他的超级 MIS 系统开发工作进展顺利，这让他对未来充满了遐想，可是过了不久范婵的身影又在他的脑海里闪现。

　　那天他被高俊的死讯惊呆了，他不知道现在的范婵会是什么样子。这件事发生得这么蹊跷，这么不可思议，虽然他确实无数次在内心里诅咒过高俊，但是当他听到了高俊的死讯时，他真的一点也没有幸灾乐祸的感觉。

　　可是这几天清晨，当他从梦中醒来，拉开窗帘，站在窗前，凝望那窗外的世界时，他总是要狠狠地摇摇头，以使自己确认他的确生活在现实之中。那些爱恨情仇都成了永远的过去，这一切对于此时的他来说，又有什么意义？和他又有什么关系呢？

　　可是在那一天夜深人静时，翁伟昂的手机突然响了起来。他皱了皱眉头，为这电话打断了他的思路而有些烦恼。可是当那手机里传来他熟悉的，却又略带沙哑的哭声时，他惊呆了。

　　"求求你伟昂，救救我，救救我吧，你快来，你快来……"范婵痛哭着，颤抖着哀求道。

　　"你别急，我马上就来。"翁伟昂不假思索地答道。可是这一去，翁伟昂就知道了他和高俊身亡的特殊关系。

　　范婵的确遇到了生死攸关的大麻烦。所有的人都以为高俊一死，作为高俊遗产的第一继承人，范婵转眼之间就成了一位大富翁。可是很快找上门来的各家银行和上下游企业就让范婵明白了，事实上她已经变成了一个"大负翁"。高俊给她留下的，完全是个烂摊子。

原来高俊的房地产公司是一家高杠杆公司，几乎完全依赖银行贷款和占用上下游企业资金来运作，自有资金很少。当高俊在世时，他依靠精准的资本运作，让公司的债务链无缝连接，开发项目得以顺畅运行。可是高俊一离世，这条债务链就无法顺畅运行了。只要一个环节上出了点问题，就会波及这条债务链上的各个环节。

范婵既不懂金融，更不懂资本运作。她嫁给了高俊后，对于公司的这种运作模式本来就似懂非懂，所以这番突然的变故，当然是让她措手不及。更何况这件事牵扯到了那么多的银行，所以她突然意识到现在的自己已经不属于她自己了，她等于是被高俊留给她的这个公司绑架了，想逃都逃不掉。

作为这个公司的法定继承人和债务人，范婵一时间变得举足轻重了起来。而且高俊的这家公司虽然主要经营房地产，却又投资了油画、古董等莫名其妙的东西。这类投资的周期长，变现难，一旦需要快速回笼资金就成了大麻烦，所以现在她的一举一动都让债权人们高度关注。而洪晨对范婵的纠缠，更使她的处境雪上加霜。毕竟公司债务的事已经闹得满城风雨，她现在几乎已经到了四面楚歌的地步。

但是令洪晨惊讶的是，本以为高俊一死就会对自己言听计从的范婵，对他却表现出了难以置信的坚强。她所表现出来的强硬态度，大大超出了洪晨的预料，使洪晨大惑不解、目瞪口呆。其实范婵在洪晨面前所表现出来的这种坚强，恰恰是她内心深处极度脆弱和惶恐的伪装，此时她最害怕的就是夜晚的来临。

又到了夜深人静时，在空荡荡的别墅里范婵胆战心惊。她仿佛觉得高俊的幽灵在别墅里游荡。她还得提防洪晨闯入她的家中，她本能地意识到洪晨和高俊的死亡之间，似乎存在着某种联系。尽管她已经让锁匠把家里的门锁都换了，可是洪晨对她家里的情况太熟悉了。

她越想越怕，全身发抖，她想去叫薛姨，可是她知道薛姨帮不了她。所以她终于不得不颤抖着，拨通了她早就存在手机里的翁伟昂的手机号码。

翁伟昂拧着眉头伏案工作着，这时他那宽大的老板桌上的内线电话响了起来，他按了一下电话上的免提键，随口问道："什么事？"

"董事长，这里有一位公安局的牛蒙警官想见你。"

"警官！他有什么事吗？"

"他没说，他说希望和你亲自谈。"

"好吧，请他进来。"

翁伟昂站起身来，觉得莫名其妙，他一边向门口迎去，一边在心里暗想。他在门口站定，恭候着这位不速之客。

门被推开，他的前台小姐引领着一位身材矮小，身穿便服，已经有点上了年纪的男子来到了他的面前，他伸出了手去。

牛蒙握了握翁伟昂的手，两眼直愣愣地紧盯着翁伟昂。翁伟昂和他对视了足足有五六秒钟。他们是初次见面，却又仿佛似曾相识。坐定之后，翁伟昂彬彬有礼地问道：

"不知牛警官这次前来有什么事吗？"

"啊？噢！是这样……"牛蒙愣了片刻才从若有所思中醒来，连忙说道，"我是一个电脑爱好者，我听说翁先生是国内一流的电脑工程师，而且还创办了这家非常成功的高科技企业。"

"牛警官过奖了，我只是一个普通的电脑工程师，哪有什么第一流。我的企业业绩不错，但在目前国内经济高速增长的时期，这也并不算什么了不起的成绩。"

"翁先生太谦虚了，据我所知贵公司的规模很大，在全国各地都有子公司，而且听说不久前翁先生去了一趟上海。"

"是的。"

"上海也有子公司吗？"

"现在还没有，但很快会有的。我这次去主要是想和上海方面讨论本公司股票上市事宜，另外就是想在浦东创建一家分公司。"

"成果如何？"

"差强人意。股票上市难度很大，不过这是大势所致。近几年来国家实施宏观调控，致使股市低迷，也使股票市场的扩容受到了很大的影响。但是分公司的筹建工作进展顺利，现在准备工作已经基本完成，只待我们公司的超级 MIS 系统投入开发了。"

"超级 MIS 系统？"

"是的，超级 MIS 系统。就是一个基于微软公司最新操作系统 WINDOWS NT 的网络办公软件。"

"那段时间你一直在上海吗？"

"不，只有几天，事实上大部分时间我在江南各地考察。"

"是因为工作吗？"

"是也不是，坦率地说有时候是游玩、散心。"

"真没想到翁先生竟有这样的雅兴。"

"生活中总有一些不随人愿的时候，通常我认为这时候出去散散心是一个不错的办法。"

"一个人？"

"是的。"

"为什么？"

"因为我是民营企业老板，用不着跟任何人请假，也没有必要向任何领导汇报工作，所以可以天马行空、独来独往。也许这就是做民营企业老板的最大好处吧？"

"噢，我是说你为什么一个人出去游玩？通常的情况下，人们总是结伴而行，一是因为安全问题，二也可以互相照顾，例如互相照照相什么的。何况你还是一家成功的民营企业的董事长。通常这类大老板出去时总是前呼后拥的，生怕自己不能引人注目。不过我也认为这有好处，例如说可以避免千岛湖案件之类的不幸事件发生。"

"如果我没记错的话，千岛湖事件是集体遇害，对吗？"

"是的。"

"我为那些遇难者感到难过，人性中竟有如此残忍的成分。我和所有人一样，都祈祷着自己不要遇上这类倒霉事。不过为此极小概率事件而限制自己的自由，却是一件愚蠢的事了吧？那样的话，生活还有什么意思？所以通常我还是喜欢独来独往，这符合我的性格，可以让我独立思考，做我想做和希望做的事情。在出门的时候，一般我只带几样东西：手机、身份证、信用卡和一点点零钱。"

"是吗？听起来非常浪漫，但愿我也能有你那样的兴致和机会。能告诉我那段时间你都会见过什么人吗？"

"不，我想我让你失望了。我只是去游玩，顺便考察一下市场，日程中并没有那样详细的安排。"

"那么你都去过哪里呢？"

"如果你想知道我所去过的所有地方，那么我得好好地回想一下，因为那得有一大串的名字。"

"有意思。就是说有很多时候根本没有人知道你在哪里，或是在干些什么，对吗？"

"是的。这很重要吗？"

"不，不，这只是一些很一般的问题。我正打算给孩子买一台家庭电脑，"翁伟昂将牛蒙送到电梯门旁时牛蒙说道，"现在很多家庭都有，据说国外家家都有电脑，所以我总想和懂电脑的人打打交道，耽误了你不少时间，真不好意思。"

快下班时，范婵来到了翁伟昂的办公室。现在她已经是这里的常客了，因为现在的翁伟昂已经成了她的救世主。如果没有翁伟昂替她抵挡各家银行的信贷员，如果没有翁伟昂陪她度过那一个个漫漫长夜，她真不知道她今后的日子怎么过。"也许这就是命中注定？"她这样暗自问自己。

自从翁伟昂和范婵旧梦重温之后，他就被无奈而又爱恨交加的复杂心情左右着。他知道现在的范婵之所以需要他，是因为范婵已经走投无路了，而他为什么要回到范婵的身边呢?

翁伟昂无法给自己解释,他只能认为这是命运又一次给他安排的"苦其心志"。除此之外,对姚姬的愧疚和对周薇的遗憾也折磨着他的内心。在他决心承担起拯救范婵和她的公司的责任以后,他真想和姚姬认真地谈一次。可当他再次拨通姚姬的手机时,听到手机里传来的还"您拨叫的用户无法接通"的提示音。

姚姬就这样从翁伟昂的生活里完全消失了,姚姬转让了她的美发屋,出售了单晓给她留下的房子。翁伟昂四处打听,得知姚姬确实离开了特区,但是不知去了哪里。翁伟昂无可奈何,这边两个公司的事让他已经不可开交了。再说,就算找到了姚姬又对她说些什么呢?只是对她说声抱歉吗?

想到这里,翁伟昂无奈地望了一眼范婵美丽的容颜。他虽然表面平静,但是心情却沉甸甸的。坐在翁伟昂的办公室里,范婵感觉到的却是以前在高俊身边从未体验到的安全感。仅仅在两个月前这一切都是无法想象的,可是现在她的生活已经完全变了样。

面对高俊给范婵留下的这个烂摊子,翁伟昂只能承担起了给范婵收拾残局的责任。他深知在这个世界上,只有他能做这个事了,如果他见死不救的话,不要说范婵的公司,就连范婵本人都将落入万丈深渊。所以他必须首先解决范婵公司的债务循环问题,通过借新还旧使这家公司运行下去。

再说房地产公司是资本密集型和人力密集型的企业,这家公司一旦倒闭,就会有上千的员工失去工作。作为一位民营企业家,他深知员工们谋生的艰难,所以他必须承担起这个责任。可是思来想去,他发现要使范婵公司能够获得新的融资贷款,以使债务链能够运转下去,他就只有通过与范婵的联姻来给范婵的公司背书和增信。

一想到这里他就感到无可奈何。别人会认为他这是乘人之危,可他这是自己打碎牙往肚子里咽。而这对于范婵来说是个喜出望外的好消息,她需要翁伟昂,此时此刻她更深地意识到了这一点。

她需要翁伟昂的忠实、善良、能力,当然还有爱。她现在才知道要管理一个庞大的企业有多么难，多么复杂。仅仅在两个月前，这个企业还似乎与她没有太大的关系，但就在这短短的两个月里，这家企业就这样落到了她的名下。拥有这样一个庞大的企业，她没有感到兴奋，反而整天被一大堆公司事务搞得手忙脚乱，她不得不承认她确实没有这个管理能力。

管理一个大型企业与欢场周旋有着那么多的不同，青春美貌在这里派不上用场。这里需要的是敏锐的头脑和专业知识，于是她只能依靠翁伟昂了。五年多前当她义无反顾地离开翁伟昂时，她对翁伟昂身上的那些优秀品质嗤之以鼻。可现在当她陷于这样的困境时，她不得不承认翁伟昂就是她最需要的。

他们两个人没有完美的过去，可当他们再次走在一起时，但愿他们能有一个美好的未来。现在翁伟昂是她唯一可以依赖和信任的人了，更何况她还得防范和摆脱洪晨。她现在需要的是一个实实在在的爱人和一种安全的生活，而不再是那些放荡的浪漫了。

谁都知道他们的结合并不仅仅意味着他们两人的结合，还意味着两家具有相当规模和实力的企业的联合。他们之间的这一切，早已经在熟知他们的人中传遍了。这件事牵扯到了很多方面的利益，各家银行对范婵公司的态度也转变了，这样一来就让范婵的公司有了喘息的机会。

他们一起手挽着手走出了办公楼，坐上了范婵的豪华轿车，向着范婵的那套豪华别墅驶去。事实上那已经算是他们两个人的家了。翁伟昂一边开车，一边忧心忡忡地说道：

"今天有一个姓牛的警官来找我，问了一大堆莫名其妙的问题。还问我前几个月去了哪里，有没有人可以证明什么的。"

"前段时间？"

"是的，前段时间。那时候我去过上海后就到江南各地闲游，我一向都是天马行空、独来独往的，自然没人证明。我又不是什么公众人物，走到哪里都会产生轰动效应。"

"前段时间？前段时间……前段时间大概是什么时候？"

"差不多有两个多月了吧。"

洪晨已经有很多天无法清晰地思考了，他整个的身心都像是被掏空了。他整天提心吊胆，已经不敢再过境去大陆那边了。除了必要的工作外，其他时间他都把自己关在了狭小的公寓里。

这些天来，他一直设法强迫自己好好地想一下，眼前的一切到底对他意味着什么。可是他的脑子乱得像是一锅粥，整天都昏昏沉沉的。恐惧、愤恨，让他就像是害了大病，无精打采、疲惫不堪。现在他唯一能够做的事就是去睡觉，可是一躺到床上，所有可怕的事情就都一起向他压来。

多少次，他从噩梦中惊醒，真觉得生不如死。他曾经战战兢兢地站到了窗子边，但当向下边看时，他又心有不甘。他的内心中充满着屈辱，他始终不愿相信不久前还是属于自己的女人，不久前还是充满着诱惑和希望的生活，转眼之间就已经烟消云散了。而且他还用一桩命案成全了范婵和翁伟昂，难道就这样善罢甘休了吗？

他意识到自己现在已经一无所有了，这确实是一个可悲的前景。他觉得生活待他实在太残忍了，他只能用死来结束这令他难以忍受的生活。但是在他离开这个世界时，他还要维护他最后的自尊。他不想让自己的死成为世人的笑柄，他曾经也想用"好死不如赖活着"这句话，来支撑自己最后的精神防线。可是他又如何度过未来的漫长人生呢？

一个已经到手了的女人，一份几乎已经到了嘴边的产业，转眼之间就失去了，并且成全了另一个男人。这无论从自尊、从情欲、从金钱上，对他来说都是一个致命的打击，这一重创已经使他的理智接近崩溃了。

再这样消磨下去只会使他在痛苦的深渊中越陷越深，他打算鱼死网破了。他的生命对于他自己来说已经失去了意义，但是在他离开这个世界前，他一定要再见一次范婵，再去跟翁伟昂进行一场决战。他已经彻底地抛弃了幻想，他深深地意识到要使范婵回心转意已经是不可能的事了。

尽管他了解范婵几乎所有的一切，包括她的肉体，但是那些曾经的占有，反而使他更深刻地感觉到了失去的痛苦。他更无法忍受这一切将由翁伟昂享有，每当他意识到了这一点时，他的决心就坚定了几分。

　　"他们现在到底在干什么呢？缠绵吗？就像我们曾经那样。范婵，你这个该死的女人！我到底都做了些什么？自从这个该死的翁伟昂出现之后，我就处处倒霉。天啊！我都干了些什么？难道我会容忍他们那样子下去吗？难道说他们命中注定要得到我所创造的一切吗？"

　　洪晨在心中痛苦地诅咒着，他心中的恶毒，竟然使他的精神重又兴奋了起来，身体里也勃发起了一种新的欲望。

　　牛蒙在办公室里踱来踱去。夜色已经爬上了窗头，警局里静悄悄的。苏东还没回来，也没有来过电话，但他必须得到准确的消息，否则他是无法安心入睡的。

　　转眼之间已经到了年底，一年就这样过去了。在他手头的几个悬案之中，他最关注的是高俊的案子。事实上他已经确信，这是一起预谋肇事案了，而此时此刻他所等待的消息正是此案的关键。

　　从他勘查现场的第一天起，他就预感到这是一起谋杀案，但是法律是要讲证据的。在那个虽然已经进入了互联网时代，但是既没有铺天盖地的摄像头，也没有全面联网的年代，接下来的就是漫长、枯燥而又艰难的取证过程。

　　牛蒙的脑海里，总是不时地浮现出高俊那个漂亮老婆的身影。他们调查了与高俊有关的人和他所有的业务关系，在其中寻找着蛛丝马迹。他的头脑中始终盘旋着这个女人，他有一种无法排除的直觉，总觉得此案一定与这个女人有关。

　　"可是你认为这个女人会驾驶一辆十吨卡车，去撞死自己的丈夫吗？"在案情分析会上苏东这样反问。

　　"她当然不会，但这并不能排除她的嫌疑。有无数凶杀案的主谋和凶手，不是同一个人。"他回答道。

　　"可她为什么要去谋害自己的丈夫？据我们调查，他们之间并没有根本的利益冲突和矛盾。自从他们结婚后就一直过着平静的生活，高俊的前妻去了美国，而范婵是初婚。当然了，也有迹象表明他们两个人都可能有外遇，可在那个群体中这好像也是平常的事。何况他们两个彼此彼此，谁的心里都不会失去平衡，也许他们这种人不会为了这些事而大动干戈吧？"

"也许他们的确不会为了外遇而大动干戈，但有无数的案例证明，案件的策划者往往是案件的受益者，而这个案件最直接、最大的受益者是谁呢？

"的确是范婵。高俊意外死亡后，她轻而易举地就拥有了亿万家资，而且成了一个庞大企业的董事长。而这一切在高俊在世时，她是不可能得到的。"苏东说道。

"是的，范婵青春妙龄、美艳动人，高俊比她大了十岁，也算不上是美男子。可按现在的年龄段看，高俊仍算是年轻有为的青年企业家。不是有一首歌里唱过吗，'女人爱潇洒，男人爱漂亮'。什么叫潇洒？这年头能大把花钱的就叫潇洒。在酒店、舞厅、咖啡屋里，你和我，我们几个能潇洒得起来吗？就算是忍痛潇洒一回，又能潇洒几次？那首歌现在非常流行。大街小巷、老人孩子、男人女人，谁都会唱上两句。现在门窗打开了，苍蝇蚊子也都进来了，平常人和聪明人都受影响。也许有时候聪明人更受影响，因为新事物更容易渗透到他们的生活之中，好的坏的真假难辨。除了天生丽质外，范婵不过是个普通的女子，可她又身处这样的花花世界中。"

"可是那家公司无论是在高俊的名下，还是在她自己的名下，对她来说又有什么太大的区别呢？"苏东若有所思地反问道。

此后的几天牛蒙在沉思中度过。"是啊！她有什么必要谋害自己的丈夫呢？"他的脑海在迷雾之中一闪而过了一个念头，他轻轻地敲了一下自己的脑袋。

高俊被害，最大的受益者是范婵。可是范婵受益，谁又是间接受益者呢？是她的家人这毫无疑问，但她的家人并不是直接的受益者。最大的受益者，其实是将要与她结婚的那个男人。

在这个时代，一个正值芳龄的丧夫女子，断不可能独守一生的。那么那个与她结婚，至少是可能与她结婚的男子，无疑将是最大的受益者了。

思路既已明确，调查立即开始。这并不是难事，因为范婵将要再婚的消息早就传开了，但是那个这么快就要与范婵结婚的翁伟昂是个科技新贵，并不缺钱。而且他们并不避嫌，后来又传出了消息说高俊的公司其实是个烂摊子，只要银行一断贷款就得破产。

这样看来翁伟昂本来就是范婵的初恋情人，那么他和范婵结婚可能是为了救范婵的公司。这就像是和牛蒙开了一个玩笑，这个闪电结婚搞得他晕头转向。难道真凶会这样自投罗网送上门来吗？于是他专程拜访了翁伟昂。

这时一个名叫洪晨的香港金融界人士，进入了牛蒙的视线。警方调查到这个洪晨在高俊出事前，与范婵似乎有着一种暧昧的特殊关系。于是牛蒙立即指示苏东去一趟香港，与香港警方联系，详细调查洪晨的背景和行踪。

苏东了解到洪晨来自台湾，来到香港从事投行工作好几年了。曾经在投行接小有名气，但是亚洲金融风暴后就是日薄西山，一日不如一日了。据说他的经济情况很糟，一些银行甚至注销了他的信用卡。他十分好赌，是澳门赌场的常客。

这样一来洪晨就成了嫌疑人。但是调查后又证实他没有作案时间，案发时洪晨的确在香港。交警部门排查后确认，那个作案者是在作案的前一天的晚上，在一个施工工地上盗得了一辆十吨卡车，第二天下午准时来到了案发的公路上，并成功地完成了预谋肇事计划。

整个计划严密准确，行动干净利落。事成后在郊区抛弃了那辆作案用的卡车，大摇大摆地离去，没有在作案车辆上留下蛛丝马迹。这在那个还没有普及摄像头的年代，要找到这个作案者，无异于大海捞针了。

从这个作案者的作案经验和从容不迫来看，这个凶手有可能是个职业罪犯。他用不着紧张，因为他知道不用等警方过来，他就已经远走高飞了，所以他才能够那么从容不迫。他也许早就出境了，他会在这个世界里消失。直到接到下个作案的"订单"，才会在这个世界的某个角落神秘地出现，然后行凶，再默默地消失。

"唉，我们还能再做些什么呢？"牛蒙冥思苦想，不禁自问道。一个职业罪犯就像那些旅游者一样悄然来了，像是完成一件工作那样杀死了一个男人，然后又像那些旅游者一样悄然离去。慢着，再好好地想一想：一个职业罪犯来到了这里来杀一个人，既然他是受雇而来，那么这个雇他的人必定不会无缘无故地去雇佣一个职业杀手。

雇主必然要从中谋得某种利益。高俊被杀最大的受益者是范婵，而范婵受益的最大受益者是翁伟昂。但翁伟昂并不缺钱，而且是在高俊出事后，范婵遇到麻烦时才介入范婵的生活的。那么在高俊出事前想要和范婵结婚的那个人是谁呢？是洪晨！

"唉！真够累人的……"苏东提着一袋方便面、火腿肠走进门来。他一边泡着方便面，一边说道：

"我和香港警方调查了洪晨的社会关系，他这个人确实和一些黑恶势力不法分子有联系。而且他昨天入境了！"

牛蒙没有吭声，仍旧在办公室里踱来踱去。突然他猛地一愣，不由得惊出一身汗来，他呆呆地立在那里，眼睛睁得溜圆，死死地盯着苏东。苏东被他惊得一晃，泡方便面的开水洒了一桌。

"快！带上枪，快走！"牛蒙像是猛醒了过来，话音未落就从抽屉里拿出手枪，冲出了门外。

"嗨嗨！你这是干什么？！我还没吃饭呢……"

牛蒙开着警车，心里有一种说不清、道不明的感觉，所以他没有拉响警报，只是随着车流鬼使神差地向范婵住的别墅区驶去。

范婵放下了电话，心里总算踏实了。翁伟昂说他已经离开公司下班了，如果不堵车的话，再过半小时就可以回来，所以她总算可以安心地在长沙发里躺一会了。

她朝落地窗望去，见一轮明月已经挂在了天边。这夜色真美，她昏昏欲睡，突然发觉一个黑影从落地窗边一闪而过。她的心里一惊，隐约中似乎感觉到了一种异常的气息。她满腹狐疑地向窗前慢慢走去，她的心狂跳了起来。

"难道是我的眼花了？"不禁给自己开导壮胆起来，她希望这仅仅是自己神经质的猜测而已。她想去叫住在保姆房的薛姨，可是刚转过身来，就惊叫了一声愣在了那里，恐惧地望着这个突然出现在了她面前的熟悉的人。

洪晨在范婵不知不觉中来到了她的身后，范婵被洪晨的突然出现和那副诡异的神情吓呆了。她露出了万分惊恐的神情，仿佛见到的是魔鬼，她害怕地向后退去。

洪晨同样也被范婵的这一反映吓了一跳，这使他那颗已是绝望的心，更加愤怒了。他憋了半天，才终于说出了话来：

"你好吗？怎么，感到很吃惊吗？是啊！我们的确已经有很长时间没有见面了。你好像变了许多。是的，你的确变了，这个世界变了，一切都变了。就连我也感到自己这些天来变了，变得忧伤了、绝望了、也看透了。而你呢？"

洪晨边向范婵一步步地逼去，边说："你知道的，我是一向都对女人很有研究的。你知道吗？你总是能使我的心灵和肉体涌起一种冲动。一种巨大的、强烈的、疯狂的、美妙的冲动。我不会失去你的。因为我知道，我们会永远在一起。你知道吗？这使我又想起了什么？我想起了我占有你、随心所欲地摆布你的时刻。那些时刻有多么的美妙，我能轻而易举地拥有你的全部，让你为我痛苦，让你为我疯狂，那是多么的美妙……可你变了，这个世界变了，一切都变了，所以我也变了。我曾经是你那颗心中的重要部分，可现在我却失去了你，失去了那所有的一切。可是翁伟昂却得到了，这怎么可以？你认为我该怎么办？！"

"你，你简直是疯了！我也许曾经爱过你，可那一切都已经结束了！谢谢你来看我，我很好。现在，请你出去，出去！离开这里，这里是我的家，你没有权力再来找我，你明白了吗？！"

洪晨的眼中闪出了泪花，他的心中涌动着绝望的悲哀。他觉得自己心底里那一直折磨着他的委屈、痛苦、疯狂、嫉妒、恐惧，还有仇恨都涌了上来，他的双眼死死地盯着范婵的眼睛。

范婵用惊恐的眼神望着洪晨。她的心里痴想着、呼唤着翁伟昂赶快出现，她是多么希望翁伟昂能立刻来到自己的身旁。可是现在，洪晨到底要做什么？而且是用这样一种口气，又带着这样一副神情。这一切潜伏着某种可怕的危险。

洪晨望着范婵这副惊恐而又复杂的神情，他的脸上终于浮起了一层笑意。他非常想知道当范婵知道了他打算做什么时，她那美丽的神情的变化是不是也会如此之大，于是他继续说道：

"现在他就要结婚了，和你结婚。他要夺走了我的女人。他就要结婚了，和我的情妇。就像我从高俊的身边夺走了你一样，现在他想从我的手里夺走你。为什么会这样，为什么？"

洪晨含着眼泪一字一句地说道，心酸的泪水顺着他的脸颊流了下来。他眼中的范婵渐渐地模糊了，他心中的伤疤又剧烈地疼痛了起来。

范婵惊得目瞪口呆，面对洪晨的质问，她一句话都说不出来，她的眼睛呆呆地盯着洪晨，她的大脑就像僵死了一样，可她的心却在剧烈地抽搐着，在痛苦的记忆和麻木的感觉中挣扎着。"伟昂、伟昂！"她在心中默默地呼叫。

"阿婵、阿婵……"薛姨走进了房里，当看到洪晨时，她一时呆在了那里。

洪晨阴笑着从挎包里掏出了手枪。

"你，你要干什么？！"范婵喝问道。

"我要带你到一个新的地方，一个你那死去的老公待的地方。"洪晨更起劲地阴笑了起来。

"我跟你拼了！"薛姨边说边冲上了前来，双手抱住了洪晨。

洪晨举起手来，用手枪枪柄重重地击在了薛姨的头上，薛姨软绵绵地倒了下去。

洪晨转过了身来，他举着手枪"嘿嘿"地笑着。

"不许动，放下枪！"

一声大喝在别墅里回荡，两支手枪一起对准了洪晨。洪晨一把搂住范婵的脖子，用手枪对准了她的太阳穴。

"你们别过来！否则我就打死她。"洪晨眼中闪着绝望的凶光，大声吼道。

"别乱来，你的所作所为我们已经一清二楚。坦白从宽、抗绝从严。现在，我命令你放下武器，你已经逃不了了。"牛蒙一边威严地命令，一边朝地板上那个满头是血的中年女人望去。

"逃？哈哈哈，我这次既然来了，就不打算逃。不错，那个杀手是我雇的，所以这个女人才能够继承亿万家财，当上这个董事长。可现在她已经背叛了我，背叛者是要受到惩罚的。现在，发号施令的人应该是我，明白了吗？现在我命令你们把那个翁伟昂带来，我倒要看看那个大情人，愿不愿意用他的命，来换这个女人的命，听见了吗？"

"你别做梦了，你以为你会得逞吗？赶快投降吧，别再浪费时间了！"苏东严厉地喝道。

"哈哈哈……做梦？我倒要看看咱们到底是谁在做梦。"

话音未落，洪晨举起枪来，朝头顶上的吊灯开了一枪，那精美的吊灯被打得粉碎，哗哗啦啦地掉落在地板上，房中瞬间一片漆黑。

翁伟昂刚一停车，就听见一声枪响从别墅中传来。一种不祥的预感顿时传遍了全身，他拼命地向别墅里跑去。他冲进了客厅，客厅里是漆黑的一片。

"范婵！范婵！"他大声叫道。

"伟昂！别过来，别过来！"范婵高声喊道，随后她一口咬住了洪晨的手，乘洪晨一松手的刹那挣脱了出来，她不顾一切地向着翁伟昂跑去。

她听到了一声枪响，她觉得自己的后背被重重地击了一下，她强忍着眼中流出的泪水，艰难地向着翁伟昂移去，她真想留在这个世界里。可她觉得自己正在离去，去到一个永远宁静，永远不会使她再受到伤害的地方。

翁伟昂看清楚了迎面的这个身影，他看清楚了范婵那美丽的眼睛、飘逸的秀发、渴望的神情。他迎上前去抱住了范婵，范婵无力地倒在了他的怀里。他紧紧地搂抱着范婵无力的身体，他哭喊着、哀求着范婵不要离他而去。

两支手枪同时向那个黑影射去，一阵枪响之后，洪晨重重地倒在了地板上。

第十九章　世纪之问

翁伟昂站在公路旁，望着远处的那幢别墅，心中充满了怨恨和悲伤。他站在这里已经很久了，他不愿走近那栋别墅，可是又舍不得这样离去。

夜色悄悄降临在大地上，天空中浮现出了几颗明亮的星。翁伟昂的心里空荡得难受，他知道他必须接受这既成事实，可他又怎么能令自己的心灵恢复平静呢？

现在他必须强迫自己努力工作，用更强的社会责任感来支撑自己苦涩的灵魂，在这充满坎坷的人生道路上继续坚定地走下去。可是每当下班后他的心里就空空的，所以他只能再次开车来到这里，站在远处望着范婵离去的那栋别墅。

他不知自己到底做错了什么，为什么那冥冥中的命运之神，要这样一次次地折磨他。但是他毕竟是一位唯物主义者，他知道他必须从更高的境界去看待他个人所遭遇到的这样的命运。在这十年间，他告别了他的小城，来到了这里，不就是为了探寻真理吗？

这样想着翁伟昂的心总算轻松了一些。的确，这些天来他的灵魂除了被那无尽的痛苦压抑着之外，心中的那一个个疑问也让他的心灵无法平静。

在这 20 世纪即将结束的时刻，他终于向自己提出了一个久久萦绕在他心头的世纪之问，那就是为什么自第一次鸦片战争之后的 160 年间，中国人民浴血奋斗、苦苦追赶，但是直到 20 世纪末，仍然没有能够实现现代化呢？

在苦苦思索中，翁伟昂越来越觉得正是资本的缺失，导致了中国一次次追求复兴的挫折。

"资本，这个曾经被我们痛恨，被我们诅咒，被我们逃避的事物，确实已经渗透入了我们的现实生活之中，无所不在，无孔不入。资本只不过是人类发明创造的无数观念工具之一罢了，所谓的资本之恶其实只是人性之恶的一部分而已。它有时候就像是一面哈哈镜，会使你望着镜子中变形了的自己哈哈大笑；而另一些时候又像是一面魔镜，有些人在这面魔镜中看到的是天使，而另一些人在这面魔镜中看到的却是魔鬼。"翁伟昂在心中这样感叹，他在冥思苦想中似乎终于找到了答案。

在资本驱动下高速运转的大机器生产，其生产效率远远超越了古代中国庞大而又落后的传统手工业。当西方世界的工业商品被源源不断地从一座座工厂里生产出来之后，必然需要寻找越来越大的海外市场。就这样在商品和资本的循环冲击下，全球化将世界各国的距离越拉越近，世界版图也被不断地改写。

当地球的那一端正在进行着这样一场改变人类历史的轰轰烈烈的工业革命时，地球这一端的大清帝国还在昏昏欲睡。人类进化的历史规律已经反复证明落后就要挨打，保守就会被淘汰。而古代中国恰恰在资本转化这个核心环节上卡了壳。

想到这里翁伟昂的心胸里有了一种豁然开朗的感觉，他用对历史的思考战胜了个人的感情痛苦，他自问自答着这个世纪之问。

想到了这里翁伟昂觉得他应该回家了，他又望了一眼那栋别墅，就发动了汽车向着家的方向驶去。在此后的几天里，只要一闲下来翁伟昂就把自己埋在书堆里，以逃避对范婵的思念和伤感。

在研究和回答自己心中的世纪之问的过程中，翁伟昂的心胸渐渐开阔了起来，他终于再次战胜了心底的哀伤。他又要鼓起勇气去为自己，当然也是为了公司和员工，去开辟新的发展道路了。

第二十章　跨世纪、跨千年

这个世纪，同时也是这个千年的最后一个圣诞节来到了。已经恢复了平静的翁伟昂站在办公室的落地窗前，若有所思地俯瞰着这座都市。

圣诞节这个西方节日，如今在中国人的生活里也占有了一席之地，这当然主要应该归功于各路商家。在各路商家的卖力营销下，特区商业区的街头到处都是人、到处都是车、到处都是商品，一片繁华景象。

在"Happy new year"的新年祝福声中，面对着即将到来的新世纪和新千年，翁伟昂已经从生活的磨难和世界观的迷茫中振作了起来，多多少少的又能感受到一丝生活的气息了。废寝忘食的博览群书和发疯般的独立思考，终于将他从孤寂、悲愤和彷徨中拯救了出来。他现在已经能够平静地接受自己的命运，冷静地思考已经人到中年的自己，将要怎样度过未来的人生了。

正当他憧憬着新的世纪、新的千年时，文幻敲了一下门走了进来。坐下后文幻说道：

"翁董，我已经替你处理了所有的善后事务。我昨天找范婵公司的律师又谈了一次，他保证不会有任何法律问题了。有关遗产继承的各项法律文件都已经拟好，只要你签完字，就可以生效了。我想我处理得很周到，没什么问题，各项公证手续都很齐全，你尽可以放心。"

"谢谢你。你总是想得这么周到。可我必须告诉你，我的朋友，我已经放弃了，彻底地放弃。"

"你在说什么啊！什么放弃？"文幻用一种迷惑不解的语气问道。

"我是说我已经下了决心，决心放弃范婵那边所有的一切，包括那家公司。因为只有这样，我才有可能忘记过去，开始一个新的未来，也才能使我的生活重新充满意义，才能再去追寻我们一直为之奋斗的理想。"

文幻紧盯着翁伟昂，他的意识几乎接近于呆滞。翁伟昂的这番话语使他迷茫。过了许久他似乎才明白了过来。他希望翁伟昂的真实想法不是这样，而仅仅只是一时的冲动，所以他有些着急地问道：

"你这是什么意思？你是说你要放弃对范婵遗产的继承权？难道你疯了吗？！"

"不，我没疯。我的头脑很清醒，我说的是真的，我要放弃。"

"天啊！你开什么玩笑？难道你的意思是说，你要放弃那亿万财产？那套别墅？那家房地产公司？"

"是的，我放弃。"

"可你知道这意味着什么吗？"

"我知道。"

"不！你不知道。这意味着你打算愚蠢地放弃本该属于你的亿万财富。可你知道这亿万财富意味着什么吗？它意味着你现在的资产将增加一倍以上；它意味着你将成为特区最有实力的企业家之一；它意味着我们公司在转眼之间，就能成为多元化的企业集团；它意味着一个千载难逢的机遇。可你现在却要毫不犹豫地放弃吗？"

"是的，我放弃。"

"可那一切都是你的！"

"不，不是我的。"

"不！那是你的。你已经和范婵结婚了，你们虽然没有举行婚礼，但你们已经履行了法律上的手续，你们已经是法律意义上的夫妻了。而且你在范婵离世前，事实上已经接手了这家公司，并为这家公司提供了担保。虽然范婵没有留下遗嘱，但是按照法律，你是第一序列继承人，由你继承范婵的遗产天经地义，没有任何理由可以否定和质疑。何况这是范婵的财富，她是爱你的，她肯定希望由你继承她的一切。难道你要让她在九泉之下也不得安宁吗？那一切是她的，也就是你的。"文幻激动地说道。

"不，那一切不是我的，也不是她的。"

"天啊！难道你疯了吗？"

"难道你还不明白？！"翁伟昂猛然间就像一头被激怒了的雄狮，大吼了起来：

"这一切本来就不是她的！其实也不是高俊的，是银行的、债权人的、社会的！"

文幻愣在了那里，久久说不出话来。但是他有点理解了翁伟昂，或许翁伟昂是对的。也许是到了结束这一切的时候了，于是他试探着对翁伟昂说道：

"你是说，你要清算注销这家公司？"

"是的，"翁伟昂坚定地说道，"谢谢你为我做了这么多工作。但是我已经清醒了。真的，现在我打算一心一意地去走我们自己的路了。坦率地说，我们未来的道路并不平坦，超级 MIS 系统还在开发阶段，但那才是我们的梦想，我们的未来！"

"谢谢你，我的朋友。你一直是我信心的源泉。没有你，我的存在将黯淡无光。还记得我们创业的那个阶段吗？我们只有你那间违规住改商的电脑店，连进货的自有资金都凑不够……"文幻感叹道。

"当然记得。我们就在那里组装销售兼容机、刻录光碟软件，尽管是盗版的。可我们闯过来了，我们成功了。我们一起度过了那样艰难的时光，眼前的这一切又算得了什么呢？范婵已经逝去，没有人会在意她了。很快她就会被人们遗忘，甚至于她的家人。只有我会永远地记住她，只到我生命的最后一息。就让她在我的心中保持一个青春的记忆吧！还有那永远美丽的容颜，好吗？"

文幻的双眼有点模糊，他含着泪默默地点了点头，说道：

"好吧，我去办理清算和注销范婵公司的手续。"

翁伟昂目送着文幻的身影离去，当他的目光望向窗外时，他感觉到自己的心灵一阵轻松，这是他很久都没有感觉过的愉悦。

2000 年元月一日凌晨五点，翁伟昂的手机闹铃响起，将他从睡梦中唤醒。他睁开惺忪的双眼，从长沙发上慢慢坐起。昨晚他又睡在了办公室里，就在自己的这间办公室里告别了旧的世纪、旧的千年，跨入到了这个新的世纪。

他用有点豁然开朗的心灵和头脑，回顾着人类刚刚度过的 20 世纪。

战争与和平，这一被人类传唱千年的旋律，在 20 世纪里又有着那么奇妙的对称性。

战争，这一给人类带来了无穷痛苦的元凶，却成为科学的摇篮和催化剂。战争所带来的你死我活、歇斯底里、不计成本、不择手段的军备竞赛，却促使科学技术获得了空前的发展和进步。而科学技术的迅猛发展和广泛应用，又给人类的社会生产力注入了强大的活力，产生了令人叹为观止的一个个科学和经济的奇迹。

伴随着二战后西方国家的经济复苏和高速增长，这个世界在短短的几十年间，就创造了数倍于战前数千年的社会财富。人类的文明和进步也随之进入了一个古人无法想象的阶段。

这个世纪的人类不仅能够翱翔于蓝天之间、畅游于深海之中，而且还可以穿梭于太空之上。以石油和电力为代表的广义商品的工业化生产和广泛使用，极大地改变了人类的命运和生活方式。而那以电子计算机技术为核心的神奇的电子信息通信技术，又使人类的智慧得以近于无限的延伸。

人类中的每一个人，虽然是一个个独立的个体，却都有着共同的理想、追求和感情，正是这些相通的物质和精神需求，才使人类有着共同的追求和价值观。普通的人们，在各自的现实生活里去探索、追寻着那人类所共有的理想和目标，也正是由于无数平凡人们的追求和探索，最终使人类可以共享繁荣和安宁。

在这世纪沉浮之中，翁伟昂感受着历史和时代的脉搏。他觉得自己虽然只是一个普普通通的中国人，但是在书写着自己人生篇章的过程中，又和历史与现实，国家和世界融合在了一起。不知不觉中他的目光，落在了墙壁上郑板桥写的"难得糊涂"的字幅上。

当然了，这只是一副赝品，但是却令他不时地品味。为此他还曾经研究过郑板桥的生平，他的一生历经坎坷，饱尝了酸甜苦辣，看透了世态炎凉，所以才留下了他题的一行款跋"聪明难，糊涂难，由聪明而转入糊涂更难。放一着，退一步，当下心安，非图后来福报也"。这行款跋，应该就是郑板桥对"难得糊涂"的解释了，而"难得糊涂"也就成了很多后人的处世哲学。

此时此刻，联想到自己这些年来苦闷、孤独和彷徨交织在一起的心路历程，翁伟昂对郑板桥"难得糊涂"的字幅，就更是品出了几分别样的味道。

"聪明难"，因为要探寻真理，就要"众人皆醉我独醒"，这当然难。

"糊涂难"，虽然得过且过并不难，但是对于一个真心探寻真理的人来说，并不愿意视而不见，因此也难。

"由聪明而转入糊涂更难"，则是因为抗争不过现实，又不愿被现实裹挟着装"糊涂"，所以这种"聪明"之后的"糊涂"更难。这样只能"放一着，退一步，当下心安，非图后来福报也"。

由于在前面种种的"难"面前，只能小心从事，知进知退，自然不冒失，不惹祸，只求心里安宁，不求后世福报了。虽然"难得糊涂"表现出来的是消极的脱世思想，但是有时候高挂堂中，又确实能使自己舒坦。毕竟可以聊以自慰，可弃可取，全凭自己。

翁伟昂就是在这样的复杂心态下，告别了旧的世纪、旧的千年，跨入到了这个新的世纪里。让人类社会操心了好几年的计算机千年虫问题并未出现，这让计算机行业里的人们总算松了一口气。这几年围绕着解决计算机千年虫问题挣到的这些真金白银，总算可以落袋为安了。

自 1997 年以来，以网易公司为首的中国互联网产业进入了第一个黄金创业期。此后搜狐、新浪、腾讯、阿里、京东、携程、百度等一大批中国互联网领军企业，在这三年内相继成立、逐鹿江湖。

门户网站、即时通信、电商、搜索引擎等互联网商业模式和风险投资的概念，被资本引入了这个古老的国家，在这世纪沉浮中资本的进化与博弈，正催生着一个新的时代。所以事不宜迟，趁着元旦假期，翁伟昂让王真给他联系了几位关键人物，要在上海详谈红宣高科的 IPO 上市事宜。他收拾好行装，一大早就要飞去上海。

此时翁伟昂深知他必须让自己的头脑保持清醒，虽然他的心里依然是那么的孤寂，他的耳边总是回荡着范婵的声音，脑海里不时闪现出与范婵共度良宵的美景，但是他使劲地摇了摇头，摆脱了这一幻觉，怀着一种孤傲的心情离开了办公室。

"我还活着！这就是我的命运，相信明天会好起来吧！我也要替她在这个世界里活着，用我的眼替她去看未来的世界。"他坐到了等在楼下的汽车里，在心中对自己说道。

尾　声

　　翁伟昂坐在头等舱里，一边有心无心地读着空姐递过来的报纸，一边耐心地等待飞机起飞。虽然在他这个北方人的概念里一月份是冬季，可是在这南国的室外，此时就像是春天。

　　初升的阳光普照大地，金黄的颜色染遍了万物。翁伟昂放下报纸，透过舷窗向外望去，他的思绪在过去、现实与未来间飘荡着。他仿佛又看到了十年前的自己，告别了让他愁肠百结的小城故事，也是这样一个人来到机场，也是这样一个人怀着对未来的茫然、对理想的追求、对真理的探寻，去孤独地闯荡自己的人生之路。

　　在这过去的十年间，他从青年步入中年，从一无所有到拥有了自己的一片天地。品尝了成功的喜悦，经历了失败的考验，承受了人世间的悲欢离合，他既感到充实，又感到无奈。这时江春敏、卫芸、范婵的身影在他的脑海里，就像连环画一样一幅幅地闪过，泪水又不知不觉中模糊了他的双眼。

　　恰在这时一个熟悉的、悦耳的女中音传来，将翁伟昂从沉思中唤醒。他看到那个人未至声已到的女子，拉着旅行箱走进了机舱，几步就走到了他的身旁。当他们对视时，都惊呼起了对方的名字。

　　翁伟昂望着周薇美丽的脸庞和洋溢着青春气息的身影，心里荡起了一片微微的波澜。更让他没有想到的是，周薇正好坐在他身旁的座位。

　　"真是太巧了！"翁伟昂感叹道。

　　"是啊。我也觉得太巧了，你最近好吗？"周薇柔声问道。

　　"我很好。"

　　"你真坚强。"周薇的眼眶里渗出了一片淡淡的泪花。

"都过去了。我觉得你的普通话越来越标准了。"翁伟昂故意转换了话题。

"是吗？我说的本来就是国语呀！你瘦了，瘦了许多。"

"是吗？这不是很好吗？完全符合时代潮流。"

"真高兴你能这么乐观。你去上海干吗？"

"我到那里谈一些事情。新的一年了，有很多事情要去做。"

"太好了，真为你高兴，祝你成功。还有，你能帮我一个忙吗？"

翁伟昂望着周薇活泼的神情痛快地答道："当然了，能为一位美丽女士效劳，会让我感到受宠若惊。"

"是这样，我打算在上海买一套别墅。因为用香港的房价水平来衡量，上海的房子真的很便宜。我希望你在上海如果有空的话，能陪我选选房子。我在上海人生地不熟的，身边有一个壮汉可以壮壮胆！"周薇愉快地笑着说道。

"你真有投资眼光，我一定会效劳的。"

翁伟昂发觉自己的幽默感，已经渐渐地恢复了，他接着问道："不过我还是搞不懂，你干吗要买一幢别墅呢，而且又是在上海？"

"上海滩对我们这些有小资情结的女士来说，有着特殊的吸引力。"

波音 747 那庞大的机身摆脱了地球引力，昂首冲向了蓝天。飞机一边爬升一边调整航向，在空中划出了一道优美的弧线。翁伟昂仿佛在云端看到了范婵的身影，他的眼中渗出了泪水。他真的要与范婵告别了，在这新的世纪、新的千年里，他要继续追寻自己的梦想和爱情。但他会把范婵永远年轻、美丽的身影永远深埋在心底，直到他生命的最后一刻。

过了不久周薇迷迷糊糊地打起了瞌睡，翁伟昂望着周薇甜美的容颜，心中荡漾着柔情。他向舷窗外望去，在那广阔的天空中，一架空军歼击机从他们客机的侧上方飞过。他眺望着舷窗外的蓝天白云，开始在心里默默地打起了主意。

温宏轩

2020 年 11 月于乌鲁木齐